ars vivendi

Christine Grän

AMERIKANER SCHIESSEN NICHT AUF GOLFER

— *18 Storys* —

ars vivendi

1. Auflage März 2014

www.arsvivendi.com

Lektorat: Dr. Felicitas Igel
Umschlaggestaltung: Caroline Orth
unter Verwendung eines Fotos von
Alberto (Díaz Gutiérrez) Korda (1961),
provided by the ADAGP Image Bank
Druck: Appel & Klinger Druck und Medien GmbH,
Schneckenlohe
Printed in Germany

ISBN 978-3-86913-413-0

Amerikaner schießen nicht auf Golfer

Thank you, Alan Mitchell!

Seit vielen Jahren versucht er,
mir das Spiel beizubringen, und
wir haben schon viel gelacht.
So, wie es aussieht, wird er nie
richtig steirisch lernen, so wenig
wie ich das Golfspiel.

Inhalt

Hole 1

Amerikaner schießen nicht auf Golfer

Kabul Golf Club, Afghanistan

»Hier bist du der Hölle näher als anderswo.«

»Oder dem Himmel«, sagt Gott, der aus Prinzip zum Widerspruch neigt. Flüsternd, um die Caddies nicht zu kränken: »Dieser Platz ist das Letzte! Wie bist du nur auf Kabul gekommen?«

»Mich langweilen die perfekten Golfplätze allmählich. Diese geleckten Fairways, feinsandigen Bunker und makellosen Grüns – immer das Gleiche.« Der Teufel deutet auf die staubige Wildnis, die vor ihnen liegt: »*Das hier* nenne ich eine Herausforderung!«

Der Teufel, Gott und vier afghanische Caddies sind auf dem Weg zum neunten Abschlag. Sand, Disteln, Steine, gelegentlich staubige Grasbüschel und armselige Bäume. Ein Highlight des Platzes ist die ausgebombte Armeestellung nach dem 1. Loch. Sie überqueren »Wasserhindernisse«, ausgetrocknete Bewässerungsrinnen, einst angelegt, um den *Kabul Golf Course* in eine grüne Oase zu verwandeln. Das ist lange her, und dazwischen gab es Kriege, die niemand gewonnen hat. Es gab nur Verlierer.

»Worum geht es in dieser Runde, haben wir das schon geklärt?«

Der Teufel, den Gott Luzi nennt, weil sie schon sehr, sehr lange miteinander spielen, flüstert: »Wir spielen um eine Seele, Jevi, so wie immer. Du wirst vergesslich, mein Alter.«

Der Teufel hat Gott den Spitznamen Jevi gegeben, eine läppische Kurzform von Jehova. Luzi und Jevi spielen mit Handicap Null, aber in Kabul können sie dieses Niveau nicht halten, hier liegen sie beide elf über Par. Bis jetzt. Es gibt nur einen, der an diesem Ort perfekt spielen kann: Abdul. Er hat ein sanftes Lächeln und ein fehlerhaftes Gebiss, jedoch einen Golfschwung, der selbst den Teufel das Fürchten lehrt.

Muhammad Afzal Abdul, den alle Abdul nennen, ist Chef-Caddie, Pro, Manager, Green- und Barkeeper in einer Person. Er spielt Handicap Null, vor allem aber kennt er jeden Winkel seines Platzes. Er spielt ihn seit über 40 Jahren – mit Unterbrechungen. Als die Russen Afghanistan okkupierten, kam er ein paar Monate ins Gefängnis, weil sie ihn für einen Spion hielten. Der Golfplatz wurde vorübergehend zum Schlachtfeld. Mit freundlicher Unterstützung der Amerikaner siegten schließlich die Taliban gegen die Russen. Abdul vergrub seine Schläger, weil die neuen Herrscher Golf für westliches Teufelswerk hielten. Es half nichts, er kam trotzdem wieder hinter Gitter. Als sie ihn freiließen, floh er nach Pakistan und schlug sich dort als Taxifahrer durch.

Die Amerikaner vertrieben die Taliban, und das war gut für Golf und Abdul. Er kehrte mit seiner Familie nach Kabul zurück und bekam die Erlaubnis, den Golfplatz wieder zu eröffnen. Eine seiner ersten Taten war, eine Schafherde über den Golfplatz zu treiben. Wegen der Landminen, die die Taliban hinterlassen hatten. Eine Hilfsorganisation, die auf dem Gelände Minensucher ausbildete, übernahm dann die restliche Arbeit. Schrottreife Panzer und anderes Kriegsspielzeug wurden weitgehend beseitigt, doch Abduls Träume von saftigen Fairways und Grüns wollte niemand finanzieren.

Der *Kabul Golf Course* mag wildes Terrain sein, aber er ist sicher. Abdul wird nicht müde, dies zu beteuern. Doch auf Wunsch begleitet ein Bodyguard die Golfrunde. Gott und der Teufel haben darauf verzichtet. Auch wenn sie inkognito unterwegs sind, wollen sie sich nicht wie die üblichen Golftouristen benehmen. Kein Erinnerungsfoto mit einem schwer bewaffneten Afghanen, der grimmig in die Kamera starrt. Obwohl Touristen auf dem Golfplatz die Ausnahme sind. Überwiegend spielen Ausländer, die hier arbeiten, und Soldaten, meist Amerikaner. Das Greenfee liegt zwischen 10 und 20 Dollar, und jeder Spieler benötigt zwei Caddies, weil einer vorauslaufen muss, um den Weg des Golfballs zu verfolgen. Fast unmöglich, ihn im Gestrüpp wiederzufinden, doch die 50 Caddies, die Abdul ausgebildet hat, verfügen über Adleraugen. »Ich mag ihren Blick«, hat Luzi beim 5. Loch gemeint, dem schwierigsten der Runde. »Da liegt bescheuerter Stolz darin, etwas Wildes und Unbezähmbares.« Gott widerspricht ihm nicht, obwohl der stolze Mensch nicht zu seinen Favoriten zählt. Er mag seine Erdlinge lieber eine Spur demütig, und dafür ist das Golfspiel wie geschaffen. Doch er hat mit Luzi von Anfang an vereinbart, nicht über die Politik des Glaubens zu diskutieren. Worum geht es? Um Golf! Darum, dass sie sich die Zeit vertreiben in der doch recht langen Unendlichkeit. Golf ist ein göttliches Spiel. Obwohl Luzi darauf pocht, dass er es erfunden habe.

Das 9. Loch ist ein langes Par 3. Theoretisch müsste man mit drei Schlägen einlochen. »Very tricky hole«, sagt Abdul, der eine Stelle sucht, die das Tee durchdringen kann. Der Boden ist hart bis steinig, und kein Tee überlebt mehr als einen Schlag. Gott nimmt sein Fünfer-Eisen und lässt sich die Richtung zeigen, in der das Grün zu vermuten ist. Ali, sein Ballfinder, läuft schon mal los, und der Teufel steht mit verschränkten Armen neben Gott, immer eine Spur zu nahe, um ihn nervös zu machen.

»Was ist, Jevi, peilst du das Hole-in-one an? Macht eine Seele extra.«

»Ist mir doch egal«, sagt Gott. Gegen die teuflischen Psychotricks ist er inzwischen beinahe gefeit. Nach dem Probeschwung und der Ausrichtung konzentriert er sich auf den Ball. Keine Gedanken mehr. Der Körper eines 30-jährigen Athleten vereint sich mit göttlichem Willen. Er zieht hoch, peitscht das Eisen in Richtung Ball und vollendet den Schwung – ein bisschen zu früh, weil er den Kopf zu schnell gehoben hat, um die Fluglinie zu verfolgen. Die Folge ist ein leichter Slice nach rechts in das Gestrüpp. Gott ist fehlerlos, doch als Golfspieler stößt er an Grenzen. Luzi grinst in sich hinein, schweigt aber, um den Alten nicht zu verärgern. Seine Heiligkeit ist kein besonders guter Verlierer. Einmal, vor einer Ewigkeit, hat Jevi nach einem verlorenen Spiel den Golfplatz mit Blitz und Donner heimgesucht und mit Regengüssen geflutet, bis ein See daraus wurde.

»Nice shot«, sagen die Caddies. Der Ball fliegt rund 150 Meter weit, und Ballfinder Ali läuft in Richtung des Gestrüpps.

Zabi, der 16-Jährige mit dem einstelligen Handicap, rammt Luzis Tee in den Boden. Er hält dem Boss, wie er ihn nennt, ein Fünfer-Eisen entgegen, doch der Teufel entscheidet sich für das Vierer. Sie liegen gleichauf, er und Gott, und er hat keinen Zweifel daran, dass er am Ende gewinnen wird. Auf diesem Platz in jedem Fall, denn hier kann er die Hölle gleichsam riechen. Sein Terrain. Aus der Ferne sind Schüsse zu hören, der Sound von Schnellfeuergewehren, während er den Ball anspricht. Niemand scheint sich daran zu stören, und Luzi zieht seinen Schwung durch. Der Ball fliegt weit und kerzengerade.

»Very nice shot«, sagen die Caddies, und Luzi lächelt glücklich. Gott wischt sich Schweiß von der Stirn, die menschliche Konfiguration ist eben anfällig. Es dürften so um die 35 Grad sein an diesem Vormittag, die Sonne steht hoch, und Schatten gibt es kaum. Ein Klima, das dem Teufel entgegenkommt, kein Wunder, dass er diesen Ort gewählt hat. Das nächste Spiel wird im Norden Schottlands stattfinden, denkt Gott, mit Wind und Kälte und Regen. Diese Bedingungen mag Luzi gar nicht, und sein Spiel ist durchaus witterungsanfällig.

»The second shot is most important«, meint Abdul, während sie in Richtung ihrer Bälle marschieren.

»Jeder Schlag ist wichtig«, korrigiert Gott. Luzi verdreht die Augen, sagt aber nichts. Er nimmt sich eine warme Bierdose von seinem Caddie und trinkt sie durstig leer. Grillen zirpen und Vögel zwitschern. Granaten detonieren irgendwo in den Bergen. Hubschrauber kreisen im strahlend blauen Himmel. Gott sieht nach oben und fragt sich, ob er alles richtig gemacht hat.

Abdul sagt: »Das sind Amerikaner. Die schießen nicht auf Golfer.«

Abdul trägt ausgefranste Turnschuhe, und die Caddies Flip-Flops. Es gibt keine Kleiderordnung auf diesem Golfplatz, jeder spielt, wie er kann oder möchte, Soldaten in Uniformen, Frauen mit oder ohne Kopftuch. Gott und Teufel tragen Buschkleidung, Stiefeletten, blaue Golfkappen und randlose Sonnenbrillen. Von Weitem sehen sie sich ziemlich ähnlich.

Kleidung ist kein Thema, doch auf die Einhaltung der Golfregeln legt Abdul großen Wert. Neben den üblichen sind die Sonderplatzregeln zu beachten: Auf dem Fairway darf ein Ball zwei Schlägerlängen rechts oder links gedroppt werden. Man darf ihn aufteen oder auf eine kleine Kunstmatte legen, die die Caddies mit sich tragen. Sandbunker müssen wie überall gespielt werden. Gottes Ball liegt in einem Sandbunker.

»Schwierig, den mit dem zweiten Schlag auf das Grün zu befördern«, meint Luzi.

»Ich weiß«, erwidert Gott, »aber wo ein Glaube ist, da ist auch ein Weg.« Er nimmt sein Achter-Eisen und steigt in den Bunker. Es ist ein tiefer Graben mit grobkörnigem bis steinigem Sand. Das Grün liegt etwa 90 Meter entfernt auf einem Hügel. Was heißt hier Grün? Geölter Sand, dunkelbraun, der vor dem Putten mit einer Matte abgezogen wird. Gott seufzt, doch der Golfer wächst mit der Herausforderung eines schwierigen Schlages. Den Schlägerkopf weit aufmachen, voll durchschwingen! Abdul deutet ihm mit einer Handbewegung an, kraftvoll auszuholen ...

Der Sand fliegt auf und versperrt ihm die Sicht. Doch der Schlag schien ihm perfekt.

»Very nice shot«, sagen die Caddies. Abdul reicht ihm ein feuchtes Handtuch und lächelt anerkennend. »On the green and off the green.«

Der Ball ist auf dem Grün gelandet und wieder weggehüpft. Das ist ärgerlich, und den Teufel freut es. Gott wünscht sich, dass Luzi seinen nächsten

Schlag komplett versaut. Doch der tut ihm diesen Gefallen nicht. Mit dem Neuner-Eisen befördert er den Ball knapp hinter das sogenannte Grün.

»Very nice shot.« Beide Bälle haben ihr Ziel verfehlt, doch Abdul ist lange genug im Geschäft, um zu sehen, dass er es mit erstklassigen Golfern zu tun hat. In Kabul fragt man nicht unbedingt nach dem Heimatclub oder Handicap, und seine Versuche, etwas über die beiden herauszufinden, sind bisher fehlgeschlagen. Sie benehmen sich schon ein wenig seltsam, weshalb er sich vorstellen könnte, dass sie vom Geheimdienst sind. CIA wahrscheinlich. Touristen sind sie auf keinen Fall. In Afghanistan ist niemand zum Vergnügen, nicht einmal die Einheimischen.

Auf dem Weg erzählt Abdul, dass er einmal an den asiatischen Meisterschaften teilgenommen hat. Er durfte Tiger Woods die Hand schütteln! Er habe ihn nach Kabul eingeladen und warte immer noch auf das Wunder seines Erscheinens.

Luzi flüstert in Gottes Ohr: »Abdul braucht ein wenig Magie, warum hilfst du ihm nicht?«

Gott, leise zischend: »Weil Tiger Woods *dein* Typ ist. Glaubst du, ich mache deine Arbeit?«

Luzifer verzieht das Gesicht. »Ich habe dem Kerl alles gegeben: sagenhaftes Golfspiel und sagenhaften Sex. Und was macht er? Heiratet und produziert Kinder. Das war nicht der Deal, das musste ja in die Hose gehen, ha ha. Die Leute sind zu gierig, das ist das Problem. Deines natürlich!«

Abdul meint, dass Wasser das Problem sei. Oder Geld. Der Qargha-See sei ganz nah, und die Bewässerungsanlagen seien bereits vorhanden. Aber es würde ein kleines Vermögen kosten, hier alles wieder zu begrünen. So wie damals. Als Jugendlicher habe er schon auf dem Platz gespielt, den Mohammed Sahir Schah einst anlegen ließ. Ein mäßiger Golfer, aber ein großer Herrscher, der das Land dem Westen öffnete und Frauen das Wahlrecht gab. Sie durften selbstverständlich auch Golf spielen. 1973 wurde der Herrscher gestürzt, und wenig später marschierten die Russen ein. Von da ab sei es stetig bergab gegangen – auch mit dem Golfplatz.

Die Caddies stehen vor den Bällen unterhalb des Brauns. Es ragt hoch empor, und die zerzauste Fahne in dem versenkten Becher ist von unten nicht zu sehen. Ein schwieriger Schlag mit dem Sandwedge, doch beide, Gott und der Teufel, meistern ihn souverän. Die Bälle liegen oben, die Bahn wird noch einmal geglättet, dann nimmt Gott seinen Putter, um einzulochen. Das Sand-Öl-Gemisch ist langsam, und er holt für den langen Putt weit aus. Gibt dem Ball eine Chance, doch der rollt knapp vorbei.

»Nice shot«, rufen die Caddies.

»Pech gehabt«, sagt Luzi, dessen Ball näher am Loch liegt. Er kniet auf dem Boden, um die Putt-Linie zu studieren. Zabi steht auf der anderen Seite und zeigt die Richtung an. Luzi folgt seinem Caddie, erwischt die richtige Geschwindigkeit – und locht ein.

»Very nice shot.«

»Verdammt will ich sein, wenn das nicht ein teuflisch guter Putt war!« Luzi lächelt triumphierend, und Gott versucht ein gleichmütiges Lächeln. Der Teufel ist mit seinem Bogey nun einen Schlag besser als er, aber das ist gar nichts in einem Spiel, das noch in die zweite Runde geht. 18 Loch sind vereinbart, dazwischen ein kühles Getränk im Clubhaus. Abdul verscheucht die Ziegen vor der Tür und bedient an der Bar. Die beiden geben eine Runde Cola für die Caddies aus und stellen sich in den Schatten der

Mauer. Sie ist voller Einschusslöcher. Jevi trinkt Limonade und Luzi Bier. Im flirrenden Sonnenlicht verschwimmen die Berge am Horizont, Vögel zwitschern. Dann wieder Gewehrsalven.

»We need a little peace«, sagt Abdul und meint, dass Afghanistan die größte Golfnation der Welt sein könnte, wenn ...

»Was wird mit dem Golfplatz, wenn die Amis abziehen?« Luzifer weiß, dass die Frage grausam ist. Er könnte sich vorstellen, dass Gott in seiner Allwissenheit das Szenario vorhersieht. Die Taliban kehren zurück, schließen die Schulen und natürlich auch den Golfplatz. Abdul kommt ins Gefängnis oder flieht nach Pakistan.

Der Teufel sieht Gott an, der einen Vogel beobachtet. Er liebt all seine Kreaturen, denkt Luzi, aber nichts liebt er so sehr wie Golf. Abdul sieht Luzifer an mit diesem speziellen afghanischen Blick. Stolz und Würde liegen darin, aber auch ein Hauch Wahnsinn. »Inschallah«, sagt Abdul. »Aber jetzt sollten wir weiterspielen.«

Als sie nach draußen gehen zum 1. Loch, passieren sie die anderen Caddies, die auf Spieler warten. Kleine und größere Jungs mit abgerissener Kleidung und nummerierten Westen, die sie als Caddies des *Golfclubs Kabul* ausweisen. Einige üben mit alten Schlägern, andere starren Löcher in den Himmel. Die könnten alle große Golfer werden, denkt Luzifer. Aber wen zum Teufel interessiert das schon.

Hole 2

Mit einem Hauch Entsetzen

St. Andrews Old Course, Schottland

Ein arabischer Waffenhändler, der in *St. Andrews* Golf spielt, muss verrückt sein. Karim ist sich dessen bewusst, aber es war ja auch nicht seine Idee, hier anzutreten. Schwiegersohn Dschamal schlug die gemeinsame Runde vor, nachdem sie sich in London getroffen hatten. Etwas Besonderes sei es, auf dem legendärsten Golfplatz der Welt zu spielen, hatte Dschamal gesagt. Tatsächlich ist das Wetter besonders kühl und windig, und Karim ist überrascht, dass es nicht regnet. Er hasst schlechtes Wetter, weshalb er nur so viel Zeit wie unbedingt nötig in London verbringt. Die Stadt ist gut für Geschäfte, doch das Klima drückt ihm aufs Gemüt. Für die schottische Golfrunde hat er sich angezogen wie für eine Nordpolexpedition. Von der Daunenjacke fühlt er sich eingeengt, auch wenn sie ihn gegen den scharfen Wind schützt, der vom Meer kommt.

Karim, der Pünktlichkeit schätzt, wartet auf den Mann, den seine Tochter vor zwei Jahren geheiratet hat. Fadia – die Ritterin – blieb sein einziges Kind, nachdem ihre Mutter früh gestorben war. Sein Augapfel. Fadia wuchs zu einer starken und klugen Frau heran und studierte Physik in Oxford. Eine auffallende Schönheit war sie nie, aber auch kein Mauerblümchen. Selbstbewusst, fröhlich und liebenswert, so würde Karim seine Tochter beschreiben. Doch leider traf sie auf Dschamal, den Blender. Er hätte diese Hochzeit verbieten müssen, denkt Karim heute. Andererseits ist Fadia keine Frau, die sich von einem Mann etwas verbieten lässt. Bei allem Respekt für ihren Vater setzte sie fast immer ihren Willen durch. Es gab eine rauschende Hochzeit in London, dem Wohnort des Bräutigams.

Karim besitzt eine Wohnung in London, ein Penthouse in Buenos Aires und eine Strandvilla in Barbados. Er fühlt sich als Weltbürger: Als palästinensischer Flüchtling geboren, arbeitete er als Jugendlicher für die Amerikaner in Beirut, wurde von ihnen nach Afghanistan geschickt und entdeckte dort sein Talent als Handelsreisender. Karim machte sich selbstständig und entschied sich nach reiflicher Überlegung gegen Rauschgift – und für das Waffengeschäft. Ein ebenso einträgliches Gewerbe, und er kannte die richtigen Leute. Russische Militärs zum Beispiel, die das Chaos der politischen Auflösung zur persönlichen Bereicherung nutzten.

Waffen werden immer und überall gebraucht. Karim verkauft an alle, die es sich leisten können. Er ist weder ideologisch noch religiös festgelegt, auch wenn er mit Israel nun gerade nicht dealen würde. Sein Ruf in der Branche ist bestens. Er arbeitet zuverlässig, diskret und liefert immer pünktlich. Weshalb er Dschamal schon allein wegen seiner Verspätung erschießen könnte. Der Junge ist nichts wert, das ist die traurige Wahrheit. Hübsch, charmant und charakterlos. Ein Playboy aus reichem Hause, der seine Zeit mit Polo, Golf und ein wenig Kunsthandel verplempert. Karim ist es nach wie vor ein Rätsel, was seine überaus kluge Tochter an diesem Idioten heiratenswert fand. Er kann ihn nicht leiden, auch wenn er immer gute Miene zum bösen Spiel machte. Jetzt allerdings hat sich die Lage geändert.

Seine Tochter braucht seine Hilfe. So zumindest hat er ihr Telefonat verstanden. Denn seit Fadia schwanger ist, verlangt ihr Mann von ihr, dass sie traditionelle Kleidung trägt. Einen Kaftan, der den Körper gänzlich bedeckt, und als Nächstes sei wohl der Niquab dran, der Gesichtsschleier, hatte Fadia voller Empörung gesagt. Als sie sich weigerte, soll Dschamal ihr beim letzten Streit sogar Prügel angedroht haben.

Fadia hatte am Telefon geweint, was ihrem Vater das Herz brach. »Du musst mit ihm reden, sonst wird es ein schlimmes Ende nehmen. So hast du mich nicht erzogen, Papa!«

Nein, hat er nicht. Karim wollte, dass seine Tochter eine berühmte Physikerin wird und den Nobelpreis gewinnt. Arabische Playboys waren in seinen Plänen für Fadia nicht vorgesehen gewesen. Doch als sie miteinander telefonierten, verkniff er sich Bemerkungen wie »Ich hab dir doch gleich gesagt, dass ihr nicht zusammenpasst.« Er hatte seine Tochter getröstet und ihr versprochen, mit Dschamal zu reden. Weshalb er jetzt auf diesem schottischen Golfplatz steht und friert und wartet. Angeblich spielen die schon seit 1552 in diesem rauen Klima, was für einen gewissen Masochismus spricht.

Karim ist normalerweise gern auf dem Golfplatz. Es ist ein guter Ort, um Geschäfte zu machen, abhörsicher zu verhandeln und den Körper zu bewegen. Auf sein Handicap 29 gibt er nichts, er hat weder Zeit noch Lust, an Turnieren teilzunehmen, um sich weiter herunter zu spielen. Seine Deals sind kräfteraubend, da muss er sich nicht auch noch auf dem Platz stressen. Und *dieser* Ort vereint sowohl klimatisch wie auch topografisch so ziemlich alles, was Karim gegen den Strich geht. Inzwischen ist er davon überzeugt, dass sein Schwiegersohn *St. Andrews* ganz bewusst gewählt hat, um ihn zu quälen.

Dass der jetzt auch noch mit zwei Caddies ankommt, findet Karim überflüssig, vermutlich will er, Böses ahnend, Puffer einbauen. Dschamal, der noch nie im Leben richtig gearbeitet hat, nimmt seine Hobbys ernst. Beim Golfen spielt er ein sehr niedriges Handicap, das Karim jedes Mal sofort wieder vergisst, nachdem er es gehört hat. Als ob es irgendeine Bedeutung hätte, mit wie vielen Schlägen man auf 18 Löchern unterwegs ist.

Die Caddies sind klein, alterslos und knorrig und tragen Tweedmützen zu gummierten Regenanzügen. Sie lächeln nicht, und Karim meint, eine Welle von Misstrauen und Abneigung zu spüren. Für Ausländer sehen alle Araber gleich aus – wie Terroristen.

»Salam, Vater«, sagt sein Schwiegersohn, der sich für seine Verspätung von zehn Minuten nicht entschuldigt. »Das sind Steve und Pete, unsere Caddies. Ohne sie wären wir hier hoffnungslos verloren.«

Steve und Pete nicken.

»Salam, Dschamal. Da du schon zu spät kommst, sollten wir anfangen.«

Sein Caddie reicht ihm den Driver, einen Ball und ein Tee und sagt etwas, das Karim nicht versteht. Es klingt entfernt nach Englisch, aber Steve oder Pete, die in seinen Augen Zwillinge sein könnten, reden so, als hätten sie den Mund voller Murmeln. Dschamal scheint des Schottischen eher mächtig, er tut zumindest so, als würde er verstehen. Er schlägt als Erster ab auf einer Bahn, die Karim ganz normal vorkommt. Gras, ein schmaler Fluss, über den eine steinerne Brücke führt, und in einiger Entfernung das Grün. Hinter ihnen liegt das Clubhaus, ein abscheulicher alter Kasten. Die Luft schmeckt nach Salz und Heringen.

Dschamal locht mit dem vierten Schlag ein, während Karim sechs braucht. Die Caddies sehen nachdenklich aus, sagen wenig und dies weitgehend unverständlich. Der Wind treibt Karim Tränen in die Augen. Dschamal tut so, als ob das Wetter ihm nichts ausmacht. Schottischer als die Schotten! Sein Schwiegersohn erschien ihm immer schon angepasster als jedes Chamäleon. Und jetzt will er, dass seine Frau mit vollständig bedecktem Körper herumläuft? Der Hundesohn war doch nie streng religiös gewesen, das hatte ihm noch am besten an ihm gefallen.

Fadia hat sich immer geziemend gekleidet, sie mag Jeans und T-Shirts und Röcke, die an den Knien aufhören. Sie ist ein Kind ihrer Zeit und ihres Umfelds, eine moderne junge Frau, die nach säkularen Werten lebt. Palästina kennt sie nur aus den Nachrichten. Einen Teufel wird seine Tochter tun, sich zu verhüllen, nur weil Dschamal es so will.

Sein Caddie raucht trotz des starken Windes und stapft mit der Zigarette im Mund über das harte Gras. Er trägt fingerlose grüne Wollhandschuhe. Am zweiten Abschlag reicht er Karim das Dreier-Holz, nachdem Dschamal einen guten Drive hingelegt hat, um danach eitel zu lächeln. Ich könnte den Kerl umbringen, denkt Karim, aber nicht, weil er so gut Golf spielt. Das ist mir egal.

Er nimmt das Holz mit einem Achselzucken. Der Caddie wird schon wissen, was er tut, und um mit ihm zu diskutieren, müssten sie einander verstehen. Karim schlägt zu flach, aber gerade noch weit genug, um die Büsche zu überwinden, die zwischen ihm und dem Fairway liegen. Das Loch kann er nicht sehen, es muss irgendwo hinter Ginstersträuchern und Erdbuckeln liegen. Das Gelände wellt sich in alle Richtungen, viele harmlos aussehende Bunker zur Linken, ein furchterregendes Sandloch zur Rechten.

»Cheapes Bunker«, nuschelt sein Caddie, der seinen Ball gefunden hat und anklagend davorsteht, so kommt es Karim jedenfalls vor.

»Die richtig bösen Bunker haben alle Namen«, erklärt Dschamal.

»Du spielst hier nicht zum ersten Mal, oder?«

Sein Schwiegersohn nickt. »Aber es ist jedes Mal eine Herausforderung. Hier fängt das richtige Golfen an, das ist nichts für Amateure.«

Wie mich, denkt Karim. Für ihn haben Golfplätze aus flachen Rasenteppichen zu bestehen, gesäumt von pudrigsandigen Bunkern und gelegentlichen Wasserhindernissen. Blauer Himmel, Sonne und Windstille. Das sind die Fairways, auf denen er golfspielend Geschäfte macht und dabei auch noch ein gewisses Vergnügen empfindet. Dass Dschamal ihn hierher gelockt hat, verstärkt seine Abneigung nur noch. Vermutlich ahnt er, dass Fadia sich bei ihrem Vater beschwert hat. Wahrscheinlich ahnt er nicht, dass Karim ihn umbringen wird, sollte er es wagen, seine Tochter zu schlagen.

Er nimmt das Sechser-Eisen aus der Hand seines Caddies entgegen. Mit dem Sechser-Eisen bleibt er meistens zu kurz. Nicht gerade sein Lieblingsschläger, aber er akzeptiert das Angebot widerspruchslos. Steve oder Pete nuschelt etwas und zeigt mit der Hand nach rechts.

»Rechts anspielen?«

Ein Nicken. Die Andeutung eines zuversichtlichen Lächelns. Karim konzentriert sich auf Ziel und Ball, holt gewaltig aus ... und schlägt in einen der Bunker, die links vor dem Grün aufgereiht sind. Entweder hat er nicht richtig gezielt, oder der Wind hat den Ball verzogen. Innerlich flucht er, doch er lässt sich nichts anmerken. Der Caddie lächelt nicht mehr, in seinem Blick liegt ein stiller Vorwurf, so empfindet es Karim. Ich könnte viel besser spielen als du, aber ich bin ja nur der Gepäckträger und du der Terrorist, das liest er in dem schottischen Blick. Lockerbie fällt ihm ein, das ist ewig her. Er hofft, dass niemand aus dem Umkreis des Caddies bei dem Anschlag umgekommen ist. Er möchte doch tatsächlich, dass dieser blöde Schotte ihn mag. Aber das kann er wohl nur erreichen, wenn er jetzt gut Golf spielt und ihm später ein fürstliches Trinkgeld gibt.

Der Schwiegersohn landet mit dem dritten Schlag hinter dem Grün und flucht laut auf Englisch. Sein Caddie sagt etwas, das nach »Shut up« klingt. Karim findet das gut, und Dschamal hält tatsächlich die Klappe und beobachtet mit verschränkten Armen, wie Karim in den Bunker hinabsteigt wie in einen Höllenschlund. Der Caddie hat ihm den Pitch in die Hand gedrückt und ihm bedeutet, dass er den Schlägerkopf sehr weit öffnen muss.

So viel ist ihm auch klar. Die Bunkerwand, die vor ihm aufragt, ist fast so hoch wie er selbst. Gut, er ist nicht groß, aber dieser Bunker ist grauenvoll. Brauner, feuchter, schwerer Sand, den der Wind nicht bewegt. Er hat mal im Fernsehen gesehen, wie sich die Profispieler in *St. Andrews* aus den Bunkern retten. Auch sie sahen besorgt aus, wenn ihr Ball im Bunker landete, und Karim ist geradezu panisch. Mit voller Kraft drischt er das Eisen durch den Sand auf den Ball, der tatsächlich hochsteigt, gegen die Wand prallt und wieder vor seine Füße tröpfelt.

»Du musst noch weiter aufmachen«, sagt sein Schwiegersohn von oben. Der Caddie murmelt Unverständliches. Er sieht jetzt enttäuscht aus, und Karim fühlt sich schuldig. Zweiter Versuch: voller Schwung. Und tatsächlich fliegt der Ball weit nach oben, über die Steilwand hinweg aufs Fairway, das hofft er jedenfalls.

»Guda«, knödelt der Caddie, bevor er den Sand mit dem Rechen harkt. Am Himmel formieren sich Regenwolken. Dschamal und sein Caddie verschwinden hinter dem Grün in den Büschen, während Karim mit der Neun auf die Fahne zuspielt, so denkt er, bis der Wind seinen hohen Ball fortweht in die Wildnis links vom Grün.

»Ne guda.« Steve oder Pete schüttelt den Kopf und lauscht dem Pfeifen des Windes. Karim ist froh, dass auch Dschamal auf Ballsuche ist. Inzwischen schwant ihm, dass es keine gute Idee war, nach Schottland zu fliegen, um seinem Schwiegersohn die Leviten zu lesen. Das hätte er auch in London tun können. Gut, vor dem Rückflug wird er sich mit einem IRA-Mann treffen, um über einen Waffendeal zu reden. Eine recht große Sache, aber nicht ganz ungefährlich, weil er mit diesem Käufer zum ersten Mal zu tun hat. Karim lässt den Gedanken zu, dass es an der Zeit wäre aufzuhören. Er hat genug Geld verdient und es weltweit angelegt. Er wäre jetzt in dem Alter, sich zur Ruhe zu setzen – um dann was zu tun? Golf spielen?

Er sieht dem Caddie zu, der durch das Unkraut stochert, um den Ball zu suchen. Auf der anderen Seite sucht sein Kumpel nach Dschamals Ball. Sein Schwiegersohn steht am Rand des Grüns und stützt sich auf seinen Putter. Ungeduldig. Nicht im Traum daran denkend, bei der Ballsuche zu helfen. Diesem Kerl ist alles in den Schoß geflogen, denkt Karim, auch meine Tochter. Selbst wenn sie es nicht ausspricht, weiß der Vater doch, wie unglücklich sie inzwischen mit ihrer Wahl ist.

Sein Handy vibriert in der Daunenjacke. Er holt es verstohlen hervor, weil er ahnt, dass sein Caddie keine positive Haltung zu Mobiltelefonen auf dem Golfplatz hat. Aber Steve und Pete sind immer noch mit der Ballsuche beschäftigt. Karim stellt sich mit dem Rücken zu ihnen und liest die Mail, die ihm seine Assistentin geschickt hat. Genau die Information, auf die er gewartet hat. Das Timing ist perfekt. Karim lächelt zum ersten Mal an diesem Tag, während er ein triumphierendes Geräusch aus dem Gestrüpp hört. Der Caddie hat seinen Ball gefunden und winkt beinahe freudig erregt, vermutlich, weil der Ball spielbar ist.

Karim umrundet das Grün, und es ist Zufall, dass er im Heidekraut auf etwas tritt, das unter seinen Schuhen knirscht. Er hebt den rechten Fuß und sieht nach unten: Dschamals Ball, das nimmt er zumindest an. Jetzt hat er zwei Möglichkeiten. Er könnte seinen Fund melden. Er könnte aber auch mehr Gewicht auf seinen Fuß legen und den Ball noch tiefer ins Heidekraut drücken. So tief, dass er unsichtbar wird. Für alle Zeiten.

Mit grenzenloser Gleichgültigkeit und einem Hauch Entsetzen tritt er den Ball in die Erde. Händler des Todes müssen sich eine moralische Rüstung zulegen, die den Angriffen des Gewissens standhält. Er bedient nur den Markt, die Welt ist verrückt, und ballernde

Kriegshelden wollen einfach nicht aussterben. Wenn er es nicht täte, würde ein anderer damit Geld verdienen. Und Dschamal ist ein eitler Nichtsnutz, der zufällig Golf spielen kann. Aber dieses 2. Loch hat er schon mal vergeigt. Und mit etwas Glück wird er sich darüber so ärgern, dass er auch noch die nächsten Löcher schlecht spielt. Sein Schwiegersohn ist eitel, überheblich und unbeherrscht. Er empfindet keinen Funken Mitleid mit ihm.

Karim geht frohen Mutes zu seinem Ball, der sich zwischen Disteln versteckt hat. Sein Caddie reicht ihm das Pitchingwedge, und er schlägt fröhlich drauflos, dreimal, bevor der Ball geruht, sich aus dem Gestrüpp in Richtung Fahne zu bewegen.

Der Schotte stößt gequälte Laute aus und steckt das Wedge verächtlich zurück in die Tasche. Doch Karim sieht nur mit innerem Lächeln zu, wie Dschamal den neuen Ball über das Grün hebt. Er landet knapp vor seinen Füßen. Dem Impuls, noch einmal daraufzutreten, gibt er allerdings nicht nach. Zu viele Zeugen.

Sie beenden beide das Loch mit Ergebnissen, die traurig sind. Die Caddies sehen jetzt fast schon besorgt aus. Dschamal ist wütend und behauptet, sein Caddie habe ihm den falschen Schläger gegeben. Er sagt es allerdings so leise, dass dieser es nicht hören kann. Karim beschließt, der richtige Zeitpunkt sei nun gekommen: »Du weißt, weshalb ich dich sprechen wollte?«

Dschamal sieht ihn nicht an: »Ich will nur nicht, dass meine schwangere Frau nackt herumläuft.«

»Nackt? Wir reden hier von Ganzkörperbedeckung und Gesichtsschleier. Du bist doch überhaupt nicht religiös.«

»Doch«, sagt Dschamal, »ich möchte versuchen, ein besserer Mensch zu werden. Im islamischen Kontext.«

Was für ein blödes Argument. Karims Stimme ist leise, aber messerscharf. »Mach doch, was du willst. Aber lass meine Tochter aus dem Spiel. Sie wurde nicht religiös erzogen, und sie wird keinem Mann auf der Welt gehorchen, verstehst du.«

»Nein«, sagt Dschamal. »Sie ist Araberin, und sie ist meine Frau.«

»Zufällig. Sie könnte genauso gut Engländerin sein oder Italienerin. Und dass sie dich geheiratet hat, werde ich mir nie verzeihen.«

»Du bist ein gottloser Mann«, sagt Dschamal leise.

Das ist richtig, und Karim fühlt sich nicht beleidigt. Er tritt zur Seite, weil Dschamal auf der 3 abschlägt. Ein langes Par 4, und es gilt, Dickicht zu überwinden. Er schlägt nervös und mit Slice. Sein Caddie sieht beunruhigt aus. Karim hingegen schwingt leicht und mit Zuversicht. Was soll schon groß passieren? Er ist ein schlechter Golfer auf einem der schwierigsten Plätze der Welt. Und er wird auf dieser Runde ein Problem lösen, und zwar für immer.

Sein Caddie gurgelt anerkennend, denn der Schlag war weit und gerade, beinahe perfekt.

Sie gehen in Richtung ihrer Bälle. »Ich habe mir erlaubt, einen Blick auf deine finanzielle Situation zu werfen«, sagt Karim. »Wusstest du schon, dass du völlig pleite bist? Du hast dein Erbe durchgebracht, und dein Onkel hat es abgelehnt, dir weiter Geld in den Rachen zu werfen. Weil du als Kunsthändler eine totale Niete bist.«

»Das ist tatsächlich etwas schwieriger als Waffenhandel«, sagt Dschamal, doch sein Gesicht hat sich gerötet. Es könnte auch der Wind sein.

Karim sieht auf die Caddies, die im Gestrüpp suchen. »Ich fürchte, du hast schon wieder einen Ball verloren. Heute ist wohl nicht dein Tag. Und weißt du, warum? Weil du meine Tochter verstoßen wirst. Nach traditionellem islamischen Recht. Fadia wird wieder zu mir ziehen. Ich habe genug Platz. Und genug Geld – im Gegensatz zu dir.«

Dschamal sieht ihm wütend ins Gesicht. »Nein, niemals. Glaubst du, dass ich freiwillig auf meinen Sohn verzichte?«

»Es wird eine Tochter«, sagt Karim. »Hat sie es dir nicht gesagt? Du wirst Fadia verstoßen, Dschamal, und dafür werde ich dich vor der großen Pleite retten. Mit zwei Millionen Pfund. Und glaub mir, es würde mich viel billiger kommen, dich umbringen zu lassen. Viel, viel billiger.«

Die Caddies haben Dschamals Ball gefunden und winken heftig. Er ist spielbar, allerdings braucht er drei Schläge, um ihn aus dem Gestrüpp wieder auf das Fairway zu bringen. Sein Caddie wirkt jetzt beinahe verstört. Karim schlägt einen sauberen Ball Richtung Grün, wieder mit dem Sechser-Eisen, das er nicht mag. Aber vielleicht weiß sein Caddie es einfach besser. Vielleicht sollte er sich mit Fadia in das Haus in Barbados zurückziehen und seine Tage auf dem Golfplatz verbringen. Bei Sonnenschein und ewig blauem Himmel. Dieser hier ist jetzt dunkelgrau und sieht furchterregend aus.

»Willst du mir etwa drohen?«, fragt Dschamal, als sie wieder nebeneinanderher gehen, die Caddies ein Stück hinter sich lassend.

»Schon möglich. Ich habe dir ein großzügiges Angebot gemacht. Es gilt übrigens nur für die Dauer dieser Runde. Danach werde ich mich in London mit Anwälten und Gelehrten zusammensetzen. Nach islamischem Recht kann Fadia nämlich auch dich verlassen. Einen akzeptablen Grund hätte sie ja schon: Du kannst deine Familie nicht mehr ernähren, Dschamal. Es sei denn, du verkaufst alle Bilder aus deiner Galerie. Aber ich fürchte, kein Mensch will den Schrott haben.«

Dschamal reißt seinem Caddie das Siebener-Eisen aus der Hand. Sein wütender Schlag befördert den Ball ganze drei Meter. Steve und Pete sehen nach oben in den Himmel, der zwischen grauen Wolkenfetzen mit einem Mal ein bisschen Blau zeigt. Der Wind hat gedreht, die Caddies lächeln sich an, und Karim bekommt fast einen Herzinfarkt. Ganz kurz nur hat er gesehen, wie sich die Männerhände berührten. Liebevoll, erotisch berührten. Dschamal hat nicht hingeschaut, er ist viel zu sehr mit seiner Wut und dem Golfball beschäftigt. Diesmal hebt er ihn mit routiniertem Schwung auf das Grün, allerdings weit weg von der Fahne. Karim landet schon wieder im Bunker, doch das macht ihm nichts mehr aus. Schwule Caddies in *St. Andrews*, das ist eine Geschichte, die er seiner Enkeltochter erzählen wird, irgendwann.

Am 14. Loch, das »Ginger Beer« heißt, kehrt Dschamal zu alter Stärke zurück und spielt seinen Schwiegervater in Grund und Boden. Sein Caddie spricht wieder mit ihm. Karim sieht kein zweites Mal, dass Steve und Pete eine Zärtlichkeit austauschen. Er kämpft sich tapfer aus Bunkern und Gestrüpp und erlangt eine gewisse Akzeptanz bei seinem schottischen Schatten. Vielleicht einfach nur dafür, dass er unbewegt und ungebrochen seinen Schläger gegen die tausend Widrigkeiten dieses Platzes schwingt.

Dschamal und er reden nicht mehr miteinander, es ist im Prinzip auch alles gesagt.

Das 17. Loch ist das »Roadhole«. Man schlägt über ein Hotel blind in Richtung Fahne, die Caddies weisen die Richtung. Als das geschafft ist, bleibt der Schlag auf das Grün, das auf der einen Seite von einer Schotterstraße begrenzt wird, und auf der anderen von einem furchterregenden Potbunker.

Dass er dort landet, war Karim schon vorher klar. Sein Ball wird von Bunkern geradezu magisch angezogen. Er kann nur hoffen, dass sein Caddie das Zählen und Aufschreiben längst aufgegeben hat. Und wieder steigt er hinab in die Hölle und schwingt furchtlos nach oben, trifft zu wenig Sand, hebt den Ball aber immerhin aus dem Bunker über das Grün.

Dschamal liegt weit von der Fahne und braucht drei Putts, um einzulochen. Doch er scheint sich wieder unter Kontrolle zu haben, kein Fluchen mehr. Er sieht nachdenklich aus, denkt Karim und hofft, dass Dschamal sich richtig entscheidet. Die Millionen sind ihm egal, sie sind so leicht zu verdienen. Noch ein schöner Chip, dann liegt er unweit der Fahne und locht ein.

Das 18. Loch ist die Gegenspielbahn zum 1. Loch. Es erscheint einfach, gerade, ohne Bunker. Karim schlägt sich tapfer mit einem Doppelbogey, während Dschamal ein Par spielt. Sein Caddie lobt ihn, während Karims schottischer Schatten etwas murmelt, das nach »mutigem Golfspiel« klingt. Karim hofft, dass die zwei Fünfziger zumindest ein Lächeln auf sein Gesicht zaubern werden, und ja, er hat recht. Ein Lächeln wie aus einer Reklame für schottischen Whisky. Selbst die Augen strahlen. Ob Steve und Pete miteinander verheiratet sind?

Dschamal gibt seinem Caddie nur einen Fünfziger. Noch ein schottisches Lächeln, aber sparsamer. Karim schüttelt Dschamals Hand, wie es nach dem Spiel üblich ist. »Gut gespielt. Hast du dich entschieden?«

Sie gehen vom Grün weg in Richtung des Clubhauses. »Ich möchte das Geld auf ein Konto in Luxemburg«, sagt Dschamal.

»Kein Problem. Ein Viertel jetzt und der Rest am Tag der Scheidung.« Karim klopft seinem Ex-Schwiegersohn auf die Schulter. »Es war nett, mit dir zu spielen. Dieser Platz hat mich wahrhaft Demut gelehrt.«

Dschamal sagt nichts, doch in seinem Blick liest Karim, dass Abscheu und Gier sich die Waage halten. Steve und Pete sind schon weit voraus. Man hört sie lachen. Aus Spott vielleicht über schlechte Golfer mit zu viel Geld. Oder einfach, weil sie glücklich sind.

Hole 3

Einputten um jeden Preis

Golfclub Beuerberg, Deutschland (Bayern)

Es gibt Gründe, in *Beuerberg* Mitglied zu werden: kleine Edelkarossen und großes Alpenpanorama. Exzellente Küche. Wein, Champagner und Zigarren zu fairen Preisen. Grandioser Service. Zocken. Sex. Golf.

Ines ist Clubmitglied, weil sie einen Mann sucht. Dass der Platz dreimal zum »schönsten Deutschlands« gewählt wurde, interessiert sie weniger. Natürlich spielt sie gerne Golf. Sie spielt mit Handicap 21 auch recht gut. Aber es geht doch primär um Männer, besser gesagt um den Einen. Den Prinzen mit Porsche und Penis.

Sie ist 51 Jahre alt und Maklerin in München. Geschieden, kinderlos, selbst Porsche-Fahrerin. Das Golfwesen aus der Klischeekiste, doch in ihrer eigenen Welt einmalig.

Ihr rotes Haar ist gefärbt, der Rest hier und dort geliftet. »Für dein Alter siehst du toll aus«, ist ein Kompliment, das sie nicht so gerne hört. Ihr Ex spielt auch in *Beuerberg*, mit wechselnden Gefährtinnen, die viel jünger sind. Man lächelt sich mit gebleichten, gebleckten Zähnen an.

Ines spielt mit ihrer besten Freundin Gisela, die zweimal geschieden ist und es auf diesem Weg zu Geld brachte. Gisela besitzt eine Boutique in Harlaching und hat Handicap 23. Ihr Alter hütet sie wie ein Staatsgeheimnis. Nur Ines und die engsten Verwandten wissen Bescheid. Gisela ist 58, blond und möchte wie Marilyn Monroe aussehen. Manchmal, bei diffusem Licht und unter Alkoholeinfluss entdeckt sie Ähnlichkeiten.

Die Freundinnen spielen oft in *Beuerberg*, immer zusammen und mit wechselnden Partnern. Neuzugänge männlichen Geschlechts, vorzugsweise Singles, werden von ihnen auf Bindungsfähigkeit getestet. Die Clubsekretärinnen erfüllen Partnerwünsche auf den Golfrunden nach bestem Wissen und Gewissen, doch sind unbeweibte Männer im passenden Alter eine verfolgte Minderheit. Wie Heinrich, der Zahnarzt.

Erlaubt ist, was Spaß macht, könnte die Devise des Clubs sein. Es gibt keine Bekleidungsvorschriften. Keine Regel, die Sex auf dem Golfplatz verbietet oder Glücksspiel auf 18 Löchern. Entweder du hast Geld, oder du kannst golfen. Am besten ist die Kombination aus beidem, wenn es beim Zocken in den sechsstelligen Bereich geht. Wo andere Clubs ihre Sheriffs zum Einhalten von Regeln und Etikette beschäftigen, wirkt an diesem Ort der gute Geist Werner. Er besorgt alles, was Golfer brauchen könnten – von Kondomen bis Kaviar.

Spaß kennt keine Grenzen. Auch nicht beim alljährlichen Single-Cup, der in *Beuerberg* legendär ist. Liebesnester und Champagner-Nachschub inklusive, und am Abend die rauschende Party mit lustigen Spielchen, die alle mit Sex, Sex, Sex zu tun haben. Ines und Gisela haben dort zwar keine Männer fürs Leben gefunden, aber doch viel erlebt. Der One-Night-Stand ist nur eine Sonderform des Einputtens.

Ein Hauch von Dekadenz liegt über dem Moor. Schillernde Tümpel und dunkle Wälder. Schwierige Par-3-Löcher und relative leichte Grüns. Erinnerungen an Striptease-Golf-Runden oder den Putt um 100.000 Euro. Es soll Leute geben, die in *Beuerberg* nur Golf spielen und sonst nichts. Doch die legendäre Spieler-Truppe ist das Markenzeichen *Beuerbergs*. In die Jahre gekommene Juristen, Sänger und Schauspieler geben die Edel-Zocker-Gang. Ihr Spiel ist ernst, denn mit Geld spaßt man nicht. Golferinnen sind in diesen Flights unerwünscht. Echte Spieler brauchen keine Frauen, um Spaß zu haben.

Ines und Gisela zocken um fünf Euro pro gewonnenem Loch, das hat sich eingebürgert mit den Jahren. Ines glaubt, dass sie besser puttet, wenn sie um Geld spielt. Gisela denkt, dass sie ihre Freundin besser unter Druck setzen kann, wenn es um etwas geht. Sie kennen sich jetzt seit drei Jahren. Sie sind zusammen verreist, golfen miteinander und telefonieren fast täglich. Eine Freundschaft, die sich vor allem aus dem gemeinsamen Wunsch speist, das Leben möge nicht fad werden.

Sie erzählen einander vieles, doch eines sparen sie aus: die Angst. Diese verteufelte Angst vor Alter und Alleinsein. Ines zählt noch Armut hinzu: die drei großen A, die als dunkle Wolke über ihr schweben. Sie ist als Maklerin recht gut im Geschäft, doch sie hat nicht vorgesorgt fürs Alter. Sparen war nie ihre Sache, und anders als Gisela hat sie bei der Scheidung nichts gewonnen. Eher verloren. Zum Beispiel den Mann, den sie liebte.

Ach was, denkt sie dann, wenn die Wolke auftaucht: Ich habe noch viel Zeit, und der Prinz kann noch kommen. Heinrich, der Zahnarzt, zum Beispiel: Neumitglied in *Beuerberg*, frisch geschieden und um die 50. Er mag kein Adonis sein, doch er hat ein nettes Lächeln und tadellose Zähne. Fährt einen Audi Quattro und zahlt großzügige Runden nach dem Golfen. Man kann ihn sich schön trinken, und beim letzten Mal hat er sie in seinem Wagen mitgenommen, weil Ines nicht mehr fahren wollte nach zu viel Wein. Ein inniger Kuss vor ihrer Haustür, dann brauste der Prinz, auch nicht mehr nüchtern, davon.

Sie hat sofort Gisela angerufen und es ihr erzählt. Erst an der Reaktion ihrer Freundin merkte sie, dass ihre Geschichte nicht so gut ankam. Gisela war eifersüchtig, und sie machte sich nicht einmal die Mühe, es zu verbergen. Beim nächsten Golfspiel, den Zahnarzt im Flight, flirtete sie so unverschämt mit Heinrich, dass Ines sie vor Zorn am liebsten abgeschossen hätte. Zumal Gisela die Angewohnheit hat, vor den Ball zu gehen. Sie steht immer vor statt hinter dem Ball, den andere spielen. Macht man sie darauf aufmerksam, entschuldigt sie sich und geht einen Schritt zurück. Nie weit genug.

Heinrich hat ein anderes Problem beim Golfen: Er weiß genau, wann er an diesem Loch und aus jener Position den Ball perfekt gespielt hat. Gestern oder vor einer Woche oder vor einem Monat. Er weiß es, und er erzählt es. Das ist furchtbar, denn kein Mensch interessiert sich für die Schläge des anderen, und schon gar nicht für die vergangenen. Aber in seinem speziellen Fall ist Ines bereit zu vergeben. Wenn wir erst zusammen sind, denkt sie, werde ich ihm dieses Second-Hand-Golf abgewöhnen. Auch die gelben Pullunder und karierten Socken. Das ist aber schon alles, was sie an ihm stört. Abgesehen davon, dass er Giselas lächerliche Flirt-Attacke nicht so vehement abgewehrt hat, wie Ines es sich gewünscht hätte. Immerhin hat es zwischen ihnen schon einen Zungenkuss gegeben. Für Beuerberger Verhältnisse mag das nichts sein, doch für Ines zählt diese Intimität mehr als flüchtiger Sex im Midway-Haus.

War es ihr bei dieser Runde zum ersten Mal aufgefallen, dass Gisela den Ball unsäglich lange anspricht? Der ausgestreckte Po in der wie immer zu engen Hose. Sie steht vor dem Ball und wippt mit dem Schläger auf und ab. Sekundenlang. Will sie ihn hypnotisieren, oder was? Heinrich stierte auf den Po, das war nicht zu übersehen. Er ist für Giselas Alter ja auch in Topform, sie verbringt Stunden an Fitness-Geräten. Ines hingegen findet ihren Hintern zu flach, er ist irgendwie nach unten gesackt – wie alles andere auch. Weil sie im Gegensatz zu Gisela keine Zeit für Fitnessorgien hat. Sie muss für ihren Champagner arbeiten. Gisela dagegen beutet eine Rumänin aus, die in ihrem Laden als Verkäuferin arbeitet und mit einer versteckten Kamera überwacht wird.

»Bereit für die Runde?«

Sie stehen am Abschlag, im Hintergrund die Berge, in ihrem Rücken das Restaurant und die Bar. Stimmengewirr auf der Terrasse. Sie warten auf ihre Golfpartner, doch Heinrich, der einen Freund mitbringen wollte, schickt in letzter Minute eine SMS, dass er leider verhindert sei. Ines ist enttäuscht, doch sie zeigt es nicht.

Gisela macht nie einen Hehl aus ihren Gefühlen: »Das ist aber blöd. Ich war neugierig auf den Freund. Andererseits ist Heini ziemlich nervig beim Golfen. Dieses ewige Gequatsche von seinen Ex-Schlägen ...«

Sie nennt ihn Heini, das findet Ines gemein. »Du hast doch immer so interessiert getan.« Sie holt ihren

Driver aus der Tasche. Sie tragen beide ihre Bags, weil das jung und dynamisch aussieht. Es macht schneller müde und verursacht Rückenschmerzen, aber das würden sie nie zugeben.

Gisela, die einen schicken Hut und Sonnenbrille trägt, lächelt ihre beste Freundin an: »Ich bin ein höflicher Mensch. Und abgesehen davon ist Heini ja ganz nett. Fabelhafte Zähne. Ich müsste ohnehin mal zum Zahnarzt.«

Die Sonne scheint, doch ein paar Wolken ziehen auf. Ines, die niemals Probeschwünge macht, schlägt in die Mitte des Fairways. Gisela applaudiert, bevor sie ihren Platz einnimmt und ebenfalls makellos abschlägt.

»Bravo.« Ines schiebt ihre Kappe tiefer in die Stirn, um das böse Funkeln ihrer Augen zu verbergen. *Ich müsste ohnehin mal zum Zahnarzt.* Gisela hat perfekte Zähne. Will sie ihr damit sagen, dass sie zum Halali bläst?

»Du hast doch eine gute Zahnärztin«, sagt Ines. Sie schreiten zu ihren Bällen, die fast gleichauf liegen. Der zweite Schlag muss über den Gehweg bis vors Grün. Besser, leicht rechts zu halten, weil das Fairway nach links hängt.

»Ich weiß, aber die Gute ist schon so alt, da dachte ich mir, es ist mal Zeit für was Neues. Und vielleicht gibt mir Heini ja Rabatt.«

Gisela schlägt mit Schwung in Richtung Grün.

Sie will immer Rabatt, das ist schon eine Manie, denkt Ines. Überall versucht sie, etwas herunterzuhandeln, das ist richtig peinlich. »War ein bisschen weit rechts, oder? Hoffentlich ist er nicht im Wald.«

»Den finden wir schon«, sagt Gisela fröhlich. Sie öffnet mit lautem Zischen ihre Wasserflasche, während Ines schlägt.

»Kannst du das bitte lassen?!«

Giselas Stimme klingt tatsächlich schuldbewusst: »Sorry. War aber okay, dein Schlag. Vielleicht ein bisschen kurz.«

Ines hebt den dritten aufs Grün und locht mit dem vierten ein, was ihr angesichts ihres wabernden Zorns wie ein Wunder erscheint. Gisela, so scheint es ihr jetzt, hat sich immer »angehängt«, wenn es um Männer ging. Kaum hat Ines einen an der Hand, wird Gisela aktiv. Sie ist ja auch die Ältere. Wahrscheinlich ist ihre Verzweiflung größer.

Am Wald sieht Ines die Zocker-Gang auftauchen. Sie sind zu viert und suchen jeden Ball, da wird kein Druck von hinten kommen. »Spielen wir um das Übliche?«

»Warum nicht«, antwortet Gisela. Sie schultert ihre Golftasche und beschließt, sich einen batteriebetriebenen Designer-Trolley anzuschaffen. Für das Tragen wird sie langsam zu alt, man muss den Tatsachen ins Auge sehen. Auch, dass Ines furchtbar aufgebracht ist wegen dieses Heinis. Er ist ja nun wirklich nicht der Prinz, auf den sie alle warten. Ines sollte nicht unter ihr Niveau gehen, nur weil sie so elende Angst hat, am Ende alleine dazustehen. Am Ende ist man sowieso allein. Freundschaft hin oder er, es macht ihr einfach Spaß, Ines zu ärgern. Weil sie beim Golfen fast immer gewinnt – und das auch noch auskostet.

Der Abschlag des zweiten Fairways ist leicht, sofern man nicht nach rechts zieht und im Tümpel landet. Sie spielen beide Par und gehen zum 3. Loch. Das Grün ist von Wasser umgeben, das ist die einzige Schwierigkeit. Der Flight vor ihnen stochert im Moorwasser nach Bällen, sie müssen also warten.

»Du willst doch gar nichts von Heinrich. Warum flirtest du dann mit ihm?«

Gisela sieht auf die geröteten Wangen ihrer Freundin. Es muss ihr schwergefallen sein, diese Frage zu stellen. Ines gehört zu den Leuten, die Wahrheit für ein Gerücht halten. »Wieso? Ich finde ihn echt nett. Abgesehen davon, dass er beim Golfen zu viel redet. Aber sonst ... und großzügig scheint er auch zu sein. Alles in allem keine schlechte Partie.«

»Er ist sowieso zu jung für dich«, sagt Ines. Das war ein Fehler, doch der Pfeil ist abgeschossen und trifft ins Schwarze. Sie kann ihn nicht mehr zurückholen.

Giselas Stimme ist eisig: »Meinst du nicht, das sollte man ihn entscheiden lassen? Außerdem bist du gar nicht so viel jünger.«

Ines schlägt ab, zu weit nach rechts. Giselas Schlag ist gerade.

»Du hast recht. Es tut mir leid.«

»Nein. Tut es nicht. Weißt du, bisher hat mich dein Heini gar nicht so interessiert. Aber jetzt denke ich, dass du keinen Alleinanspruch auf ihn hast. Gleiches Recht für alle, Schätzchen.«

Gisela findet Ines' Ball im Rough und zeigt ihr die Stelle an. Obwohl es heiß ist, schwitzt sie nicht. Sie spielt immer mit langen Ärmeln und hochgeschlossenen Seidenpullis. Ihre Hosen sind lang und eng.

Ines dankt ihr für den Ballfund. Doch sie kocht. Schlägt ihren Ball knapp bis vor das Wasser. »Ich hab eine Idee.«

»Guter Schlag. Welche denn?«

Ines lächelt auf eine Weise, die Gisela ausnahmsweise nicht deuten kann. »Wir spielen nicht um Geld dieses Mal. Wir spielen um Heinrich. Wer gewinnt, darf ihn behalten, und die andere mischt sich nicht mehr ein.«

Gisela schlägt ihren Ball auch vor das Wasser. Sie war zu feige, mit dem zweiten das Grün anzugreifen. »Witzige Idee. Ist dir das gerade eben eingefallen?«

»Ja. Wir spielen um den Mann. Er ist die Trophäe.«

Heini, der Zahnarzt, denkt Gisela. Wie bescheiden wir doch geworden sind mit den Jahren. Da hat es früher andere Kaliber gegeben. Doch muss sie zugeben, dass die besten Zeiten in dieser Hinsicht unwiderruflich vorbei sind. Man muss sich mit dem kargen Angebot arrangieren. »Gut, okay, warum nicht? Die üblichen Regeln?«

»Die üblichen Regeln. Wir zählen ab Loch 3, also ab diesem.«

Es ist das Loch, an dem Ines oft ins Wasser schlägt, denkt Gisela. Diesen letzten läppischen Ball aufs Grün. »Einverstanden. Ich wünsch dir ein schönes Spiel.«

»Ich dir auch«, lügt Ines. Sie denkt an Heinrich, als sie den Ball ganz sanft über das Wasser auf das Grün hebt. Er hat ein so nettes Lächeln. Und er küsst gut. Sie müsste bis ans Ende ihrer Tage nie mehr Angst vor dem Zahnarzt haben. Ganz im Gegenteil.

Auch Gisela schlägt aufs Grün, und beide beenden das Loch mit einem Bogey. Am Abschlag hinter ihnen steht der Flight der »Honorable Society«, der ehrenwerten Vereinigung der zockenden Golfspieler. Die gewagtesten Einsätze, die besten Rotweine und dicksten Zigarren. Männer, die nicht älter werden, nur ruchloser. Der Golfplatz ist der Salon, in dem sie ihre Duelle austragen. Schläger werden zu Pistolen. Und alles, was sie brauchen, ist Munition aus Geld.

Ines denkt, dass sie gerne mehr Geld hätte und dann aufhören würde zu arbeiten. Nur noch Golf spielen und in Fitness-Centern gegen den Verfall trainieren.

Das wäre schön. Schon möglich, dass noch etwas Besseres kommt als der Zahnarzt. Aber eigentlich glaubt sie nicht daran. Die alten Säcke wollen junges Fleisch, und wenn sie nur reich genug sind, kriegen sie es auch. Sie war anders, als sie jung war. Romantischer. Sie hat aus Liebe geheiratet. Darauf gepfiffen. Sie wird Gisela besiegen, sich Heinrich krallen und ihre Freundin zur rauschenden Hochzeit einladen.

Der Himmel hängt voller Wolken. Während sie die nächsten Löcher fast schweigend spielen, zieht ein Unwetter auf. Die Luft ist regenschwer, als sie am Abschlag des 11. Lochs stehen. Ein Par 3 über Wasser. Noch ist das Spiel unentschieden. Ines und Gisela schenken sich nichts. Nicht einmal den Ball, der einen Zentimeter vor dem Loch liegt.

Gisela denkt an ihre beiden Söhne, die in Amerika arbeiten und sich nur noch sporadisch melden. An ihren letzten Liebhaber, den sie wirklich gern hatte. Er starb mit 71 an Herzversagen. Danach gab es noch eine Nacht mit irgendwem, sie kann sich kaum erinnern, so betrunken war sie. Traurig alles irgendwie. Ines nimmt vieles leichter und hüpft mit jedem in die Kiste, wenn der Alkohol sie frivol macht. Was will sie nur mit diesem Heini? Der würde sie doch irgendwann zu Tode langweilen. Inzwischen findet sie die Idee, um einen Mann zu spielen, nicht mehr so lustig.

Ines konzentriert sich auf ihren Abschlag. Eigentlich ganz leicht, wenn nur das Wasser vor dem Grün nicht wäre. Es ist ihr Angstloch, immer schon. Sie schaut auf Gisela, ihre beste Freundin. Sie steht wieder vor dem Ball.

»Gehst du zurück, bitte.«

»Warum?«

»Ich könnte dich treffen.«

»Du hast mich schon getroffen. Dieser dumme Satz mit dem Alter. Du sagst doch sonst nie, was du denkst.«

Du aber immer, denkt Ines, und manchmal ist es verdammt verletzend. »Es tut mir leid. Du bist meine beste Freundin. Ich will dich nicht abschießen.«

Gisela geht zwei Schritte zurück. Willst du doch, denkt sie. Sobald du dir einen Mann geangelt hast, bin ich nur noch zweite Wahl. Frauenfreundschaften haben ein Verfallsdatum. Sie hört lautes Gelächter vom hinteren Flight. Denkt, dass sie lieber ein Mann geworden wäre. Die scheinen mehr Spaß zu haben. »Wollen wir das hier wirklich durchziehen?«

»Aber sicher«, sagt Ines und schlägt ab. Ihr Ball fliegt über das Grün hinweg in die Büsche. »Verdammt!« Ines stampft mit dem Fuß auf.

Gisela lächelt nach innen. Ihr Ball landet im rechten Bunker. Sie schlägt mit dem zweiten aufs Grün.

Ines sucht ihren Ball im Gebüsch.

Gisela hilft ihr nicht, sondern sieht auf ihre Armbanduhr und wartet. Das ist auch so eine Angewohnheit, die sie nervt: Ines ist passionierte Ballsucherin. Selbst dann, wenn sie im Aus sind. Kein Dickicht und keine Brennnessel hindern sie, und oft findet sie mehr als nur ihren verlorenen Ball. Sie ist auch noch stolz darauf, dass sie aus diesem Grund nie neue Bälle kaufen muss. Ob sie es nötig hat?

Die Zocker-Gang hinter ihnen steht schon am Abschlag. Ines stochert auf der anderen Seite der Büsche. Gisela sieht auf die Uhr. Fünf Minuten. Die maximale Zeit, die für Ballsuche zur Verfügung steht. »Du hast die Zeit überschritten. Lochverlust.«

Ines taucht hinter den Büschen auf. Sie sieht zerzaust aus – und fuchsteufelswild. »Das ist jetzt nicht dein Ernst?!«

»Doch, natürlich. Wir spielen nach den Stableford-Regeln, Liebes.« Gisela puttet ihren Ball ein. »Tut mir leid.«

»Ich habe nicht auf die Uhr gesehen. Du hättest ja was sagen können – vorher!«

Gisela hebt ihren Ball auf. »Lass uns weitergehen. Die Jungs warten schon.«

Ines' Wangen sind fast so rot wie ihre Haare. Ihr Mund ist verzerrt, und ihre Blicke töten. »Ach so willst du spielen – auf die harte Tour!«

»Nur nach den Regeln. Ich hab sie nicht gemacht.«

Gisela notiert ihren Score und geht als Erste zum Abschlag des 12. Lochs. Sie macht einen Probeschwung und spricht den Ball an. Ihr Schläger wippt auf und ab.

Ines sieht auf ihre Uhr. Als Gisela ausholt, um abzuschlagen, ruft sie »STOPP!« Es ist zu spät, und der Ball landet links im Wald. Gisela dreht sich um: »Bist du übergeschnappt? Was schreist du herum, während ich schlage?«

Ines tippt auf das Zeigerblatt ihrer Uhr. »Du hast die zulässige Zeit überschritten. Das gibt einen Strafschlag.«

Giselas Mund wird sehr schmal und ihre Stimme schrill: »Zulässige Zeit? Hast du einen Sonnenstich, oder was?«

Ines kostet die Rache aus: »Ich rede von den DGV-Wettspielbedingungen, Ziffer 4: Ein Schlag darf insgesamt nicht länger als 50 Sekunden dauern. Das ist ein Verstoß gegen die Golfregeln 6–7, also unangemessene Verzögerung. Wird mit einem Strafschlag geahndet. Beim zweiten Mal gibt es zwei

Strafschläge, beim dritten Mal Disqualifizierung. Du musst aufpassen, Gisela.«

Ines ist ein wandelndes Regelwerk, das hat Gisela schon immer nervig gefunden. Jetzt klingt es nach Kriegserklärung: »Das ist doch nur eine billige Rache für die fünf Minuten von vorhin.«

Stimmt genau, denkt Ines, aber »billig« würde sie das nicht nennen. »Ich wollte es dir schon öfter sagen, dass du den Ball zu lange ansprichst. Das ist für deine Mitspieler eine arge Geduldsprobe. Deshalb habe ich nach dieser Regel im Internet gesucht.«

»Und die haust du mir jetzt um die Ohren. Wegen Heini, dem Zahnarzt. Du hast ja nicht mehr alle Tassen im Schrank, du blöde Kuh.«

»Du hast doch damit angefangen, oder? Fünf Minuten Ballsuche, du, du ... alte Kuh!«

»Du suchst doch ständig nach Bällen und hältst alle auf. *Das* ist nervig.«

Golf ist ein Spiel der Gentlemen. Von Frauen war nie die Rede. Diese Frauen schreien sich erst an und beginnen dann etwas, das nach Schlägerei aussieht. Nach Frauenart. Ohrfeigen fliegen, sie zerren sich an den Haaren, begleitet von schrillem Gekreische. Giselas Hut liegt am Boden, und Ines stampft darauf herum.

Der sattgrüne Rasen von *Beuerberg* hat schon viel erlebt, aber Frauen-Catchen noch nie. Die Zocker-Gang, die weiterspielen will, schreitet notgedrungen ein. Je zwei Mann halten eine Frau fest. »Seid ihr verrückt geworden, Mädels?«

Ines und Gisela verstummen. Sie sehen sich an und sagen fast gleichzeitig »Loslassen«.

»Aber nur, wenn ihr uns durchspielen lasst.« Die Vierer-Gang ist eher amüsiert als verärgert. Doch das Zocken muss weitergehen, es steht viel Geld auf dem Spiel.

»Ja sicher«, sagt Gisela. Zu Ines: »Ich würde jetzt lieber abbrechen. Und du?«

Ines denkt, dass sie vielleicht ein bisschen zu weit gegangen ist. Aber es fällt ihr schwer, das auszusprechen.

»Irgendwie habe ich mit dem Mist angefangen. Es tut mir leid«, sagt Gisela.

Zwei Golferinnen, ein wenig derangiert, gehen die Straße hoch zurück zum Clubhaus. Reichlich beschämt, denn sie ahnen, dass sie zu den vielen Clublegenden eine weitere beigetragen haben. Zumindest wissen die anderen nicht, dass sie um einen Mann gespielt haben.

»Kein Wort über Heini«, sagt Gisela. »Wenn uns jemand fragt, sagen wir, dass wir uns über die Regeln in die Haare gekriegt haben.«

»Na logisch«, sagt Ines. »Von mir erfährt keiner was. Es war sowieso eine blöde Idee.«

»Das kannst du laut sagen.« Gisela schlägt ihr auf die Schulter. »Alles wieder gut?«

Ines lächelt erleichtert. »Alles gut.«

»Aber das mit der 50-Sekunden-Regel hast du erfunden?«

»Na ja. Es gibt sie wirklich, aber nur, wenn sie vom Club für Turniere festgelegt wird.«

»Du bist eine üble Regel-Tante«, sagt Gisela. »Aber weil ich mit dem Mist angefangen habe, gebe ich jetzt einen aus.«

Die Wolken haben sich verzogen, als sie im Clubhaus ankommen. Sie suchen die Toiletten auf, um sich frisch zu machen, dann bestellt Gisela zwei Gläser Champagner auf die Terrasse. Der Oberkellner, ein genialischer Schlawiner, serviert sie mit routiniertem Charme. Von der kleinen Schlägerei hat er offenbar noch nichts gehört, doch darüber hinaus kennt er jeden Klatsch made in *Beuerberg*. Um ihn bereitwillig zu streuen. Zum Beispiel jenen, dass Heinrich – »ihr wisst schon, der Zahnarzt« – ein Techtelmechtel mit einer Aushilfskellnerin begonnen hat. Die beiden wurden in der Clubsauna in flagranti erwischt.

»Das ist ja ekelhaft«, sagen Gisela und Ines wie aus einem Mund. Sie sehen sich in die Augen und erkennen eine Blödheit, die sie verbindet und doch auch wieder trennt. Eine Verzweiflung, die sie teilen. Wie das gemeinsame Lachen, das hin und wieder hilft, das alles zu überstehen.

Hole 4

Die irdische Komödie

Arzaga Golf Club, Italien

Dante ist kein großer Dichter wie sein berühmter Namensvetter, doch er ist ein begabter Geschichtenerzähler. Mit dem brasilianischen Fußballer verbindet ihn eine entfernte Ähnlichkeit, aber Dante spielt lieber Golf. Den Sport hat er in seinen Jahren als Caddie gelernt, dazu ein wenig Englisch, Deutsch und Französisch. Es gibt Dinge, die kann er in vielen Sprachen ausdrücken, obwohl sie auf Italienisch immer noch am besten klingen. Wie *ti amo*.

Auf der Terrasse des *Palazzo Arzaga* verbringt Dante Agnelli viel Zeit. Er hat die Geduld eines Engels. Oder die eines Jägers, der es genießt, auf Beute zu lauern. Die jungen Kellner lieben ihn für sein großzügiges Trinkgeld und halten ihn für einen Don Juan. Die älteren, mit mehr Durchblick, erkennen den Hochstapler. Doch solange er sie schmiert, werden sie lächeln. Vielleicht bewundern sie ihn auch für seine Gabe, Frauen zu betören. Hotelgäste, Golfspielerinnen. Dante sitzt strategisch so günstig, dass sie an ihm vorbeimüssen auf dem Weg ins Hotel oder zum Golfplatz. Er hat alles und alle im Blick. Sein geübtes Auge nimmt die kleinste Bewegung wahr. Er findet jeden Ball, selbst im dichtesten Gestrüpp, das lernt man als Caddie. Und er wählt die Frauen aus, die sich im Dickicht unerfüllter Sehnsüchte verloren haben.

Schon als Caddie hat er sie studiert, die Golferinnen. Sie erschienen ihm immer interessanter als Männer. Für Männer ist Golf vor allem ein Egotrip. Ich schlage am weitesten, also bin ich der Beste. Ehrgeiz, Konkurrenzdenken und Killerinstinkt. Frauen spielen raffinierter. Weniger Kraft, mehr Grips.

Dante liebt die Frauen. Seine Mama und Oma, die Schwestern, Tanten und Cousinen, die Lehrerinnen, die Jugendfreundinnen. Mit Jungs hat er nie viel anfangen können. Sein Vater hatte sich gleich nach seiner Geburt aus dem Staub gemacht, weshalb Dante früh von der Schule abgehen musste, um die Familie zu unterstützen. Als Caddie brachte er gutes Trinkgeld nach Hause. 18 Jahre lang. Seit zwei Jahren arbeitet er selbstständig. Auf seiner zweisprachigen Visitenkarte steht: Dante Agnelli, Berater. Darin liegt sogar ein Gran Wahrheit: Er berät Frauen in Liebesdingen, in Golf und zu guter Letzt darin, wie sie ihr Geld sinnvoll investieren können. In Dante Agnelli.

Er nimmt nie so viel, dass es richtig wehtut. Es soll schließlich keine Anzeigen geben, denn zumindest eine Saison möchte er an einem Ort verbringen. Und er liebt *Arzaga*, den alten Palazzo und den neuen Golfplatz, den Jack Nicklaus entworfen hat. Dieser Platz ist in vielem sehr amerikanisch: breite, flache Fairways, zahlreiche Bunker, fünf künstliche Seen. Zu den alten Eichen und Robinien wurden 700 neue Bäume gepflanzt, die im italienischen Sommer Schatten spenden sollen.

Alles ist gepflegt, distinguiert, seinem Geschmack entsprechend. Auch die Restauration und das Hotel mit den wunderbaren Fresken, die die Handschrift von Guido Reni tragen. Ariciagus – Arzaga – bezieht sich auf die alte Hügelstadt, die unter Kastanienbäumen versunken ist. Vom Mittelalter bis zur Renaissance kämpften die Städte Ariciagus und Drugolo um die Vorherrschaft in der Region um den Gardasee.

Frauen mögen das, wenn Männer ihnen Geschichten erzählen. Aus Vergangenheit, Gegenwart und Zukunft. Obwohl die meisten ein eindeutiges Faible für eine gemeinsame Zukunft haben. Damit kann Dante nicht dienen, weshalb er in seiner schönen Schrift Abschiedsbriefe verfasst, die poetisch, dramatisch und immer versöhnlich sind.

Er nimmt eine Blondine in Augenschein, die sich drei Tische weiter niedergelassen hat. Sie ist attraktiv, vermutlich deutsch. Nicht mehr in den besten Jahren, er schätzt sie wohlwollend auf 40 plus. Sie ist sehr schlank, er mag Rundungen an Frauen lieber, aber man kann es sich nicht immer aussuchen. Eine Golferin, die teure Kleidung trägt, das kann er aus der Distanz sehen. Aus der Nähe kommt es auf die Uhr und den Schmuck an. Frauen, die Modeschmuck tragen, streicht er automatisch von seiner Eroberungsliste.

Er winkt dem Kellner und bestellt einen Espresso. Flüstert: »Ist sie Hotelgast?«

»Si, Signor, gestern angekommen. Sie logiert in einer Junior-Suite. Signora Gisela Schwend.«

»Allein hier?«

Der Kellner nickt, und Dante steckt ihm einen 20-Euro-Schein zu. »Danke, und den Espresso nicht vergessen.«

Sie ist Deutsche, er hatte richtig getippt. Amerikanerinnen sind in der Regel schlechter gekleidet als Europäerinnen, sie stellen Geld eher mit teurem

Schmuck zur Schau. Amerikanerinnen kommen in Rudeln, da ist es schwierig, die Einzelne von der Herde zu trennen. Obwohl sie sich in ihrer reizenden Naivität leichter manipulieren lassen. Amerikanerinnen sind geradezu beleidigend einfach zu verführen. Mit 32 Jahren und am Beginn seiner Karriere schätzt Dante jedoch immer noch die Herausforderung.

Sie mustert ihn durch die dunkle Sonnenbrille, da ist er sich ganz sicher. Ihr Hut ist hübsch – nur, wie will sie damit Golf spielen? Gisela Schwend trinkt Espresso und Mineralwasser. Hoffentlich ist sie keine Raucherin, denkt Dante. Er ist Asthmatiker, schon seit früher Kindheit. Raucherinnen gefährden seine Gesundheit. Doch sie scheint clean zu sein. Und sie hat ihn zur Kenntnis genommen, das sagt ihre Körpersprache. Gisela Schwend schlägt die Beine übereinander und sitzt sehr gerade, dekorativer als vorher. Dante schickt ein Lächeln auf den Weg, und es wird erwidert.

Er hat es nicht anders erwartet. Er wird jetzt aufstehen und an ihren Tisch gehen. Sich vorstellen und sie fragen, ob er sich zu ihr setzen darf. Mit ihr plaudern, und wenn sie es gestattet, wovon er ausgeht, mit ihr eine Runde Golf spielen. Er wird sie mit seinen Schlägen beeindrucken, aber auch mit seiner Grandezza. Dante Agnelli aus dem Clan der berühmten Industriellenfamilie, leider der aus dem verarmten Teil. Nach dem Spiel die Verabredung zum Abendessen. Der Tisch auf der Terrasse mit Blick ins weite Tal. Champagner, Wein und gegrillter Fisch aus der Region. Dazu Geschichten über die Fresken von Guido Reni und Liebe in Zeiten der Renaissance. Ein flüchtiger Satz über seine Neigung zu reifen Frauen.

Viele Fragen zu ihrer Person. Die meisten Menschen lieben es, über sich selbst zu sprechen. Am Ende des Abends wird Gisela Schwend berauscht sein von Italiens Zauber in Gestalt von Dante Agnelli. Ein zarter Kuss zum Abschied. Vorhang fällt.

Golf und die Liebe haben Gemeinsamkeiten: Nimmt man sie nicht ernst, macht es keinen Spaß. Nimmt man sie ernst, bricht es einem das Herz. Immer und immer wieder. Die wenigsten geben auf.

Menschen sind Träumer im Golfspiel und in der Liebe, davon ist Dante überzeugt. Wie in der *Göttlichen Komödie* wird er Gisela den Weg hinauf ins Paradies führen. Von dort wird sie ein gutes Stück abwärtsfallen, doch eines wird ihr ewig bleiben: die Erinnerung. Die Erinnerung an sieben Tage und Nächte im Paradies. Gisela und Dante auf der Terrasse des *Arzaga*. Auf dem Golfplatz, wo er ihr zeigt, wie sie ihren Schwung verbessert. An der Seepromenade, Hand in Hand. Im Himmelbett ihrer Suite, wo sie sich lieben jede Nacht und jeden Morgen. Frauen im fortgeschrittenen Alter sind für ihn sexuell interessanter, weil sie ihre Körper besser kennen.

Dante sagt ihr, dass sie schön und besonders sei.

Gisela sagt ihm, dass sie noch nie in ihrem Leben so glücklich war. *Ti amo*.

Es sind die leichtesten Worte der Welt. Nichts an der Liebe sollte schwer sein. Er mag Gisela, sie ist nett und klug, auch wenn sie ein bisschen viel redet. Sie ist auch eine gute Golferin, wenn man davon absieht, dass sie den Ball ewig anspricht, bevor sie ihn endlich bewegt. Im Bett ist sie fabelhaft. Ihr Körper ist gut in Form, nur im Morgenlicht, wenn sie gemeinsam aufwachen, verrät sie ihr Alter, bevor sie sich abwendet und ins Bad läuft. Die faltige Haut rührt ihn und erinnert ihn an seine Mama, als sie noch jünger war. Er hat noch keine Frau getroffen, die es mit ihr aufnehmen könnte, der Liebe seines Lebens. Schon möglich, dass er niemals heiraten wird. Er ist vielleicht nicht so gut wie Helg Sgarbi, aber doch ein begabter Hochstapler, sicherlich der beste in Italien. Außerdem auf freiem Fuß im Gegensatz zu Sgarbi. Weil Dante die Frauen niemals maßlos ausbeutet. Auf seine Weise liebt er sie für eine Weile und verzeiht ihnen immer wieder, dass sie zu viel von ihm wollen.

Ewige Liebe! So unmöglich wie das perfekte Golfspiel. Er hat Tage, da gelingt ihm auf dem Golfplatz alles, und er ist glücklich. Und dann gibt es wieder die schrecklichen Momente des Versagens, die misslungenen Schläge, die er sich nicht erklären kann. Im Golf gibt es kein Happy End. Im Leben natürlich auch nicht. Dante ahnt, wie seines enden wird: Durch die neun Kreise der Hölle wird er an tiefster Stelle landen, für ewig eingefroren im Eissee Kokytos. *Divina Commedia.*

Oder würde er als Schmeichler ewig in der Kloake sitzen müssen? Dante denkt durchaus über seine Sünden nach, aber sind sie nicht lässlicher Natur? Er macht Frauen glücklich für eine gewisse Zeit, und dafür bezahlen sie mit ihrer Währung. Dante hat eine Familie zu unterstützen. Er hat Mama ein Haus gebaut, südlich von Rom. Mit einem riesigen Garten und einem Olivenhain. Wenn er zu alt wird für den Job, wird er sich dorthin zurückziehen, bei der Olivenernte helfen und sich seinen vielen Nichten und Neffen zuwenden. Doch bis dahin muss er sich seinen Ruhestand verdienen.

An ihrem siebten gemeinsamen Tag, nach dem Abendessen in Desenzano, meiden sie die volle Bar und schlendern über den Golfplatz. Eine italienische Sommernacht für Verliebte. Das Gras glänzt im vollen Mondlicht, Grillen zirpen, und aus der Ferne dröhnt Discomusik. Gisela hat ihre Schuhe ausgezogen und geht barfuß über den grünen Teppich. Am 4. Loch setzen sie sich auf die Bank. Dante hat eine Flasche Champagner und zwei Gläser mitgebracht. Sie sieht nach oben auf den runden Mond und die glitzernden Sterne. Auf Dante, den ihr der Himmel geschickt hat. Als er die Flasche öffnet, fällt ihm eine schwarze Locke in die Stirn. Kitsch. Alles ist kitschig an diesem Mann und an dieser Situation.

»Morgen ist mein letzter Tag«, sagt Gisela. »Ich muss zurück nach München.«

Dante füllt ihr Glas. »Es ist nicht weit. Kein Grund zur Trauer.«

Sie stoßen an und trinken. Der Champagner ist warm geworden, aber ihr ist das egal.

»Ich lebe immer so, als ob es kein Morgen gäbe«, sagt Dante.

»Das ist schön.« Gisela trinkt ihr Glas leer. Er ist jung, romantisch und irrational. Diese Affäre ist ein süßer Scherz, und sie wird zu Ende sein, wenn sie abfährt. Sie wird weinen auf der Fahrt. Vielleicht auch noch in München. Und sie wird ihrer Freundin Ines davon erzählen. Weil sie dieses Abenteuer mit jemandem teilen muss. Später.

Als sie sich küssen, vergisst sie das Morgen und alles andere.

»Hast du schon mal auf dem Golfplatz ...?« Dante küsst ihr Ohr.

Gisela flüstert zurück: »Niemals.«

»Dann sollten wir es jetzt versuchen, hinter dem Bunker im Gras.«

Dante streift die Träger ihres Kleides nach unten. Gisela denkt an Grasflecken, ganz kurz, dann lässt sie es zu, dass er den Reißverschluss öffnet und sie hinter den Bunker führt. Er zieht ihr das Kleid aus und legt es behutsam zu Boden. Er zieht sich aus, und Gisela denkt, dass er den perfekten Körper hat. Diese schöne, olivfarbene, glatte Haut, die sie so gern berührt.

Zuletzt fällt der Slip von La Perla, dann setzt sie sich auf ihn und folgt seinen Anweisungen. Sie sitzen beide und bewegen sich hin und her wie auf einer Schaukel. Langsam, dann wieder schneller, er gibt den Rhythmus vor. Lust ist ein Gefühl, das alles verschlingt, was stören könnte. Auf dem Höhepunkt hält er ihr die Hand vor den Mund, und sie beißt hinein. Dann, wie in Zeitlupe, sinken sie zur Seite, immer noch ineinander verschlungen.

»Das war der beste Sex meines Lebens«, sagt Dante. Er lügt.

»Meiner auch.« Sie kann sich nicht erinnern, sie war zu oft betrunken beim Sex, aber es könnte wahr sein. So wie die Worte von Liebe wahr sein könnten. Andererseits ist sie über 50 und er vermutlich 20 Jahre jünger, es könnten auch mehr sein. Harald und Maude sind kein Argument, weil das Leben ja kein großes Kino ist. Sie ist zweimal geschieden und hat von den Ehen finanziell profitiert: eine Boutique in Harlaching und eine Villa, die zu groß für sie ist, seit die Kinder aus dem Haus sind. Von ihrer Mutter hat sie zwei Mietshäuser geerbt. Es könnte ihr schlechter gehen, doch dieses eine Gefühl ist vorherrschend: War's das?

Ist er die Antwort auf ihre Frage? Dante starrt den Mond an. Er hat so vieles noch vor sich, denkt Gisela und beneidet ihn. Er ist ein schöner Mann, trotz seiner Zähne, die korrigiert werden müssten. Vermutlich hat er dafür kein Geld, Golflehrer verdienen nicht so viel. Gekleidet ist er makellos, italienische Männer haben ein Gespür für Mode und gehen doch manchmal ein bisschen zu weit. Der gestreifte Anzug, den er an diesem Abend trägt, erinnert sie an ein Streifenhörnchen, und er ist eine Spur zu eng. Gott, sind das unromantische Gedanken. Liebe? Ist es Liebe? Woher soll sie das wissen nach der langen Durststrecke? Vielleicht ist sie einfach nur verliebt in die Idee der Liebe. In Verlangen, Zärtlichkeit und Leidenschaft.

»Woran denkst du?«, fragt Dante.

»An Liebe.« Gisela berührt die Narbe auf seiner Wange. Sie steht ihm. »Woher hast du die?«

»Ich dachte schon, du fragst nie. Ich habe die Ehre einer Frau gegen einen Messerstecher verteidigt.«

»Ach was.«

»Doch. Er hat mich an der Wange erwischt, dann hat sie ihm von hinten eine Christusstatue über den Schädel gezogen.«

»Und?«

»Er war bewusstlos, und wir haben die Polizei gerufen. Keine große Sache.«

»Du bist also auch noch ein Held. Nicht nur ein Frauenheld.«

Dante lacht. Sie hat Humor, und er mag sie, doch sie fährt bald ab. Es ist an der Zeit, über Geld zu reden. »Kann ich nicht mit dir mitfahren, nach München? Ich muss unbedingt weg von hier.«

Unmöglich, denkt Gisela. Wie könnte sie diesen jungen Mann ihren Freunden und Bekannten vorstellen – oder gar ihren Kindern? Sie würde sich nur lächerlich machen. »Das geht nicht. Unsere Romanze funktioniert nur hier, das verstehst du doch.«

»Aber ich liebe dich, amore mio. Ich ertrage den Abschied nicht.«

Gisela sieht in seine dunkelbraunen Augen mit den langen Wimpern. »Warum musst du unbedingt weg von hier?«

»Weil die Mafia hinter mir her ist, deshalb.«

Das war ein Stimmungskiller, den sie nicht erwartet hat. Die Mafia ist so weit weg von Giselas Leben wie der Vatikan. »Was, bitte schön, hat ein Golflehrer mit der Mafia zu tun?«

Dante bedeckt seine Augen mit den Händen. Schöne Hände, er trägt einen Siegelring. »Ich habe eine Dummheit begangen. Nur eine Nacht lang. Ich habe gespielt. Poker, es war in Florenz. Ich habe gespielt und verloren und einen Schuldschein unterschrieben.«

»Bist du ein Spieler?«

Nicht mit Karten. Dante sieht sie flehend an. »Nein. Es war nur ein einziges Mal. So eine Riesendummheit. 50.000 Euro, und wenn ich nicht bezahle am Ende der Woche, werden sie mir ins Knie schießen. Oder mich gleich umbringen, wer weiß.«

»Oh mein Gott«, sagt Gisela. Weint er jetzt etwa? »Weißt du, was ich dir immer schon sagen wollte, mein lieber Dante? Du betrügst beim Golfspielen. Du schreibst dir selbst zu wenig auf. Bei diesem Loch zum Beispiel hast du dir heute 4 Punkte gegeben, dabei waren es 5. Und noch bei drei weiteren hast du geschummelt. Ich kann mir Zahlen ziemlich gut merken.«

Dante sieht sie an, als wäre sie übergeschnappt.

»Ich erzähle dir, dass sie mich umbringen wollen, und du redest von Golfpunkten? Was soll das, amore mio?«

Gisela zieht sich an, was im Sitzen gar nicht so leicht ist. »Ich meine ja nur, dass du betrügst. Und wenn du es schon beim Golfspielen machst, wenn es um gar nichts geht, warum dann nicht in größerem Stil? Du kannst mir ja viel erzählen von der Mafia. Woher soll ich wissen, ob das stimmt?«

Dante ergreift ihre Hand. »Du glaubst, ich lüge dich an, wenn es um Leben und Tod geht? Soll ich es schwören? Beim Augenlicht meines Vaters?«

Das Pathos findet Gisela überitalienisch. Leben und Tod, meine Güte! Die Flasche ist leer, sie ist beschwipst, ein wenig müde und leicht angeekelt. Sie zieht ihre Hand zurück. »Ich möchte jetzt zum Hotel zurück. Und nein, ich habe nicht die Absicht, dir 50.000 Euro zu geben.«

Als Gisela aufstehen will, hält er sie fest. »Und das war es? Du lässt mich einfach hier sitzen, nachdem du mich benutzt hast?«

»Wieso benutzt? Wir hatten eine schöne Zeit. Eine wirklich schöne Zeit. Und jetzt lass mich bitte los.«

Er zieht seine Hand zurück, und sie stehen beide auf. Gisela reicht ihm seine Hose und das Hemd. Nackt ist er ziemlich unwiderstehlich. »Du bist zu schön, um wahr zu sein. Und ich bin keine Idiotin. Dante, mein Lieber: Sofern dich die Mafia nicht erschießt, wovon ich ausgehe, sollten wir uns im nächsten Jahr wieder hier treffen. Oder anderswo am Gardasee. Golf, Sex und ein wenig Romantik. Ich zahle 10.000 für die Woche. Das ist doch angemessen, oder?«

Er knöpft sein Hemd zu. Leicht pikiert: »Mehr bin ich dir nicht wert? Wie wär's mit 20.000?«

Sie lächelt triumphierend: »12.000 – und das ist mein letztes Wort.«

»Aber für diese Woche auch!«

Gisela seufzt. »Ja sicher. Ich stelle dir morgen vor der Abreise einen Barscheck aus. Und wir bleiben in Kontakt. Sofern die Mafia uns keinen Strich durch die Rechnung macht, natürlich.«

»Du kannst jetzt damit aufhören«, sagt Dante. Er sammelt die Flasche und die Gläser ein. Gisela meint, einen Grasfleck auf ihrem Kleid zu sehen, doch das Mondlicht kann täuschen. Wäre aber auch egal, denkt sie. Alles in allem war es ohnehin eine teure Woche. Und andererseits doch wieder ganz wunderbar. Sie wird es niemandem erzählen können, nicht einmal Ines. Es ist zu schräg. Sie hat tatsächlich vor, einmal im Jahr die Dienste von Dante Agnelli in Anspruch zu nehmen. Ein Betrüger mag er sein, aber er hat viel für ihr Golfspiel getan. Für ihren Körper und für ihre Seele. Das lässt sich gar nicht mit Geld aufwiegen.

Sie ist jetzt wirklich alt genug, um der Wahrheit ins Auge zu sehen: Die Liebe bricht einem das Herz, immer und immer wieder. Deshalb sollte sie die Liebe nicht mehr ganz so ernst nehmen ...

Hole 5

Schlage nie den Buddhabaum!

Royal Hua Hin Golf Club, Thailand

Hast du ihn deshalb ausgesucht? Weil der Golfplatz noch älter ist als du? Das würde er Margret gern fragen, doch er tut es nicht. Ihr Sinn für Humor ist zu vernachlässigen, und ihre Wutanfälle sind einschüchternd. Er kennt sie nur zu gut. Margret ist seine Mutter, und weshalb er ihre Einladung zu einem Thailandurlaub angenommen hat, weiß Phillip nicht mehr so genau. War es die Aussicht auf eine First-Class-Reise zum Nulltarif? Auf Golfspielen, Strand und Meer? Sicher nicht die Perspektive, Zeit mit seiner Mutter zu verbringen. Phillip liebt sie mit einem Hass, der ihn von innen auffrisst. Manchmal spürt er ihn mit schmerzlicher Intensität. Wenn Margret sagt: »Du bist genau der gleiche Idiot wie dein Vater.«

Sein Vater starb, als Phillip neun war. Einzelkind. Margret hat seinetwegen ihre Karriere als Regisseurin aufgegeben. »Ein Kind kann man nicht nebenbei erziehen«, sagte sie. Und so wurde er zu ihrem Projekt, dem Stück ihres Lebens. Griechische Tragödie oder Film noir, obwohl er als Kleinkind noch an die Komödie glaubte.

Mutter und Sohn spielen im *Royal Hua Hin Golf Club*, der 1924 als erste Golfanlage in Thailand eröffnet wurde. Hua Hin war die Sommerfrische der Königsfamilie und des thailändischen Adels. Inzwischen sind hohe Militärs und Politiker hinzugekommen. Sie haben Villen am Rande der Stadt und rund um den Sommerpalast. 1932, während einer Golfrunde, erfuhr Rama VII. von dem Militärputsch, der die absolute Monarchie in Thailand beendete und zum Beginn der konstitutionellen Monarchie nach britischem Vorbild wurde.

So erzählen es die weiblichen Caddies, die sie auf den Platz begleiten. In Pidginenglish.

Je zwei Caddies pro Golfer, eine trägt die Golfbags, die andere den Sonnenschirm und eine Kühltasche mit Getränken und Obst. Die vier Frauen haben sich gegen die Hitze vermummt bis hin zu den Legionärskappen. Phillip wünscht sich, er hätte Hübschere aussuchen können. Margret hat das übernommen, so wie sie immer alles entscheidet. Er ist 25 Jahre alt und in der Endphase seines Jurastudiums. Wenn er einmal eigenes Geld verdient, wird er seiner Mutter sagen, dass sie sich zum Teufel scheren soll.

Der königliche Kurs ist wie ein Park angelegt, und jedes Fairway ist von dichten Baumreihen gesäumt – Tempel- und Jasminbäume, Tamarinden, Palmen, Oleander und Hibiskus. Margret moniert, dass die Fairways an einigen Stellen verbrannt und fast kahl sind. Sie findet immer ein Haar in der Suppe. Denn Margret ist Perfektionistin in der für sie unzulänglichsten aller Welten. Sie hat Handicap 22 und sorgte dafür, dass Phillip mit sechs Jahren begann, Golf zu spielen. Jetzt ist er in etwa auf ihrem Niveau, nur seine Abschläge sind viel weiter. Margrets Stärke ist das kurze Spiel: Annäherungsschläge und Putten. Ihre persönliche Stärke ist, dass sie niemals an sich zweifelt. Margret weiß alles, kann alles und führt pausenlos Regie. Ihre Herrschsucht ist legendär, und manchmal beneidet Phillip seinen Vater, der sich via Herzinfarkt beizeiten davonstahl. Er versucht sich einzureden, dass er Margret den Rücken kehren wird, wenn er ihr Geld nicht mehr braucht. Doch insgeheim weiß er, dass er nicht die Kraft dazu hat. Sie würde ihm eine Szene machen, die er nicht ertragen könnte. Margret macht immer Szenen, doch einige sind nicht von dieser Welt.

Sie ist 58 und immer noch attraktiv, wenn auch ein wenig in die Breite gegangen. Im Vergleich zu den zierlichen Thailänderinnen sieht sie wie eine Kuh aus, denkt Phillip. Margret, die Witwe, trägt grundsätzlich nur schwarze Kleidung, auch in der tropischen Hitze. Eine schwarze Kuh, die flucht, weil ihr Ball hinter den Bäumen verschwindet. Die Caddies kichern hinter vorgehaltener Hand.

»Die blöden Dinger nerven mich über alle Maßen. Kein Wunder, dass sich das auf mein Spiel auswirkt.«

Margret schlägt einen zweiten Ball, der auf dem Fairway landet. Ihr Caddie verschwindet zwischen Bäumen, um nach dem verschlagenen Ball zu suchen.

»Sie sind doch ganz nett.« Philipp schlägt weit und gerade, und sein Caddie kichert bewundernd.

»Klar, dass du das sagst mit deinem Faible für thailändische Nutten.«

Margret trinkt aus der Flasche, die ihr gereicht wird. Sie sieht seinen hasserfüllten Blick nicht. Und wenn, würde sie ihn ignorieren. »Meinst du, ich habe nicht gehört, wie du dich gestern Nacht aus deinem Zimmer geschlichen hast? Du weißt doch, ich kann nicht schlafen bei der Hitze. Und die Klimaanlage vertrage ich nicht.«

Sie wohnen im *Sofitel*, dem ehemaligen *Railway-Hotel*, das seine koloniale Vergangenheit pflegt. Margret hat es ausgesucht, weil sie nostalgische Hotels mag. Phillip dachte, dass er äußerst leise war. Doch die Türe knarrte ...

»Du warst zwei Stunden weg. Hast du wenigstens Kondome benutzt?«

Hat er, er ist ja kein Idiot. Obwohl Sex mit Kondomen wie Erdbeeren ohne Sahne ist.

»Auch wenn es dich nichts angeht – ja.«

»Alles geht mich an, was dich betrifft. Du bist mein Sohn.«

Margret schlägt ihren Ball aufs Grün. Perfekte Annäherungsschläge, damit punktet sie.

Für ihren gefundenen Ball bedankt sie sich nicht. Ein Ball, der ins Aus flog, ist ein Verräter. Und Dienstboten, wozu auch Caddies zählen, sind so uninteressant wie Statisten auf der Bühne oder im Film. Phillip versteht nicht, warum seine Mutter trotz ihrer grässlichen Arroganz von so vielen Leuten geschätzt wird. Manche buhlen geradezu um ihre Gunst, so wie einige seiner Kommilitonen. Freunde hat er nicht, darin sind sie sich ähnlich, Margret und er. Ein großer Bekanntenkreis, aber niemand, den sie näher an sich heranlassen. Die paar Mädchen, die er mit nach Hause brachte, wurden von Margret dermaßen gegrillt, dass sie danach das Weite suchten. Er war darüber nicht traurig, weil er ohnehin lieber zu Prostituierten geht. Sex gegen Geld ist so angenehm unverbindlich. Man muss keine Gefühle heucheln und kann klare Befehle geben. In Thailand sind die Nutten äußerst devot, und das gefällt ihm an Frauen sehr.

Margret gewinnt die ersten drei Löcher, weil er ein wenig unkonzentriert ist. Sie will in allem, was sie tut, perfekt sein. »Du hast dich wohl zu sehr verausgabt letzte Nacht. So einen Putt kann man doch gar nicht vorbeischieben.«

Die Caddies kichern wieder, aber hinter vorgehaltener Hand. Er spürt, dass sie Angst vor Margret haben. »Doch, man kann, Mutter. Es passiert sogar dir bisweilen.«

Sie hat ihm private Golfstunden bezahlt und jedes Sommerwochenende mit ihm gespielt. Bei jedem Wetter. Als Kind hat er Golf gehasst, genau wie die Klavierstunden und den Gesangsunterricht. Margret wollte, dass er entweder Golfpro oder Pianist oder Opernsänger wird, doch leider fehlte ihm für alle drei Optionen das herausragende Talent. Tatsache ist, dass Phillip Gerlach sie mit seiner Mittelmäßigkeit bitter enttäuschte.

»Du bist der gleiche Loser wie dein Vater!« Wie oft hat er diesen Satz wohl schon gehört?

Sein Vater war Patentanwalt, und er hätte gerne länger etwas von ihm gehabt. Vielleicht hätte er ihn sogar vor Margrets Herrschsucht und Bosheit beschützt. Obwohl, das hat auch seine Großmutter nicht geschafft, und sie war die Güte in Person.

»Schlaf nicht ein, Golf ist ein dynamisches Spiel.« Margret schreitet voran wie ein Kompaniechef, und ihr Caddie-Mädchen mit dem Sonnenschirm kann ihr kaum folgen. Phillips Begleiterin deutet auf Rhesusaffen, die sich von Palme zu Palme schwingen. Margret holt ihren Fotoapparat aus der Tasche. Sie fotografiert alles, selbst das Abendbuffet im Hotel, was ihr nicht einmal peinlich ist. Als sie zusammen zum Chatchai, dem Nachtmarkt von Hua Hin, gingen, fotografierte sie ununterbrochen und ohne Rücksicht auf die Privatsphäre der Leute. Bei der Gelegenheit entdeckte er den Massagesalon unweit des Hotels. Die Mädchen sind nicht so hübsch wie in Bangkok, doch immerhin jung, mandeläugig und willig.

Wenn er in Frankfurt ins Bordell geht, verlangt er stets nach Asiatinnen. Russinnen sind ihm zu vulgär, Afrikanerinnen zu exotisch und Deutsche zu großmäulig. Überhaupt ist es ihm am liebsten, wenn sie still sind und sich alles gefallen lassen.

Phillip bemerkt mit Freude, dass Margret schwitzt. Ihr gerötetes Gesicht wirkt ein wenig grimmig. Sie hat die Gesundheit eines Ochsen, doch Hitze verträgt sie nicht so gut. Er hofft sehr, dass es ihr Spiel beeinträchtigen wird. Weil er es hasst, wenn sie ihn immer wieder besiegt. Wenn sie ihn demütigt mit Kritik und diesen heuchlerischen guten Ratschlägen. Tue dies, tue das – die Geschichte seines Lebens. Er weiß ja, dass er seine Mutter enttäuscht hat. Ein Jurist! Margret liebt Oper und Theater, und in ihrem Bekanntenkreis tummeln sich überwiegend Künstler, männlich und homosexuell. Manchmal unterstützt sie einen, der in Not ist. Mit dem Geld aus dem Erbe seines Vaters. Sie hat ja nicht mehr arbeiten können mit der Brut am Bein. Hat ihre Karriere hingeworfen für den Bankert. Und wie dankt er ihr das? Mit Mittelmäßigkeit! Sie wird nicht müde, dies zu beklagen.

»Wann denkst du eigentlich daran, zu heiraten und mir Enkel zu schenken?«

Das fragt sie ihn auf dem Weg zum 5. Loch. Sie schreitet nicht mehr ganz so forsch aus, und ihre tönende Stimme klingt matter als sonst. Wieso fragt sie ihn das auf dem Golfplatz und nicht beim Frühstück oder Abendessen?

»Wenn ich die Richtige gefunden habe, dann. Die ich bisher nach Hause gebracht habe, waren dir ohnehin nicht gut genug, Mutter.«

»Steck mich nicht in die Klischeekiste ›böse Schwiegermutter‹. Alles, was du bisher nach Hause gebracht hast, war weit unter meinem Niveau.«

Sie sagt nicht *deinem*, sie sagt *meinem* Niveau. Das ist wieder typisch für Margret! Phillip spürt, wie der Zorn in ihm wächst. Wenn er zornig ist, spielt er schlechter. Sie hingegen lässt sich durch nichts in ihrer Konzentration auf den Ball stören. Und jetzt geht ihm endlich ein Licht auf: Es steckt Absicht dahinter. Sie will, dass er schlechter spielt als sie, damit sie triumphieren kann. Um sagen zu können: »Schon wieder von einer alten Frau besiegt. Schämst du dich nicht?«

Diese alte Hexe! Er kann es nicht fassen und stolpert beinahe über eine Wurzel. Wenn sein Caddie-Mädchen ihn nicht am Arm gepackt hätte, wäre er gefallen. Er bedankt sich bei ihm.

»Dein Hang zu kleinen Asiatinnen ist ein wenig unnatürlich«, sagt Margret.

Er steht am Abschlag der Fünf mit einem Fünfer-Eisen in der Hand. Ein Par 3, 155 Meter lang, dicht gesäumt von Bäumen, das Grün ist von Bunkern umgeben. Phillip weiß, dass dieser Satz zu ihrer psychologischen Kriegsführung gehört, dennoch ...

Sein Ball fliegt zu weit nach rechts und kommt in der ersten Baumreihe neben dem Grün auf.

»Du solltest mal was gegen deinen Slice tun«, sagt Margret. Sie spielt mit dem Driver, und ihr Ball landet rund 20 Meter vor dem Grün.

»We find ball«, sagt sein Caddie-Mädchen. Phillip hofft es, weil er sonst schon wieder ein Loch verloren hätte. Beim Abendessen wird Margret ihm dann erzählen, wie man Golf spielt. Sie wird seine schlechten Schläge sezieren, während sie ihr Steak schneidet. Margret isst fast jeden Abend Steak mit

Salat. Fleisch von schottischen Kühen, sie misstraut den lokalen Produkten. Außerdem findet sie die Thaiküche zu scharf gewürzt. Den Wein zu teuer, die Kellner schmierig, die Moskitos aufdringlich. Den Sohn nicht halb so amüsant wie ihre Künstlerfreunde in Frankfurt. Nach all den Opfern, die sie für ihn gebracht hat, könnte er wenigstens unterhaltsam bei Tisch sein.

Phillips Ball liegt in dem Buddhabaum neben dem Grün. Er sieht ihn weiß durch die Blätter schimmern. Ohne sein Caddie-Mädchen hätte er ihn allerdings nicht gefunden.

»Das ist eine interessante Lage«, sagt Margret. Sie ist mit dem zweiten Schlag aufs Grün gekommen und könnte ein Par spielen.

»Im Aus liegt er nicht.« Phillip beäugt seinen Ball von unten. Caddie kichert.

»Das sehe ich auch. Aber wie willst du ihn spielen?«

»So.« Phillip schlägt mit seinem Pitch gegen den Baum, und der Ball fällt ihm vor die Füße. Liebenswürdigerweise so, dass er ihn auch spielen kann. Als er seinen Schläger nimmt und ausholen will, ruft Margret »Halt!«.

Er lässt den Schläger sinken. »Was zum Teufel ...?!«

Margrets Gesicht ist rot und spiegelt ihren Triumph: »Du hast gegen Regel 18 verstoßen. Nicht gegen den Ball geschlagen, sondern ihn auf verbotene Weise bewegt. Das gibt einen Strafschlag – und außerdem musst du den Ball an die Ursprungsstelle zurücklegen.«

Die Caddies verstehen nicht, worum es geht. Aber sie ahnen, dass es Ärger gibt.

»Du machst Scherze, Mutter.«

»Nein, niemals mit Golfregeln. Die hast du auch nie richtig gelernt. Leg den Ball zurück auf den Baum.«

Wenn er sie jetzt mit dem Pitch erschlagen würde, käme er in ein thailändisches Gefängnis. Der Gedanke ist nicht nett. Phillip zwingt sich zu einem Lächeln. »Ich kann den Ball nicht zurücklegen. Also gut, ich akzeptiere den Strafschlag und spiele weiter.«

»Nein, wenn du ihn nicht zurücklegst, gibt das noch einen Strafschlag, also insgesamt zwei. Regel 18, 2 a.«

Die Caddies machen ernste Gesichter. Unter der Pappelfeige soll Buddha seine Erleuchtung erlangt haben, weshalb diese zum Buddhabaum befördert wurde. Doch nichts deutet darauf hin, dass sich hier und jetzt ein spirituelles Wunder vollzieht. Die alte Frau und der junge Mann funkeln einander an, als wollten sie sich mit ihren Schlägern bekriegen.

Phillip denkt, dass er gerne woanders wäre. Als Waisenkind. Margret wird keinen Schritt zurückweichen. Das ist nicht ihre Art.

Mühsam beherrscht er seine Wut: »Gut, gut. Ich protestiere förmlich, akzeptiere aber vorläufig die Strafe und spiele jetzt mit dem vierten Schlag weiter. Im Hotel werde ich im Internet checken, ob du recht hast.«

»Ich habe immer recht«, sagt Margret. Sie spielt ein Par, während Phillip nach einem guten Putt mit dem fünften Schlag einlocht. Leider ist sein Zorn eher größer geworden nach dem Vorfall am Buddhabaum. Er verschlägt in der Folge einige Bälle, während Margret ihr konstantes Spiel fortführt. Es ist langweilig, aber effektiv. Sie geht niemals ein Risiko ein, hat keine spektakulären Schläge, aber auch keine wirklich schlechten. Ein einziges Mal in der

Runde schlägt sie ihren Ball ins Aus und muss mit einem Strafschlag weiterspielen. Wenn ihr die Hitze zusetzt, so lässt sie es sich nicht anmerken. Nur ihr Gesicht ist puterrot, und ihr Gang wird langsamer.

Phillip hingegen muss sich beherrschen, seine Schläger nicht den Bällen hinterherzuwerfen. Er spielt miserabel, und jede ihrer Bemerkungen darüber macht alles nur noch schlimmer. Den vier Caddies ist das Kichern endgültig vergangen. Sie schlagen die Augen nieder, wenn sie die Schläger reichen.

»Es war schon eine Zumutung, heute mit dir zu spielen«, sagt Margret am 18. Loch. Sie schütteln sich die verschwitzten Hände. Dann nehmen die Caddies die Bälle aus dem Loch, reinigen sie und stecken sie zurück in die Taschen. Sie hoffen auf ein gutes Trinkgeld, wenn schon die letzten Stunden kein Vergnügen waren.

»Gegen den Buddhabaum zu schlagen bringt Unglück«, sagt ein Caddie zur anderen. In Thai, und sie sind sich einig, dies nicht zu übersetzen. Sie reinigen die Schläger mit nassen Lappen, nachdem sie den Golfern eisgekühlte Handtücher gereicht haben. Dafür bekommen sie von Margret jeweils 200 Baht, rund fünf Euro. Sie rühmt sich, immer das richtige Trinkgeld zu geben, nie zu viel und nicht zu wenig.

Im Clubhaus warten Margret und Phillip auf den Golfwagen, der sie zurück ins Hotel bringt. Sie rügt ihn, weil er eiskaltes Bier trinkt, und rechnet ihm vor, mit welchen Schlägen er die Runde verloren hat. Er hadert mit sich und seinem Schicksal und schwört sich, nie wieder mit ihr in den Urlaub zu fahren. Außerdem wird er nach dem Abendessen in seinen Massagesalon gehen. 1.000 Baht für Entspannung und Vergnügen.

Im Hotel checkt Phillip die Regel 18 im Internet. Es erstaunt ihn kaum, dass Margret recht hatte. Zwei Strafschläge, und sie wird ewig auf dieser Geschichte herumreiten. Als er klein war, hat sie ihm auf die Finger geschlagen, wenn er etwas falsch machte. Nicht fest, gerade so viel, dass er es spürte. Heute macht er das mit seinen Nutten. Es erregt ihn, was immer das heißen mag. Er hält sich nicht für pervers, nur ein bisschen neben der Spur. Was natürlich Margrets Schuld ist.

»Du hast heute hervorragend gespielt«, sagt Phillip. »Ich kann noch viel von dir lernen.«

»Das will ich meinen.«

Margret nimmt seine Hand, als er ihr aus dem tiefen Sessel aufhilft. Auf seine beschränkte Art, denkt sie, ist er ein guter Sohn. Außerdem hat er sie auf eine Idee gebracht. Die spezielle Massage gibt es ja nicht nur für Männer, sondern auch für Frauen. Nach dem Steak mit Salat wird sie müde sein und sich auf ihr Zimmer begeben. Den besonderen Room-Service hat sie schon gebucht. Golf und Sex sind wirklich die einzigen Dinge auf der Welt, die Spaß machen, auch wenn man nicht perfekt darin ist.

Hole 6

Die Chicago Gang

Real Club de Golf Las Brisas, Spanien

Es sei besser als Sex, behauptet Charles, doch die Jungs widersprechen. Das Spiel der Viererbande, sie haben es schon auf vielen Golfplätzen der Welt zelebriert. Im *Las Brisas* dürfen sie nur auf den Platz, weil Rolf in Marbella wohnt und Clubmitglied ist. Das Greenfee liegt mit 165 Euro im oberen Bereich, aber das ist halt Marbella, das Nest der Reichen. Diejenigen, die es noch werden wollten, haben bestochen, gebaut und verkauft – und die Schöne Andalusiens in den ästhetischen und finanziellen Ruin getrieben. Rolf, Bauherr und Makler, war nur einer unter vielen Schurken.

Las Brisas zählt zu den ersten Plätzen in Andalusien und immer noch zu den exklusivsten. Früher, vor dem Bauboom, war hier weites Land mit freiem Blick auf La Concha, den höchsten Gipfel der Sierra Blanca. Ein Platz mit vielen Palmen und Wasserhindernissen, weitläufig, anspruchsvoll und unerbittlich. Besonders für Wasserscheue.

Die alten Jungs kennen sich aus Studententagen, und seit fast 20 Jahren spielen sie im Frühling und Herbst an wechselnden Orten miteinander Golf. Diesmal ist Rolf der Gastgeber, Charles und Andy sind aus München angereist, und Leo aus Wien. Sie nennen sich die »Chicago Gang«, vier Männer mit ähnlichen Handicaps (um die 10) und dem Hang zum Zocken. Das Spiel heißt »Chicago« und wird in zwei Teams gespielt. Die Teams werden jedes Mal neu ausgelost, und der Punkt kostet zehn Euro. Das klingt wenig, doch bei »Chicago« wird anders gezählt, und ein paar Tausender pro Runde sind möglich – zumal bei jedem Loch Contra und Re den Einsatz vervierfachen können.

Rolf und die Jungs glauben, diesen Kick zu brauchen. Sie sind über 50, verheiratet oder geschieden, mehr oder weniger erfolgreich in ihren Berufen, alle zusammen ein bisschen gelangweilt und getrieben von Ängsten, die mit Alter, Krankheit und Tod zu tun haben. Das würden sie nie zugeben, darüber reden sie nicht. Doch manchmal, wenn der Alkohol Sentimentales an die Oberfläche spült, heulen sie von der guten alten Zeit, in der es weniger Geld gab, aber viel mehr Spaß. Die Frauen waren besser, und sie waren besser drauf. Charles sagt, dass er bei einem Viagratrip mit zwei Weibern unlängst fast draufgegangen wäre. Das dumme Herz. Nun will er lieber Golf spielen und mit seiner Frau die Josefsehe weiterführen. Charles, der Älteste in der Runde, besitzt ein paar Kneipen in München und ein Hotel am Tegernsee. Andy ist Investmentbanker und Leo Professor in Wien.

Mit Abstand der Ärmste ist Rolf, aber das wissen sie nicht, weil er immer noch den reichen Macker für sie spielt. Eine Fehlspekulation bei seinem letzten Bauprojekt, und jetzt hat er die Banken im Nacken. Die Zulieferer, die Ex-Frau, alle wollen Geld, Geld, Geld – nur leider hat er keines mehr. Eine Frage der Zeit, bis sie die Villa pfänden, in der seine Freunde zu Gast sind. Sein ganz persönlicher Weltuntergang ist nahe, doch Rolf agiert seltsam unbekümmert. Chicago-Golf ist eine schöne Ablenkung von seinen Sorgen. Wenn er sich nicht Gedanken darüber machen müsste, wie er eventuelle Spielschulden bezahlen kann.

Die Auslosung ergibt, dass er mit Leo spielt. Der Wahlwiener unterrichtet Politologie und hat von seiner verstorbenen Frau ein paar Häuserzeilen im zweiten Bezirk geerbt. Keine Kinder. Und so versüßt sich Leo sein Witwerdasein mit willigen Studentinnen. Er hat sich den Wiener Schmäh zu eigen gemacht und ist ein lustiger Trinkkumpan. Doch auf dem Platz ist Leo unzuverlässig, weil er häufig versagt, wenn Nervenstärke gefragt ist. Insofern ist er kein guter Chicago-Partner, Rolf hätte sich eher Charles gewünscht. Charly hat Nerven aus Stahl, selbst beim Golfen. Oder Andy, den Regelguru, der sein Wissen immer zu seinen Gunsten einsetzt. Jenseits des Golfplatzes haben sie viel Spaß. Freunde? Nein, wohl eher eine Gang aus Zockern und trinkfesten Weiberhelden.

Sie spielen konzentriert, auch wenn sie während der Runde ständig Witze reißen. Auf der ersten Bahn gelingt Rolf ein Par, Leo braucht sechs Schläge, das ergibt die Punktzahl 46. Hätte Rolf kein Par gespielt, wäre das höhere Ergebnis an die Zehnerstelle gekommen. Genau das passiert den Gegnern: Andy hat seinen ersten Ball verschlagen und eine 6 gespielt, Charles eine 5, also haben sie 65 Punkte.

190 Euro am 1. Loch gewonnen, Rolf hält das für ein gutes Omen. Wer weiß, vielleicht findet sich ein Investor, der die Baustelle übernimmt. Das Problem ist natürlich auch, dass kein Geld mehr da ist, um die Behörden zu bestechen. Rolf ignoriert Andys lautstarkes Räuspern, als er abschlägt. Der Freund, der

Chicago-Gegner, arbeitet mit allen erlaubten Tricks, um zu gewinnen. Psychospielchen. Doch so leicht lässt sich Rolf nicht aus der Ruhe bringen. Schließlich kennt er den Platz als Einziger wirklich gut, er spielt hier seit 15 Jahren. Es ist ein schwerer Drive auf das schmale Fairway, das zum Teich hin abknickt und dann zum Grün wieder ansteigt.

Charles schlägt in den rechten Fairway-Bunker und flucht. Er hat Respekt vor Wasser, weshalb er zu weit auf die andere Seite gezielt hat. Rolf spielt ein Eisen, weil er seinem Driver nicht mehr traut. Leo schmettert seinen Ball ungerührt aufs Fairway. Solange es gut läuft, spielt er erstklassig. Aber nur so lange. Rolf schlägt ihm anerkennend auf die Schulter: »Diese Runde werden wir sie richtig abzocken.«

»Is eh kloa.« Leo hat sich vom Hochdeutschen weitgehend verabschiedet. Sein Wiener Slang, leicht näselnd, fließt auch in sein Spanisch ein. Am Vorabend hat er Rolfs Hausmädchen angemacht. Sie hat seit Wochen keinen Lohn mehr bekommen, harrt aber aus in der Hoffnung, dass Rolf sie noch bezahlen wird. Was er auch vorhat, sollte er in dieser Runde zu Geld kommen. Er fühlt sich in Topform, doch der Professor mit seinem durchsichtigen Nervenkostüm könnte ihm einen Strich durch die Rechnung machen.

Aber es läuft gut auf der zweiten Bahn. Charles verzieht seinen Bunkerschlag, und der Ball landet im Wasser. Er flucht lauthals, und Andy, der als sein Partner unter Druck gerät, schlägt seinen zweiten Ball in den Bunker vor dem Grün.

Nichts freut so sehr wie die miesen Schläge der anderen, besonders, wenn es um Geld geht. Rolf spielt seinen zweiten Ball aufs Grün und braucht zwei Putts zum Par. Leo locht zur Fünf ein, sie spielen 45 Punkte.

Ganz anders bei dem gegnerischen Team. Charles musste einen Strafschlag hinnehmen und spielt mit neuem Ball wieder in einen Bunker. Er ist so wütend inzwischen, dass er seinen vierten Ball mit einem lautstarken *Fuckfuckfuck* kommentiert.

»Dafür kannst du vom Platz fliegen, wenn dich einer hört«, mahnt Rolf.

»Scheiß drauf«, antwortet Charles.

»Du kennst unsere Sonderregel«, sagt Andy. »Wenn einer aus eigener Schuld vom Platz fliegt, muss er den anderen je 2.000 Euro zahlen.« Er grinst und steigt in den Golfwagen. Andy ist der Regelfreak der Chicago-Gang; die 34 Golfregeln und ihre Auslegungen kennt er besser als alle Pros in den Golfclubs. Das birgt für seine Chicago-Gegner gewisse Nachteile, weshalb sie die Telefonnummer von *St. Andrews* in ihren Handys gespeichert haben. Im Zweifelsfall zögern sie nicht, dort anzurufen. Andy ist schließlich Investmentbanker. Die lügen schon mal, wenn es um Geld geht.

Das 2. Loch endet mit einen Riesengewinn für das Team Rolf & Leo, weil Charles auch noch drei Putts braucht. 85 Punkte gegen 45, das sind 400 Euro. Rolf jubiliert innerlich und hofft, dass Charles' Wut noch eine Weile anhält und sein Spiel untergräbt. Charles ist nicht nur ein schlechter Verlierer, sondern auch ein übler Sieger. Er hält sich für komisch, doch sein Humor geht immer auf Kosten anderer. Seit es mit dem Sexualleben nicht mehr richtig klappt, sind seine Ausfälle noch bösartiger geworden. Dennoch, Rolf wird die Gang vermissen, mit der er vielleicht zum letzten Mal unterwegs ist. Es müsste schon ein

Wunder geschehen. Ein Investor aus Katar oder ein Lottogewinn.

Die dritte Bahn ist ein langes Par 5, ausnahmsweise ohne Wasser. Rolf & Leo spielen nur zwei Punkte besser, gewinnen aber 800 Euro nach einem Contra-Re auf dem Grün. Das Contra kam von Charles, der immer zum Hasardeur wird, wenn er hinten liegt. Er hatte wohl damit gerechnet, dass Leo unter Druck schlecht putten würde, was ausnahmsweise nicht der Fall war.

Rolf freut sich, dass sie nach nur drei Löchern schon über 1.300 Euro vorne liegen. Es ging zwar immer um größere Summen bei ihren Spielen, aber nach all den Jahren ist es unterm Strich relativ ausgeglichen. Einzig Leo ist mit vielleicht 30.000 im Minus, was nur an seinen schwachen Nerven liegt. Sie spielen alle gleich gut oder schlecht, je nach Tagesform. Rolf ist der beste Putter, er schiebt auch dann selten daneben, wenn es um einen Tausender geht.

Im Projekt fehlen 150 Millionen. Das lässt sich nicht wegputten. Die Banken, die ihm das Geld so lange nachgeworfen haben, sind nur noch stur und habgierig. Geld ist eben alles, denkt Rolf, und ohne Geld ist er nichts. Ein älterer Mann mit Ansatz zur Glatze und Plattfüßen. Seine Freundin verließ ihn, nachdem er ihr von seinen finanziellen Schwierigkeiten erzählt hatte – ansatzweise. Den Schmuck, den er ihr geschenkt hatte, nahm sie selbstverständlich mit.

Andy ist der Einzige in der Gang, der glücklich verheiratet ist oder zumindest so tut. Seine zweite Frau ist Schauspielerin und viel unterwegs, die beiden spielen sogar Golf miteinander. Rolf konnte das nie gut, mit Frauen Golf spielen. Sie lenken ihn ab, wenn sie hübsch sind, und nerven ihn, wenn dies nicht der Fall ist. Frauen gehen so weit zu behaupten, dass Golf Spaß macht. Welch irrwitzige These, Golf hat ihm noch nie Spaß gemacht. Golf ist Himmel und Hölle, je nachdem, wie die Bälle fliegen und rollen. Golf ist der Egotrip in Endlosschleife. Stunden auf dem Golfplatz sind Stunden der Wahrheit, dieser verfluchten Wahrheit, dass du nie so gut bist, wie du sein möchtest. Der bitteren Wahrheit, dass du bereit bist zu betrügen, wenn du glaubst, damit durchzukommen.

In den Runden mit der Chicago-Gang sind die Chancen auf irreguläre Punkte gering. Andy wacht mit Adleraugen über die Einhaltung der Regeln. Einmal hat er Charles zwei Strafpunkte verpasst, weil der seinen Putter verloren hatte und sich einen von Leo borgte. Charles, der das nicht glauben wollte, rief in *St. Andrews* an, und es stimmte. Seither hat Charles immer ein Regelbuch in seiner Golftasche.

Rolf & Leo gewinnen auch das 4. Loch und erhöhen auf 1.800 Euro. Das fünfte endet unentschieden, und Rolf sieht mit Vergnügen, dass nicht nur der cholerische Charles, sondern auch der coole Andy flucht. Es gibt Runden, da läuft alles schief, und diese scheint eine zu sein – für die beiden anderen. Rolf grinst nach innen und checkt sein auf Flugmodus gestelltes Handy auf gute Nachrichten. Es gibt keine.

Am 6. Loch sagt Charles, dass er am liebsten aufhören und die 6.000 Euro zahlen wolle. »Sei kein Spielverderber«, meint Andy, »die Runde ist noch lange nicht zu Ende, und wir können das Blatt noch wenden.«

Es könne aber auch noch schlimmer werden, witzelt Leo in Wienerisch. Gute Golftage lösen bei ihm eine Euphorie aus, die tatsächlich an Sex herankommt. In Wien spielt er jedes Wochenende mit einer ziemlich langweiligen Truppe von Professoren – und manchmal mit einer Studentin, wenn sie auch Golf kann. In den Winterferien fliegt er nach Florida, wo er ein Haus gekauft hat. Dort hat sich die Chicago-Gang das letzte Mal getroffen, es war lustig, obwohl Leo nach der Woche fast 20.000 verloren hatte. Dass es dieses Mal Charles und Andy trifft, ist nicht mehr als ausgleichende Gerechtigkeit. Dass Rolf allerdings seinen Ball nicht richtig trifft und dieser nach rechts in die Palmen fliegt, verstört Leo jetzt. Rolf schlägt einen provisorischen nach für den Fall, dass er seinen ersten Ball nicht findet.

Leo weiß: Jetzt kommt es auf ihn an. Er muss einen guten Abschlag hinlegen.

»Wirst du das hinkriegen, Psycho?«, witzelt Andy.

»Leo schafft das locker«, sagt Rolf.

Leo hasst es, wenn Erwartungen in ihn gesetzt werden. Wenn Studentinnen erwarten, dass sie für Sex mit besseren Noten belohnt werden, zum Beispiel. Er versucht, sich auf den Ball zu konzentrieren. Lass das Nichts in deinen Schwung einfließen ... er hebt den Schläger vom Boden ab, tausendmal getan, schwingt ihn nach oben, verharrt eine Nanosekunde und peitscht ihn dann nach unten zu dem kleinen Ball, der auf ihn wartet, um sich in hoher Flugbahn auf das Fairway zu begeben.

Der Ball fliegt nach rechts in den Palmenhain, ungefähr dorthin, wo Rolfs Ball liegen muss.

»Verflucht«, stöhnt Rolf.

Leo könnte sich ohrfeigen, sagt aber nichts.

»Das Blatt wendet sich«, meint Andy nach einem

perfekten Abschlag. Auch Charles trifft mal wieder in die Mitte des Fairways.

»Einen kleinen Ausrutscher können wir uns locker leisten.« Rolf klingt heiter, doch er ärgert sich. Er weiß, was ein schlechter Schlag im Kopf eines Golfspielers anrichten kann. Chaos.

Rolf sieht aus, als würde er sich am liebsten in den Teich stürzen, der hinter dem Grün des 6. Lochs lauert. Er fährt den Wagen zum Palmenhain, steigt aus und stöbert im Gebüsch nach Bällen. Leo tut es ihm nach und wird fündig.

»Das muss meiner sein.«

»Oder meiner«, sagt Rolf. »Ist er spielbar?«

»Noch nicht.«

»Mach bloß keinen Scheiß«, zischt Rolf, doch es ist zu spät. Leo hat den Ball gedreht, um festzustellen, ob es seiner ist. Gleichzeitig hat er das Gras rings um den Ball geglättet.

Rolf dreht sich um: Andy hat es gesehen, er ist nur einen Meter entfernt.

»Es ist mein Ball«, sagt Leo. »Ich spiel den jetzt aufs Grün.«

Andy kommt mit breitem Grinsen näher. »Netter Vorsatz. Aber mit einem Strafschlag. Du musst den Ball markieren, bevor du ihn bewegst.«

»Ich habe ihn nur gedreht, nicht aufgenommen.«

»Ja, und dabei ein bisschen Gras geglättet. Aber das ist egal, weil du ihn auch markieren musst, wenn du ihn nur drehst. § 12, du kannst in *St. Andrews* anrufen, wenn du mir nicht glaubst.«

Leo läuft rot an. Eigentlich ist er ein phlegmatischer Mensch, doch Andys Besserwisserei treibt ihn auf die Palme. »Genau, du Einidraha, du Gfrast ...«

Andy versteht nicht, ahnt aber, dass es sich um Schimpfwörter handelt.

»Reg dich nicht auf«, sagt Rolf, »er hat recht. Schlag einfach aufs Grün. Denk an nichts.«

Leo denkt an Mord und schlägt einen Mordsball, der im Bunker vor dem Grün landet. Seinen nächsten hebt er über das Grün ins Wasser, weil er zu wenig Sand erwischt hat.

»Das ist jetzt aber wirklich Pech«, sagt Charles. Mit Strafschlägen und drei Putts beendet Leo das 6. Loch mit neun Punkten. Mit Rolfs ebenfalls mäßigem Score kommen sie auf 96 Punkte gegen 34 von Charles und Andy, ein herber Verlust, den Leo in der folgenden Stunde nicht wegstecken kann. Mit dem Golf-Ego unter dem Selbstwertspiegel puttet er so schlecht, dass sie Loch für Loch verlieren. Am zwölften ist Rolf so verzweifelt, dass er es wagt, mit zwei Schlägen das Grün anzugreifen. Denn wenn er es nicht schafft, mindestens Par zu spielen, treibt Leo mit seinen verschobenen Putts den Score in schwindelnde Höhen.

Charles und Andy haben einen Lauf, dem Rolf alleine nichts entgegensetzen kann. Er könnte Leo erwürgen, der als Partner eine Katastrophe ist. Am 18. Loch spielt Rolf ein Birdie, und Leo einen Bogey, doch es ist zu spät. Nach dem Einputten wird gezählt: Sie schulden ihren Gegnern jeweils 4.500 Euro.

Am 19. Loch, in der Bar des Clubhauses, lädt Rolf zu einer Runde Bier. Er lässt anschreiben. Während Leo ein Bündel Geldscheine aus seiner Tasche holt, fragt Rolf Charles, ob er ihm das Geld später geben könne. »Ich muss noch zur Bank.«

»Klaro«, sagt Charles. Geld war nie ein Thema zwischen ihnen. Sie haben gezockt, und es gab Sieger und Verlierer. Natürlich ist es so viel schöner, zu den Siegern zu zählen. Charles fühlt sich blendend und schlägt vor, den Rückflug zu verschieben, um am nächsten Tag noch eine Runde zu spielen. »Wir geben euch Revanche und verdoppeln den Einsatz. Was meinst du, Andy?«

Andy hat jenseits des Golfplatzes keinen so guten Lauf und findet 20 Euro pro Punkt heftig. Andererseits traut er sich nicht, als Spießer dazustehen. »Von mir aus. Was meint ihr Loser dazu?«

Leo denkt, dass er nur einen schlechten Tag hatte, und nickt. Neues Spiel, neues Glück. Wenn er nicht an das Glück glauben würde, wäre er kein Spieler. Ein Mietshaus hat er schon verzockt beim Golfen und beim Poker. Eh wurscht, es sind ja noch genügend Häuser da.

Rolf ist klar, dass er sich der Mehrheit beugen muss. Er will ja kein Spielverderber sein, und selbst wenn er und Leo noch einmal verlieren sollten, spielt die Summe bei der Höhe seiner Schulden keine Rolle. Das Bier schmeckt ihm immer noch, und am Abend werden sie auf der Terrasse seines Hauses Steaks grillen und viel saufen. Die Chicago-Gang war immer ein fester Bestandteil seines Lebens. Das ist jetzt alles irgendwie zu Ende, doch Rolf hat Schwierigkeiten, sich dieses Ende vorzustellen. Was soll er tun? Sich umbringen? Dazu ist er zu feige, und er kann sich keine Todesart vorstellen, die angenehm sein könnte.

Flucht wäre eine Möglichkeit. Rolf hat in seinem Safe noch 50.000 Euro gebunkert, ein Notgroschen, der Rest ist in das Pleiteprojekt geflossen. Mit diesem Notgroschen könnte er nach Haiti fliehen, an die Nordküste, wo seine Tochter mit einem Typen lebt, der Aussteigen und Nichtstun als Lebensform betrachtet. Ein Trip ans Ende der Welt, es gibt dort nicht einmal einen Golfplatz. Er hat bisher nur Fotos gesehen, die Strände sehen schön und wahnsinnig einsam aus. Vielleicht, denkt Rolf, könnte man dort Hotels und einen Golfplatz bauen. Er müsste bloß einen Investor finden. Dazu braucht es allerdings ein wenig Voodoozauber. Koks zum Beispiel. Je später der Abend, desto ausgelassener wird die Stimmung der Chicago-Gang.

Rolf gibt noch eine Runde aus und prostet Leo zu. »Sag mal, Professor, warst du schon mal in Haiti?«

Hole 7

Der coolste Golfer

Pebble Beach, Kalifornien, USA

»Der längste Tag«. So nennen die Golfer die ersten zwei Tage der U.S. Open, an denen sie 36 Löcher spielen. Da trennt sich die Spreu vom Weizen. Etwa die Hälfte scheitert am Cut, der maximalen Anzahl von Schlägen, die ein Turnierteilnehmer nach zwei Runden haben darf, gemessen am Gesamtergebnis. In *Pebble Beach* liegt er im Schnitt bei 8 über Par für eine Runde. Wer darüber ist, fliegt aus dem Turnier, und nur rund 60 der Besten dürfen weiterspielen.

Es ist jedem Spieler schon mal passiert, dass er den Cut nicht schaffte, sogar Tiger Woods. Niemand, auch nicht die Großen der Weltrangliste, sind jeden Tag in Topform. Für Andrew Idle aber ist der »längste Tag« seine Prüfung zum Profigolfer. Er hat sich in diesem Jahr durch Qualifikationsturniere gekämpft, um in *Pebble Beach* dabei zu sein. Andrew ist ein Niemand im Golfzirkus. Ein junger, begabter Amateur aus Mullen, Nebraska, der auf die Goldseite wechseln möchte. Dafür hat er seit Jahren täglich trainiert. Bis zu acht Stunden. Für einen Platz unter den ersten zehn würde er seine Freundin verlassen. Für den Sieg einen Mord begehen.

Eva trägt seine Tasche. Sie ist sein Caddie in diesem Turnier, und sie weiß, dass Andrew sie nur genommen hat, weil sie a) eine Frau ist, b) auffällt und c) für einen Hungerlohn arbeitet. Vielleicht ist die Reihenfolge anders, ist ja auch egal. Andrew und Eva sind einander bei einem Qualifikationsturnier in Kansas begegnet. Sie war als Caddie für einen Freund eingesprungen, der beim Turnier ausschied. Andrew, der im Flight ihres Freundes war, sprach sie hinterher an der Bar an. Er schlug ihr vor, dass sie ihn nach *Pebble Beach* begleiten sollte. Die Bezahlung: ihre Reisespesen und 50 Dollar pro Turniertag.

Das ist definitiv ein Hungerlohn, doch Eva stimmte trotzdem zu. Sie wollte immer schon nach *Pebble Beach*, zu einem der schönsten Orte an der Pazifikküste mit einem spektakulären Golfplatz, den sie bisher nur aus dem Fernsehen kannte. Sie spielt Handicap 12, doch aus Geldmangel viel zu selten. Eva hat nach dem Sportstudium keine Anstellung gefunden, die akzeptabel gewesen wäre. Eine arbeitslose 25-Jährige trägt auch das Bag eines Nobodys. For next to nothing.

Sie sind mit Andrews' altem Ford von Kansas nach Kalifornien gefahren und logieren in einer Art Jugendherberge in Monterey. Ein Fünfbettzimmer, sie teilen es mit drei anderen Turnierspielern, auch sie Amateure mit Ambitionen. Andrew lebt noch vom monatlichen Scheck seines Vaters. 1.000 Dollar findet Eva nicht gerade wenig. Doch Andrew behauptet, dass ein Großteil des Geldes für Turniergebühren und Benzinkosten draufgegangen sei. Er ist anspruchslos, was Essen, Trinken und Schlafen betrifft. Doch er spielt mit den teuersten Golfbällen.

Ihre russische Mutter ist Köchin in San Francisco, weshalb Eva seine McDonald's-Orgien schwer verdaulich findet. Sie hat ihn immerhin so weit gebracht, dass er auch Nüsse und Obst zu sich nimmt. Hirnnahrung. Nach ihrer Einschätzung ist Andrew ein Golffreak der gefährdeten Sorte. Weil er besessen ist, aber nicht cool genug, um ein Sieger zu sein. Am ersten Abend in Monterey ging er mit seinem Sandwedge zum Strand und schlug stundenlang Bälle von einem Punkt zum anderen. So lange, bis er im Dunkeln einen Jogger am Arm traf, der mit der Polizei drohte, sich dann aber mit einer Entschuldigung und ein paar Drinks abspeisen ließ.

»Er hätte dich auf eine Million verklagen können«, sagte Eva.

»Hier wohnen nur Millionäre, die haben das nicht nötig«, antwortete Andrew.

Sie haben auf der langen Fahrt geschwiegen oder über Golf geredet. Andrews Welt reduziert sich auf den kleinen Ball. Politik ist ihm egal, sein Musikgeschmack bewegt sich auf der Indie-Pop-Welle, und zwischen Liebe und Sex sieht er keinen Unterschied.

Eva stört sich vor allem an seinem Musikgeschmack. Indie-Pop findet sie furchtbar, und ein paarmal zwang sie ihn, das Autoradio auszuschalten. Ihre Jungfräulichkeit ist ihr peinlich, es war bisher einfach so, dass nur die falschen Männer etwas von ihr wollten. Vielleicht ist sie zu blond, aber die Farbe ist echt. Die Lippen sehen nach Botox aus, sind aber ebenfalls natürlich. Eva ist groß, muskulös, vollbusig und in jeder Hinsicht eine auffällige Person.

»Du siehst aus wie eine Nutte«, sagte Andrew zu ihr, als sie am Tag vor dem Turnier über den Platz gingen.

»Ich kann nichts dafür, wie ich aussehe.«

»Aber wie du dich anziehst, dafür kannst du was. Morgen gehen wir beide in Schwarz, und du trägst ein T-Shirt, das nicht so eng ist. Und einen BH darunter, wenn ich bitten darf.«

»Ich hasse Büstenhalter. Und wir müssen sowieso diese Westen tragen.«

»Trotzdem. Deine Titten könnten mich ablenken.«

Andrew lächelte sie an, um die Härte seiner Worte abzumildern. In günstigem Licht hat er eine gewisse Ähnlichkeit mit Adam Scott, dem australischen Golfprofi. Andrew macht viel Krafttraining, und er joggt jeden Tag. Sein Körper ist ihm einerseits heilig, andererseits stopft er sich mit Junkfood voll.

Bei der Begehung des Platzes trug Eva seine Elf-Kilo-Tasche und notierte wichtige Details. Weiten und Schlägermöglichkeiten, taktische Spielzüge, Gefahrenpunkte und die Beschaffenheit der Grüns. Andrew, der noch nie in *Pebble Beach* gespielt hatte, weil ihm das Greenfee von fast 500 Dollar zu teuer ist, wollte den Platz bis ins Kleinste kennenlernen. Sie blieben acht Stunden und ernährten sich von Nüssen, die Eva mitgebracht hatte. Am Abend vor dem Turnier gingen sie in ein preiswertes Steakhaus, und Andrew trank ein Bier. Niemals mehr als eine Flasche vor Turnieren.

Als sie am »längsten Tag« zum Clubhaus gehen, rümpft Eva die Nase. »Du hast gekifft.«

»Nur ein paar Züge, ich schwör's. Ich brauch das für meine Nerven.«

Er weiß, dass es gefährlich ist, weil sie nach dem Zufallsprinzip Urinproben nehmen. Eva hat für diesen Fall die Probe eines unbekannten Urinspenders dabei. Sie weiß, dass Andrew Marihuana braucht, um seine Nervosität in den Griff zu bekommen. Ein Hauch von Gleichgültigkeit ist gut für das Spiel, wenn er allerdings zu viel gekifft hat, kann es umschlagen. Meditation oder Yoga wären ihrer Meinung nach effektiver und sicherer als Dope.

Sie haben darüber gestritten auf der gemeinsamen Fahrt. Andrew behauptet, dass er die Dosierung perfekt im Griff hat.

»Es ist deine Show«, sagt Eva, besprüht ihn mit ihrem Parfum und folgt ihm zum Clubhaus, wo er sich registrieren lässt. Es wimmelt von Spielern, Offiziellen und Journalisten, und die Atmosphäre ist aufgeladen wie vor einem schweren Gewitter. Rund um die Stars der Golfszene drängeln sich Fotografen und Kameraleute. Eva kann Tiger Woods von Weitem erspähen und denkt, dass es doch nett wäre, von einem wie ihm entjungfert zu werden.

»Hüte dich vor Männern, die arm sind«, hat Mutter ihr immer gepredigt. Eva hat nichts daraus gelernt und fand immer nur Gefallen an armen Schluckern. Was sich ab diesem Tag ändern wird, denkt sie, denn von nun an werde ich Golf-Millionären über den Weg laufen. Mit einer Größe von 1,82 ist sie kaum zu übersehen. Eva trägt ein klassisches schwarzes T-Shirt unter der Weste und eine lange Hose. Die Haare hat sie zu einem Pferdeschwanz gebunden. Andrew ist ganz in Schwarz erschienen, er wirkt so cool wie eine Eisbox.

Das ist es, was Marihuana mit ihm macht: Er wird zum coolen Golftypen. So einer wie Couples es war, Ballesteros, Palmer oder Scott. Andrews Golfhelden. Tiger Woods gehörte auch dazu, bis er sich als Sex-Maniac outete. Maniacs sind nicht cool.

Cool sein heißt, nie die Kontrolle zu verlieren. Auf alles mit einer Nonchalance zu reagieren, die auf andere irritierend wirkt.

Frauen mögen coole Typen, und Fotografen auch. Andrew und Eva fallen auf und geraten ins Visier der

Journalistenmeute. Eva versucht, nicht zu lächeln, weil ihr Mund dann noch breiter wird. Den fragenden Journalisten gibt sie jedoch bereitwillig Auskunft über Andrew Idle, Handicap 0,3, den Amateur aus Mullen, Nebraska. Eva behauptet, dass Andrew in großer Form sei und durchaus die Chance habe, das Turnier zu gewinnen. Niemand glaubt ihr.

Der Sport ist das eine, das andere die Show. Es gibt nur wenige weibliche Caddies im Golfzirkus. Fanny Sunesson war lange Zeit Caddie von Nick Faldo, arbeitet jetzt aber als Beraterin. Als Andrews blonde Sherpani avanciert Eva für kurze Zeit zum Star. Mit nur ganz leichtem Akzent erzählt sie von der russischen Mama, dem Sportstudium, ihrem Handicap, und nein, sie und Idle sind kein Paar. Nur Freunde.

Andrew findet es nicht so toll, dass sich die Meute auf Eva stürzt, andererseits hat er sie unter anderem deshalb ausgesucht: um aufzufallen. Wenn die Presse dich wahrnimmt, werden auch Sponsoren aufmerksam. Fehlt nur noch eine gute Platzierung in diesem Turnier. Unter den ersten zehn, das würde ihm schon genügen. Obwohl es heute, am »längsten Tag« erst einmal darum geht, unter dem Cut zu bleiben. Doch er fühlt sich gut: ausgeruht, motiviert, siegessicher. Das Marihuana hat sein Hirn konditioniert, mit lässigem Selbstvertrauen über den Platz zu gehen. Andrew Idle aus Mullen kann es mit den Großen des Golfsports locker aufnehmen!

Tatsächlich spielt er anfangs mit himmlischer Ruhe und traumwandlerischer Sicherheit. Eva marschiert hinter ihm her und muss nicht viel tun, außer ihm die Schläger seiner Wahl zu reichen, sie anschließend zu säubern und wieder ins Bag zu stecken. Andrew scheint nicht lange nachzudenken, sondern entscheidet intuitiv, ob ein riskanter oder der vorsichtige Schlag richtig ist. Der Spieler hat fast immer die Wahl, und fast immer entscheidet sie über das Lochergebnis. Und das Putten natürlich: Andrew gelingen sogar Drei-Meter-Putts. Nicht immer, aber oft genug, um Birdies und sichere Pars zu spielen.

Andrew widersteht der Versuchung, auf Par-4-Löchern immer mit dem zweiten Schlag das Grün anzugreifen. Wenn der dritte Chip auf das Grün perfekt ist und er mit dem vierten einlocht, ist ein sicheres Par ein gutes Ergebnis. Die Mischung aus Vorsicht und Risiko ist Gefühlssache, doch in dieser Runde traut er seinen Gefühlen. Als er für einen perfekten Annäherungsschlag Applaus hört, verbeugt er sich spielerisch und wirft eine Kusshand ins Publikum. Fast wie ein Star. Es ist ein gutes Gefühl. Eines, das er nicht mehr missen möchte.

Andrew schlägt Eva anerkennend auf die Schulter. Sie ist ein guter Caddie. Minimalistisch, aber wenn er einen Rat braucht, zögert sie nicht. Sie strahlt Ruhe und Zuversicht aus und gibt ihm das Gefühl, dass er gewinnen könnte. Der absolute Wille zum Sieg ist das Entscheidende. Die Kälte des Typen, der den Killerinstinkt in sich trägt.

Jeder, der bei den »Open« mitspielen darf, ist ein hervorragender Golfer. Entscheidend sind Tagesform und Taktik. Das harmonische Zusammenspiel zwischen Golfer und Caddie. Vielleicht wird er sie behalten, wenn er reich und berühmt ist, denkt Andrew. Weil sie letztlich die Coolere von beiden ist. Weil sie ihn aufbaut: In seinem Flight der No-Names hat Andrew bislang das beste Ergebnis und liegt nur 5 über. Damit spielt er beinahe in der Liga der

Turniersieger von *Pebble Beach*: Nicklaus, Watson, Kite, Woods, McDowell.

Das Glück paart sich mit den Tüchtigen, und Andrew zählt sich jetzt dazu. Die Luft ist warm und angenehm, und der Wind, der vom Pazifik kommt, ist spielerisch auszuhalten. Man muss ihn in die Schlägerwahl einbeziehen und den Ball in Meeresnähe möglichst flach halten. Andrew trinkt aus seiner Cola-Flasche, die im Cooler steckt. Eva füttert ihn mit Nüssen und baut ihn auf. »Du hast bisher alles richtig gemacht«, sagt sie. »Aber es ist noch nicht vorbei, und gegen Ende wird es schwieriger, weil die Konzentration nachlässt.«

»Ich wünschte, ich könnte noch ein paar Züge nehmen.«

Das hat er geflüstert, aber Eva legt dennoch den Zeigefinger auf die Lippen. Sie wispert in sein Ohr: »Ich habe eine kleine Konzentrationspille im Bag. Wenn du sie brauchst, kannst du sie haben.«

»Verschreibungspflichtig?«

»Willst du das wirklich wissen?«

Nein, will er nicht. Andrew vertagt die Entscheidung über die Pille und macht ein paar Lockerungsübungen. Noch fühlt er sich fit, aber beim Golf und in der Liebe ist alles möglich. Wobei in seinem Fall beides zusammenfällt. Keine Frau in seinem Leben hat er bisher so verehrt wie den kleinen weißen Ball. Seine Freundin, die in Mullen, Nebraska, geblieben ist, fehlt ihm kaum. Außerdem wäre es praktisch, mit Eva Sex zu haben. Wenn sie schon beruflich zusammen unterwegs sind. Sie sieht zwar aus wie eine Mischung aus russischer Nutte und deutscher Walküre, doch sie hat ein Herz aus Gold und das passende Handicap.

»Yes we can«, sagt Eva vor jedem Abschlag, weil sie immer noch Obama-Fan ist. Jedes Mal schließt sie für eine Sekunde die Augen, um sie sofort wieder zu öffnen und die Flugbahn zu verfolgen. Wenn Andrew puttet, betet sie zur Heiligen Maria. Sie ist nicht religiös orientiert, doch sie glaubt an die Kraft der Mütter. Andrew hat nur noch einen Vater, der einen 9-Loch-Platz und eine Driving Range in Nebraska besitzt. Seine Mutter ist irgendwann davongelaufen in Richtung Hollywood. Vielleicht sieht sie ihren Sohn heute zum ersten Mal wieder im Fernsehen. Evas Mutter, die sich nicht für Sport interessiert, hat einen Apparat in ihrer Küche aufstellen lassen. Ihre Tochter wünscht sich, sie könnte in die Kamera winken.

Aber sie kennt die Regeln. Immer schön cool bleiben am »längsten Tag«. Sie reicht Andrew die Wasserflasche nach jedem Loch und zwingt ihn, Nüsse zu kauen, weil sie erste Anzeichen von Ermüdung wahrnimmt. Nach zwei Stunden lässt die mentale Kraft nach. Das 6. Loch, ein Par 5, das zu den Klippen führt, spielt er noch klug mit dem dritten Schlag auf das Grün. Leider braucht er zwei Putts, weil der erste knapp vor dem Loch stirbt. Glück gehört eben auch dazu. Golfer müssen daran glauben, dass sie das Glück zwingen können.

Der Wind bläst heftiger, als sie zum Abschlag des 7. Lochs kommen. Ein kurzes Par 3, nur 97 Meter lang, doch es ist gefährlich. Das kleine Grün liegt an der Spitze einer Klippe, umrahmt von sechs Bunkern. Die tosenden Wellen des Pazifiks brechen sich an den Felsen. Eva muss ihre Golfkappe festhalten.

»Brauchst du jetzt Stärkung?«, flüstert sie.

Andrew nickt, und sie holt ihre kleine Pillendose aus dem Bag. Eva schmuggelt eine Tablette in seine Hand, es ist besser, wenn niemand es sieht. Er spült sie mit Cola hinunter und hält dann einen Finger nach oben.

»Mehr Gegenwind, und er kommt von rechts.«

»Du darfst nicht zu weit links anspielen.«

Allerdings würde jeder nach links zielen, weil rechts die Klippen zum Meer abfallen.

»Wenn ich zu weit links ziele, bin ich im Bunker oder im Rough«, murmelt Andrew.

»Zu weit rechts, und du landest im Meer. Ich würde ein Neuner-Eisen nehmen und auf den linken Grünrand zielen. Ganz weicher Schlag.«

»Kein Pitch?«

»Es ist besser, den Ball flacher zu halten«, sagt Eva. Sie spürt, dass er vor dieser Entscheidung Angst hat. »Es ist nur ein kurzes 3er-Loch, Andrew. Du schaffst das!«

Er zweifelt immer noch, doch er nimmt den Schläger, den sie ihm entgegenhält. Es war immer der Lieblingsschläger seines Vaters. Der Mann, der sein Leben auf einem heruntergekommenen 9-Loch-Platz verbrachte. Der seine Mittelmäßigkeit in Alkohol ertränkte, in stetig zunehmenden Mengen. Er war kein wirklich schlechter Vater – und ein guter Golflehrer. Doch alles in allem eine erbärmliche Kreatur. Ob er seinen Sohn im Fernsehen sieht?

Andrew zielt nach links. Er holt zu weit aus. *Shit*, denkt Eva, und sie verfolgen beide den Ball, der vom Wind getrieben im Bunker links hinter dem Grün landet.

»Immerhin, er ist noch da«, sagt Eva. »Und du bist ein klasse Bunkerspieler.«

Shitshitshit, denkt Andrew, während sie zum Grün gehen. Jeder Bunkerschlag birgt Risiken. Zu viel Sand, zu wenig Sand. Der Wind auf der Klippe erscheint ihm auf einmal mörderisch. Es fühlt sich an, als könne ihn der Wind von den Klippen fegen.

Was würde er dann erst mit einem kleinen Ball anstellen?

Er liegt in der Mitte des Bunkers, keine schwierige Lage. Andrew konzentriert sich auf Richtung und Schwung. Der Wind nervt. Er trifft den Ball perfekt, mit genau der richtigen Menge an Sand, doch dann, er mag es kaum glauben, kommt eine Windböe, die den Ball mitnimmt – über das Grün hinweg, über den Bunker auf der anderen Seite und hinaus aufs Meer.

Andrew steht mit gesenktem Kopf im Sand und denkt, dass er jetzt weinen könnte. Eva, die Sandharke in der Linken, streicht ihm mit der anderen Hand über die Schulter. »Das war nur Pech. Kann jedem passieren. Du musst jetzt weiterspielen. Noch ist nichts verloren, Andrew.«

Sie ist wie die Mutter, die ich nicht hatte, denkt Andrew und versucht ein Lächeln. »Schon okay, Caddie.«

Er geht aus dem Bunker auf die andere Seite, um einen Ball zu droppen. Ein gefühlvoller Schlag aufs Grün, gefolgt von einem Putt. Mit dem Strafschlag hat er einen Doppelbogey gespielt, das ist nicht gut. Etwas ist ihm abhandengekommen an diesem verfluchten 7. Loch: die Siegessicherheit. Bevor der Wind ihm seinen Ball stahl, hatte Andrew geglaubt, dass ihm alles gelingen könnte.

Jetzt liegt er sechs über. Das ist immer noch keine Tragödie, doch die Luft ist dünner geworden. Andrew atmet tief ein und geht mit gesenktem Kopf zu Loch 8, ein Par 4, das entlang der Klippen verläuft.

Eva versucht, ihr zuversichtliches Lächeln beizubehalten. Kein Wunder, dass ihre Pille nicht wirkt, denn es ist ein Placebo. Eine ihrer Lutschpastillen. Eva glaubt nicht an die segnende Kraft der Chemie, ihre Mutter hatte es immer erst mit Heilkräutern und Tees versucht. Und mit Essen, jeder Menge Essen. Kein Wunder, dass sie so groß und stark geworden ist. Schon als Kind hat sie sich nie gut verstecken können. Dafür wird sie jetzt spielend mit starkem Gegenwind fertig.

Andrew kommt ihr auf einmal kleiner vor. Geschrumpft. Der Verlust des Selbstvertrauens ist ihm förmlich anzusehen. Als er schon am Abschlag steht, geht sie zu ihm und drückt ihm etwas in die Hand. »Steck das ein. Das ist mein Talisman. Hat mir mal das Leben gerettet. Magie, Andrew.«

Er sieht auf das Ding in seiner Hand. »Ein Knopf!?«

»Glaub's ruhig. Und jetzt leg einen Abschlag hin, der die Groupies begeistert.«

Andrew schaut ungläubig, steckt den Metallknopf aber trotzdem in seine Hosentasche. Dann visiert er sein Ziel und schlägt mit dem Dreier-Holz einen gewaltigen Schlag auf die Mitte des Fairways.

Ein paar Zuschauer, die entlang der Straße stehen, applaudieren.

»Spitzenschlag«, sagt Eva.

»Geht doch«, murmelt Andrew. Das gute Gefühl ist zurück, und der Wind hat nachgelassen. Seine Finger tasten nach dem Knopf in der Hosentasche. Als er ihr den Schläger gibt, denkt Andrew, dass Eva eine Golfgöttin ist. Oder zumindest die netteste russische Seele auf der Erde.

Den Rest der Runde spielt Andrew mit allen Kraftreserven, die er noch abrufen kann. Mit dem Knopf in der Hosentasche. Mit dem Glauben, dass er den »längsten Tag« als Sieger verlassen wird, als einer, der den Cut geschafft hat.

Eva hilft ihm noch einmal, die richtige Schlägerwahl zu treffen. Sie sagt ihm die ideale Puttlinie auf der 16. Sie füttert ihn mit Nüssen und aufmunternden Worten. Er spielt ein Par auf der 17, wo Jack Nicklaus einst triumphierte und ein anderes Mal überraschend verlor. Auf der 18. Bahn, die wieder entlang der Klippen führt, gelingt Andrew noch ein letztes Par.

Dreieinhalb Stunden hat er gespielt, einen Ball verloren und den Cut an diesem ersten »längsten Tag« geschafft. Andrew hebt seinen Ball auf und winkt triumphierend in die Zuschauerrunde. Eine Kamera ist auf ihn gerichtet, und der Kommentator äußert die prophetische Meinung, dass hier ein neues Golftalent das Licht der Welt erblickt habe.

Andrew umarmt seinen Caddie. »Es war deine Magie«, flüstert er.

Eva lacht: »Das war doch bloß ein Knopf.« Das stimmt nicht ganz. Irgendwann, denkt sie, wird sie ihrem coolen Golfer die Geschichte dazu erzählen.

Hole 8

Nofretete soll sterben

The Breakers Rees Jones Course, Florida, USA

Jeden Mittwochnachmittag spielt Dr. Nick Westville mit Elvis Sharp auf seinem Heimatplatz in West Palm Beach. Elvis ist sein Pro, Guru und Freund seit über fünf Jahren, von Anbeginn an seiner Seite, um ihm das Mysterium des Golfspiels nahezubringen. Ehefrauen sind eher austauschbar als Golflehrer, davon ist Nick überzeugt. Vorausgesetzt, man kann es sich leisten, und er kann. Westville ist Schönheitschirurg in Palm Beach, seine Privatklinik liegt unweit des *Breakers*, des altehrwürdigen Sechs-Sterne-Hotels in Palm Beach.

Meer, Palmen, Villen, Security, Schnellstraßen und Golfplätze – das ist Palm Beach. Ein Ort der Reichen, die unter sich bleiben wollen. Nicks Villa liegt auf dem Areal des Clubs, und er kann mit seinem privaten Golfwagen zum ersten Abschlag fahren. Manchmal spielt er mit seiner dritten Frau Susan, mit den Kumpels aus dem Club der Schönheitschirurgen oder in den Ferien mit seinem Sohn Evan. Doch die Mittwochnachmittage, Punkt zwei Uhr, sind für Elvis reserviert. Mittwochs ab zwölf ist Nicks Praxis geschlossen.

»Hi Tiger, wie sind wir heute drauf?« Elvis nennt all seine Golfpatienten »Tiger«, weil er ein schlechtes Namensgedächtnis hat. So wie er all seine Freundinnen »Susi« nennt. Natürlich weiß er Nicks Namen nach fünf Jahren, doch warum sollte er von einer alten Gewohnheit abweichen? Das Spiel ist kompliziert, und den Rest hält er lieber einfach. Das gilt auch für sein Liebesleben. Frauen sollten hübsch und anspruchslos im Umgang sein. Elvis hat sich zwischen 30 und 50 konserviert, ein altersloses Golfwesen mit sonnenverbranntem Gesicht und weißblonden Stoppelhaaren unter dem Cowboyhut.

»Bereit für die Superrunde, Pro?« Nick Westville ist Wagnerfan, weshalb er den Namen »Elvis« vermeidet und seinen Lehrer nur »Pro« nennt. Tiger und Pro machen sich warm für die Runde, ein paar Lockerungsübungen. Sie sind ein eingespieltes Team, und sie schätzen einander. Pro schätzt das Stundenhonorar von 200 Dollar, und Tiger die professionelle Begleitung. In fünf Jahren hat er sich vom absoluten Anfänger auf Handicap 12 heruntergespielt. Das hat Nick nicht nur sich selbst, sondern auch seinem Lehrer zu verdanken, der ihn technisch und mental aufbaut. Das einstellige Handicap ist nun keine Utopie mehr. In welchem anderen Sport kann man mit 45 Jahren anfangen und sich dann noch steigern?

Jenseits von Golf macht Nick Pilates und joggt täglich eine halbe Stunde. Er ist gerade 50 geworden, und er hält sich fit und für relativ glücklich. Susan ist 24 Jahre jünger als er und war seine Pilateslehrerin. Jetzt ist sie seine Frau und trainiert ihn umsonst, doch das ist eine Milchmädchenrechnung. Susan ist Fitnessfreak und gehört zum Typ Amerikanerin, der jung, gesund und immer appetitlich aussieht, ohne wirklich schön zu sein. Sie ist eine talentierte Golferin, doch sie bevorzugt alle Arten von Wassersport, besonders Wellenreiten. Nick hingegen mag Wasser nicht – auch nicht als Hindernis auf dem Golfplatz. Sobald es in Sicht ist, spürt er ein leichtes Kribbeln in den Händen. Wasser, links, rechts oder frontal, ist ein Merkmal dieses Platzes, und er hat ihn gerade deshalb ausgewählt. Nick glaubt, dass er es schaffen kann, seine Angst zu überwinden. Pro sagt, Tiger müsse sich beim Anblick von Wasser in Jesus hineinversetzen. Ganz lässig übers Wasser wandeln. Übertragen auf den Golfball.

»Hiiii Elvis. Hiiii Nick!«

Ein Damen-Flight kommt auf den Abschlag zu, und Pro winkt sie durch, damit er sich mit Tiger mehr Zeit lassen kann. Wangenküsse und Gezwitscher in hohen Tonlagen: Unter den vier Frauen sind zwei Expatientinnen. Das überrascht den Doktor nicht, er kann ihnen kaum ausweichen in Palm Beach und auf den Golfplätzen. Sie sind überall und vermehren sich wie Moskitos. Sie haben oder hatten reiche Ehemänner, leisten sich teure Schönheitschirurgen und spielen Golf. Eigentlich sollte er sie gerne sehen. Doch da ist etwas, das ihn zunehmend verstört: Sie sehen einander so ähnlich. Sie gleichen Nofretete – mehr oder weniger. Die mandelförmigen, weit aufgerissenen Augen. Die schmale Nase. Die modellierten Wangenknochen. Nur die Lippen sind dicker, Jolie-Münder in Nofretete-Masken. Sie sind fett oder superschlank und gekleidet wie junge, sehr kokette Mädchen. Doch aus der Nähe, in erbarmungslosem Tageslicht sind sie – einfach nur alt. Groteske Gestalten.

Wenn meine Patientinnen zumindest besser aussähen als die aus Kollegenhand, denkt Nick. Wenn seine Handschrift in ihren Gesichtern nur schöner und individueller wäre. Aber dem ist nicht so. Offenbar wenden alle Ärzte nach gleichen Vorgaben die gleiche Technik an. Als ob seine Zunft sich zum Klonen verschworen hätte. Schnipp-Schnapp, und Nofretete erwacht zum ewigen Leben.

»Forever young«, flüstert Elvis. Damit schmeichelt er beiden Seiten, und die Wahrheit ist so unbeliebt wie ein fetter Slice beim Golf. Die Frauen im Club haben mehr Zeit als die Männer. Er braucht sie, und in gewisser Weise mag er sie auch. Obwohl im Vorstand immer noch Männer sitzen, haben die Frauen im Club längst die Oberhand gewonnen. Weil sie in der Mehrzahl und herrschsüchtig sind und ihre Ehemänner manipulieren, sofern sie noch welche haben. Im Grunde sind die alten Weiber furchterregend, aber ihrem Pro fressen sie aus der Hand. So glücklich über jedes Lob und so dankbar für jede Kritik.

Tiger versucht, Ian Poulters Regenschwungbahn nachzuahmen: hoher Ball und wenig Spin für maximale Weite. Den hat Pro ihm beigebracht, und immer öfter funktioniert es auch. Sein Ball fliegt kerzengerade, aber leider nicht hoch genug.

»Zu dünn getroffen«, sagt Tiger.

Wenn du es schon weißt, wozu stehe ich dann hier? Elvis wiegt mit dem Kopf. Ben Hogan meint, man muss sich mit dem rechten Fuß abstoßen. Gary Player sagt, die linke Ferse dürfe sich nicht vom Boden lösen. Tiger Woods schwört auf die mentale Dimension des Abschlags. Elvis vertritt die Theorie des Rechtecks: Rechter Oberarm, rechter Unterarm und Schlägerschaft müssen drei Seiten eines Rechtecks bilden. »Du hast oben deine Handgelenke zu stark abgeknickt. Deshalb war der Abschwung nicht sauber.«

Tiger sieht verletzt aus, und Pro redet schnell weiter. »Aber es war kein schlechter Drive. Auf einer

Skala von eins bis zehn würde ich ihm fünf Punkte geben. Damit können wir leben, oder?«

Tiger lächelt besänftigt und fährt in positiver Haltung zu seinem Ball. Elvis ist lange genug im Geschäft, um zu wissen, dass Psychologie wichtiger ist als Technik. Lob und Kritik müssen ausgewogen sein, völlig unabhängig davon, wie gut oder schlecht der Patient spielt. Er wird nie gesund, das wissen beide. Doch es gibt wunderbare Momente der befristeten Genesung. Wie jetzt: Tigers zweiter Schlag ist perfekt und landet auf dem Grün.

Pros applaudierende Hände sind Musik in Nicks Ohren. Er will ihn glücklich machen mit seiner Leistung. Und wenn Pro zufrieden ist, macht ihn das glücklich. Das Leben ist im Grunde verdammt einfach. »Ich könnte noch ein Birdie schaffen«, meint er, als sie auf dem Grün sind.

»Das ist die richtige Einstellung. Du kannst es.« Elvis legt die Fahne sanft außer Reichweite. »Das Gras sorgfältig lesen. Langsam und tief atmen. Die Puttlinie visualisieren. Den Kopf über den Ball halten, ausatmen ...«

Die Stille vor dem Putt. Nach der sanften Berührung rollt der Ball mit einem zarten Plopp ins Loch.

»Perfekt«, sagt Elvis und schlägt ihm anerkennend auf die Schulter. »Weiter so, und wir landen beim einstelligen Handicap, Tiger.«

Pros Lob ist besser als eine Prise Koks. Dieser Tag, Nick weiß es, wird ein guter Tag. Er fühlt sich frei und glücklich. Master of the Universe. Dabei hat er nicht so gut angefangen, dieser Tag. Beim Frühstück eröffnete ihm Susan, dass sie mit einer Freundin zum Surfen nach Hawaii wolle. Alles schon gebucht, sie hätte ihn zumindest pro forma vorher fragen können, wenn er schon bezahlen muss. Doch er ärgerte sich schweigend und schrieb den Scheck aus. In der Praxis war Chaos, weil eine der drei Sprechstundenhilfen krank war. Eine Patientin wurde hysterisch, weil sie subjektiv das Gefühl hatte, ihre Lippen seien zu schmal geraten. Ein Vormittag voller kleiner Ärgernisse, und jetzt das: ein Birdie am 1. Loch. Die Sonne scheint auf Nick Westville und sein Talent, Bälle genau dorthin zu bringen, wo er sie haben will.

Die Nofretetes haben auf der Zwei längst abgeschlagen, sie sind gute und schnelle Spielerinnen. Elvis weiß, dass sie um Gintonics zocken. Es wird viel getrunken nach dem Spiel, die einen bechern vor Glück, und die anderen ertränken ihren Frust. Einen Grund zum Trinken gibt es immer, und sei es der, dass man Durst hat.

Tiger spielt auch das 2. Loch makellos, obwohl links vom Grün ein Wasserhindernis Bälle magisch anzieht. Er hat einen Lauf, denkt Elvis, und dass er den durch kleinliche Kritik nicht stören sollte. Tigers Knie sind unruhig, das macht sein Spiel instabil, aber was soll's, wenn ein Par herauskommt. Der Doktor hat eine Heidenangst vor Wasser, womit er nicht alleine ist in Golferkreisen. Sobald Tiger Wasser sieht, wird sein Schlag unberechenbar. Es gibt nur zwei Möglichkeiten, diese Angst zu besiegen: wegdenken, also Wasser in Wüste verwandeln, oder den Jesus-Gag, den Pro bevorzugt. Denn jeder Schlag wird im Kopf ausgetragen. Die Hände sind nur das Werkzeug.

Verdammt will er sein, wenn er nicht seit Neuestem einen Hook entwickelt hat. Wie Arnold Palmer seinerzeit. Elvis versucht, nicht an seinen Hook zu denken, doch der verfolgt ihn bis in seine Träume. Bälle fliegen nach links weg ins Universum, wo sie heller leuchten als Sterne. Jede Analyse – der Schlägergriff, das Ansprechen, der Abschwung – wurde auf der Range getestet und verworfen. Weil seine Bälle auf der Driving Range gerade fliegen und sich nur auf dem Platz in Hooks verwandeln. Nicht alle, vielleicht jeder zehnte Schlag, aber es macht ihn fertig. Elvis hat sich sogar von seiner letzten Affäre getrennt, weil sein Hook-Problem exakt zu der Zeit begann, als er sie kennenlernte. Hat auch nichts genutzt. Am Vortag war er bei einer Wahrsagerin, die ihm prophezeite, dass mit zunehmendem Mond alle seine Bälle wieder gerade fliegen. Er kann nur warten und glauben und hoffen.

»Hast du den gesehen?« Tigers Stimme klingt beinahe hysterisch. Auf der kurzen 3 mit Wasser auf der linken Seite hat er seinen Ball in den Bunker rechts vom Grün geschlagen. Der ganz normale Wasserangstschlag.

»Perfektes Pech«, sagt Pro. Tiger hat falsch gezielt, den Fehler macht er am Par 3 jedes Mal. Wenn der Bunkerschlag misslingen sollte, fliegt der Ball über das Grün doch noch ins Wasser. Aber das würde Pro nie laut sagen. »Ein Par ist noch drin«, meint er und denkt an Tigers geschätzte 50 Übungsstunden im Bunker. Der Bunkersand ist weiß und fein wie Puderstaub, ein Kinderspiel im Vergleich zu den furchtbaren europäischen Bunkern mit ihrem schweren gelben Sand. In Schottland hatte auch Elvis Probleme, seinen Ball aus diesen Monstern zu befreien.

»Na los, Tiger: Zeig mir deinen perfekten Bunkerschwung!«

Elvis beobachtet, wie Tiger den Schläger hebt und kurz in einer weißen Wolke verschwindet. Der Ball fliegt hoch aufs Grün, rollt auf die Fahne zu ... berührt sie ... und fällt langsam ins Loch.

»Wow.« Tiger ist fasziniert von seinem Schlag. Zwei Birdies auf drei Löchern, er fühlt sich wie im Golfhimmel.

»Das hätte ER auch nicht besser gekonnt«, sagt Elvis. Allerdings findet er, dass der Doktor nicht unbedingt so weiterspielen sollte. Dann wäre der Pro ja überflüssig. Doch beim Golf kannst du darauf vertrauen, dass nichts bleibt, wie es ist.

Ein Damen-Flight ist ihnen auf den Fersen. Nick hofft, dass diesmal keine Patientinnen dabei sind. Auf dem Golfplatz schätzt er die Loslösung von allem, was sein Leben sonst ausmacht. Keine Nofretetes bitte, er will sich einfach nur seines Spiels erfreuen, das am heutigen Tag grandios ist. Pro sieht zufrieden aus, warum auch nicht, schließlich ist Tiger in gewisser Weise sein Werk. Heute könnte alles gelingen! Selbst Schläge direkt übers Wasser, das gefürchtete 8. Loch, bei dessen Abschlag seine Hände zu schwitzen beginnen. 191 Yards. Ein Par 3, dessen Fahne hinter Wasser gesteckt ist, viel Wasser. Leicht abschüssiges Grün, umzingelt von Bunkern. Nick glaubt, dass Golfplatzarchitekten in der Mehrzahl Sadisten sind.

Doch in dieser Runde erscheint ihm Golf wie ein Kinderspiel. Die nächsten vier Löcher spielt er Par, leichthändig, leichtfüßig und mit einer Zuversicht, die er sonst auf dem Golfplatz nicht kennt. Pro hat nichts weiter zu tun, als ab und zu kleine Tipps zu geben und zu applaudieren. Elvis hält es an diesem Punkt für möglich, dass sich Tiger endlich von seiner Wasserangst gelöst hat. Aber das macht ihm keine Sorgen, denn es werden sich andere Ängste und Fehler finden. Golf ist das Spiel der hundert Fehlermöglichkeiten. Sein eigener Hook ist nur einer davon, und Elvis kann nichts weiter tun, als auf den zunehmenden Mond zu warten.

Am Abschlag des 8. Lochs gibt es den ersten Stau. Vier Nofretetes stehen neben den Golfwagen, und eine von ihnen raucht, was Elvis erbost. Zwar wählt er die Demokraten, doch bei Rauchern fände er die Todesstrafe angemessen. Seinen Patienten erlaubt er nicht, auf dem Golfplatz zu qualmen, und Freundinnen sucht er sich nur unter Nichtraucherinnen. Doch mehr als einen strafenden Blick kann er sich nicht erlauben.

»Tiger spielt heute wie ein Gott«, erzählt Elvis den Frauen, die dies mit unbewegten Mienen, doch entzückten Lauten quittieren. Schönheitschirurgen sind unter Golferinnen eine gefragte Spezies, fast jede wünscht sich einen im Haus. Nick kaut einen Müsliriegel und wünscht sich, sie würden ihm nicht so nahe kommen. Sie sehen furchtbar aus. Was hat er sich nur dabei gedacht, solche Gesichter zu erschaffen?

»Hi Nick!«

Diese furchtbare Stimme würde er unter Hunderten erkennen. Nick zuckt zusammen, dann dreht er sich um und blickt in das Gesicht von Jane. Sie ist in dem Flight hinter ihm, seine erste Ehefrau, und sie ist wirklich die Letzte, der er an seinem Supergolftag begegnen wollte. Alles lief so fantastisch – und nun Jane. Eine 55-jährige Nofretete mit allen Giften der Kleopatra. Ihr Mund ist frisch gespritzt und sieht aus wie ein rosa U-Boot. Die grünen Augen, in die er sich vor tausend Jahren verliebt hatte, befinden sich in faltenloser Umgebung. Doch auch Jane hat diesen starren Blick der gestrafften Oberlider. Ihre Stirn ist glatt, und ihre roten Haare sind zu einem Pferdeschwanz gebunden. Sie war so schön, als sie jung war. Und von Weitem ist sie es wohl immer noch. Doch jetzt bringt er es kaum fertig, in ihr unbewegliches Gesicht zu sehen, in dem die weiße Haut wie altes Porzellan schimmert. Ein paar Sommersprossen auf der Nase sind das Einzige, was ihn an die junge Jane erinnert. An vier glückliche Jahre, gefolgt von der großen Misere, nachdem sie durch Zufall auf eine unbedeutende Affäre gestoßen war.

Die Scheidung war sein privater Weltuntergang, denn Jane und ihr Anwalt setzten alles daran, ihn zu ruinieren. Als es vorbei war, musste er sich einen Partner in die Praxis holen, um über die Runden zu kommen. Es dauerte Jahre, bis er sich von Jane erholt hatte, finanziell und seelisch. Und noch heute schrumpft sein Penis zu Schneckengröße, wenn er nur an sie denkt. Nick tritt unwillkürlich einen Schritt zurück. »Hi Jane. Wie geht es dir?«

»Wunderbar«, sagt Jane. Sie trägt einen Hut mit breiter Krempe, um ihre weiße Haut zu schützen, und jetzt setzt sie eine riesige Sonnenbrille auf. Er sieht nur noch ihren rosa Schlauchmund, der ihn, er stellt es sich vor, ohne Weiteres verschlingen könnte.

»Und dir, Nick-Darling?«

»Bestens.« Sie ist die gemeinste und rachsüchtigste Frau, die er kennt, und er kennt viele Frauen. Er hat Jane ein paarmal auf dem Platz gesehen, aber immer in sicherem Abstand. Wenn er weiß, dass sie im Clubhaus ist, meidet er es. Es ist einfach so, dass ihn diese Frau mit Furcht erfüllt. Furcht, die an Panik grenzt. Gottlob ist Jane viel unterwegs und eher selten in Palm Beach. Sie hat nach der Scheidung Jura studiert und arbeitet für einen internationalen Pharmakonzern. Soviel er weiß, hat sie nach ihm keinen Ehemann mehr ruiniert.

»Ich hörte, du hast ein drittes Mal geheiratet, Nick!« Sie sagt es wie eine Mordanklage.

»Ja, ich werde eben nicht schlauer.« Warum zum Teufel fühlt er sich jetzt schuldig? Nick wirft seinem Pro einen flehenden Blick zu.

Elvis deutet ihn richtig und stellt sich zwischen die beiden. »Tiger spielt heute wie der große Tiger, Ladys. Ihr solltet seine Abschläge sehen – und erst seine Putts. Nur Birdies und Pars bisher, ich bin echt stolz auf meinen Meisterschüler.«

Nick errötet über so viel Lob. Bewundernde Blicke, bis auf den von Jane: »Ich wusste gar nicht, dass du so gut Golf spielst. Ich muss zu hart arbeiten, um mir das Vergnügen eines niedrigen Handicaps zu leisten.«

Aus ihrem Mund klingt es, als sei er der letzte Penner. Nick sieht verzweifelt auf den Flight vor ihnen. Sie schlagen jetzt endlich ab, zwei aufs Grün und die anderen beiden ins Wasser. Es kann noch dauern, was ihn leicht panisch macht. Im Grunde hatte er schon Angst vor ihr, als er noch in sie verliebt war. Jane, die Frau mit dem Gedächtnis eines Elefanten, vergab nie den geringsten Fehler. Und sie hackte darauf herum, bis man gleichsam schrumpfte vor Scham und Reue. Wie sein Penis; er war noch Monate nach der Scheidung impotent und schwor sich, nie mehr zu heiraten. Bis die brasilianische Tänzerin in seine Praxis kam wegen einer Brustvergrößerung. Sie erhielt neue Brüste – und Nick Westville, den sie zwei Jahre später verließ, um einen Milliardär zu heiraten. Immerhin hat sie ihn nicht ausgenommen wie Jane, und sie ließ Evan zurück, sein einziges Kind. Maria war ein nettes Mädchen, alle Frauen sind wie Mutter Teresa im Vergleich zu seiner Ex-Ex.

Jane starrt ihn böse an durch ihre dunkle Brille, er spürt es, und seine Knie werden weich. Die Knie sind eine Schwachstelle, die Pro häufig erwähnt. Sie flattern manchmal, statt sich dynamisch mit dem Schwung zu bewegen. Er ist eben nicht perfekt, auch wenn er heute so spielt. Jane fand das auch und übernahm das Steuer. Sie richtete das Haus ein, dekorierte die Praxis, organisierte Partys mit den richtigen Leuten und plante Urlaube wie andere Leute Kriegseinsätze. Bei Jane gab es keine halben Sachen, selbst Halbsätze stießen auf Kritik. Sie war eine hervorragende Köchin und Gastgeberin und niemals unangemessen gekleidet. Selbst der Sex war perfekt, wenn er ihren Anweisungen im Bett folgte. Für eine Weile hielt er sich für den glücklichsten Ehemann unter der Sonne Floridas. Doch irgendwann kippte es. Ihr Kontrollwahn, ihre Herrschsucht und ihre Unfähigkeit, auch nur einmal loszulassen, trieben ihn auf die Praxiscouch mit einer der Sprechstundenhilfen. Heidi, blond und blauäugig. Er hätte sich denken können, dass er damit bei Jane nicht durchkommen würde. Und es gab nicht den Hauch einer Chance, dass sie ihm den Seitensprung verzeihen könnte. Die Scheidung war ihr Rachefeldzug, in dem sie keine Schlacht ausließ.

Nick sieht, dass Jane selbst den Pro eingeschüchtert hat. Der sagt nichts, als sie eine Zigarette anzündet und ihm den Rauch ins Gesicht bläst. Pro wendet sich seinem Patienten zu: »Wir können jetzt langsam, Tiger. Wartezeiten sind Gift für die mentale Gesundheit, ich weiß, aber an einem Tag wie diesem kann dir nichts mehr passieren.«

Oh doch, denkt Nick, du kennst die ganze Geschichte ja nicht. Er wird sie ihm später erzählen, nach der Runde. Nick nimmt sein Vierer-Eisen aus der Tasche. Ein kurzer Blickaustausch mit Pro, der zustimmend nickt. Möglich, dass er mit dem Eisen zu kurz bleibt, doch wenn er präzise nach links spielt, landet der Ball auf der schmalen Bahn vor dem Grün. Dann wäre ein Par immer noch möglich.

Nick hat Jane nicht mehr angesehen, seit er zum Abschlag gegangen ist, doch er weiß, dass sie ihn weiter fixiert. Hasserfüllt nach all den Jahren. Im Grunde ist sie eine Verrückte, die in ihren Systemen funktioniert, sodass keiner darauf kommt, sie wegzusperren. Wie sie wohl Golf spielt? Perfekt? Er kann sich kaum vorstellen, dass Jane einen schlechten Schlag hinnehmen könnte. Sie würde auf den Ball eindreschen, bis er platt wäre ...

Aufhören! Nicht mehr an sie denken! Sich auf das Loch konzentrieren! Das Wasser nicht ignorieren, sondern akzeptieren. Wäre Jesus Golfspieler gewesen, hätte er den Ball erst übers Wasser geschlagen, um dann selig darüberzuwandeln.

Vor ihm liegt nur ein kleiner Ball, der nicht schwimmen kann und deshalb fliegen möchte. Ganz einfach. Pro steht seitlich und sieht ihn voller Zuversicht an. Während Nick seinen Schläger nach oben schwingt, hört er ein Hüsteln hinter sich. Er hört es überdeutlich, und er weiß genau, dass es Jane war. Hexe Jane, und seine Knie zittern, was sie nicht sollten, und im Abschwung spürt Nick, dass dieser Schlag entsetzlich schiefgeht, doch er kann ihn nicht mehr stoppen, es ist zu spät dafür.

Das Geräusch des Schlägerblatts bei Ballberührung ist nicht, wie es sein sollte. Nichts ist, wie es sein sollte. Nick sieht seinem Ball nach, der schräg rechts, furchtbar schräg rechts wegspringt, auf eine Palme prallt und zurückkommt ...

Er sieht das Entsetzen in Pros Gesicht, dann zischt der Ball an ihm vorbei, und Nick hört einen grellen Schrei. Noch bevor er sich umdreht, ahnt er, nein, weiß er, wer geschrien hat. Hinter dem Abschlag liegt Jane. Sie blutet aus der Nase. Die Frauen aus ihrem Flight umringen sie und stoßen hysterische Laute aus.

»Jesus Christ«, sagt Pro und kniet sich neben der Frau auf den Boden. Sie ist bei Bewusstsein, aus ihrer geröteten Nase tropft Blut. Beim Aufprall ist ihr die Brille vom Kopf geflogen, doch ihre Augen sind unverletzt. Sie sind anklagend auf Nick gerichtet.

»Das war ein echt misslungener Schlag«, sagt Pro, der behutsam ein Taschentuch auf die blutende Wunde legt. »Nun tu doch was, du bist Arzt.«

»Er ist Schönheitschirurg, kein Arzt«, sagt Jane. Ihre Stimme klingt kalt. »Ich glaube, dass meine Nase gebrochen ist. Es fühlt sich so an. Fass mich ja nicht an, Nick.«

»Es tut mir so leid.« Nick fühlt eine große Leere, wo vorher Freude war. Diese Runde ist für ihn zu Ende, und nie wieder wird er auf der 8 abschlagen, ohne Jane vor sich zu sehen. Mit blutender Nase. Sie könnte tatsächlich gebrochen sein. Er sinkt neben ihr auf die Knie. »Lass mich die Erstversorgung machen. Und verzeih mir bitte, es war keine Absicht.«

»Natürlich nicht«, souffliert Pro. »Ein unglücklicher Zufall.«

»Hände weg!« Jane winkt einer ihrer Mitspielerinnen, ihr beim Aufstehen zu helfen. Sie presst das Taschentuch gegen die Nase, ihr Gesicht ist unbewegt, obwohl sie Schmerzen haben muss. Grüne, erbarmungslose Augen, auf Nick gerichtet. »Ich glaube nicht an Zufälle. Und was für ein Scheißzufall wäre das denn, der Exfrau mit einem Golfball die Nase zu brechen!«

»Exfrau?« Elvis findet die Nachricht schockierend, versteht aber jetzt, warum der Schlag so völlig danebenging. Er fragt Jane, ob er sie zum Clubhaus fahren soll, um von dort aus den Rettungswagen zu rufen. Sie willigt ein und lässt sich zum Wagen führen. Elvis befestigt ihre Tasche und meint zu Nick, er solle beim Abschlag auf ihn warten.

»Ihr wollt weiterspielen?« Jane sieht von Pro auf Nick und tötet beide mit Blicken.

Als ob ich jetzt noch einen Ball treffen würde, denkt Nick. »Nein, nein. Für mich ist die Runde auch zu Ende. Ich gehe zu Fuß zum Clubhaus. Fahrt schon los.«

Nick winkt Pro, den Wagen zu starten. Die Euphorie der letzten Stunde ist einer tiefen Niedergeschlagenheit gewichen. Seine Knie zittern, und vielleicht wird das nie mehr aufhören, weil Jane in sein Leben zurückgekehrt ist.

»Stopp!« Ihre Stimme ist scharf wie ein japanisches Messer. »Dass du mich absichtlich abgeschossen hast, werde ich schwerlich beweisen können. Aber dass du nicht *Fore* gerufen hast, als dein Ball an die Palme prallte und zurückkam – das, mein Lieber, war ein fataler Fehler. Dafür werde ich dich verklagen, ganz egal, ob meine Nase gebrochen oder nur angeknackst ist. In jedem Fall wirst du teuer bezahlen!«

Dies ist der Augenblick, in dem Nick sich wünscht, sein Ball hätte sie getötet. Sie an der Stirn getroffen, der allzu glatten. Was ist schon eine Nase, die lässt sich in zwei Stunden zurechtrücken! Ihr gemeines Lächeln entblößt perlweiße Zähne.

Nick, der sich acht Löcher lang dem Himmel so nah fühlte, taumelt abwärts ins Höllenfeuer. »Du bist die hässlichste und gemeinste Person in ganz Florida, ach, was sag ich, ganz Amerika. Der Teufel soll dich holen!«

Sie gibt Elvis den Befehl zu starten, und das Letzte, was er von ihr hört, ist schrilles Gelächter. Nick spürt die mitfühlenden Blicke ihrer Mitspielerinnen. Sie haben die Szene schweigend verfolgt. »Sie sollten weiterspielen, Ladys.«

»Es war sicher keine Absicht«, sagt eine.

»Jane ist manchmal ein wenig schroff«, meint die andere.

Die Dritte gibt Nick ihre Karte. »Falls Sie eine Zeugin brauchen.« Ihr Blick sagt, dass sie für ihn mehr sein könnte als nur eine Zeugin, doch sie erinnert ihn zu sehr an Nofretete, um dieses Angebot wahrzunehmen. Zu sehr an alle Frauen, die unter ihm lagen – und besonders an Jane.

Auf dem Weg zurück ins Clubhaus lässt Tiger alle Hoffnung fahren, dass er über Wasser wandeln könnte – mit einstelligem Handicap. Er wählt die Nummer seines Anwalts. Nofretete soll sterben, denkt Nick. Doch dafür war sein Schlag einfach nicht gut genug.

Hole 9

Zwölf Bälle

Île aux Cerfs, Mauritius

Die Hirsche haben der Insel ihren Namen gegeben und sie dann verlassen. Das hat Klara im Hotelprospekt gelesen, und sie fragt sich, wie: schwimmend? Auf Booten? Oder sind sie ausgestorben?

»Das interessiert doch keinen«, sagt Phillip. Seine Interessen sind eng gefasst. Das Leben ist zu kurz, um es mit unnützem Wissen zu verplempern. Das ist seine Art Lebensmotto, von dem er selten abweicht.

Manchmal fragt Klara sich, ob er sie geheiratet hat, weil sie so gegensätzlich sind? Nein, natürlich war es Liebe. Die entzieht sich allen Erklärungen. Schließlich könnte auch sie nicht sagen, was sie an ihm besonders anzieht. Er sieht gut aus, ist intelligent und erfolgreich. Sehr selbstbewusst. Er macht immer alles richtig. Er wird ein guter Vater ihrer Kinder werden. Das sind Gründe, oder etwa nicht? Als er sie in Venedig fragte, ob sie ihn heiraten wolle, hat Klara nicht eine Sekunde gezögert.

Jetzt sind sie auf Hochzeitsreise in Mauritius, in der Hochzeitssuite des *Le Touessrok*. Das Hotel ist ein luxuriöser Traum, am weitläufigen Strand gelegen und vor grandioser Kulisse. Weißer Muschelsand, Palmen, türkises Meer. Phillip hat es ausgesucht, er neigt zu einsamen Entscheidungen, obwohl sie an dieser nichts aussetzen kann. Gegenüber liegt die Île aux Cerfs, in zehn Minuten mit dem Boot zu erreichen. Am dritten Tag ihrer Hochzeitsreise hat Phillip verkündet, dass sie zum Golfplatz auf der Insel fahren. Klara wusste gar nicht, dass er Golf spielt. Sie kennen sich erst seit drei Monaten, eine Winterliebe in München, sie sind in Kitzbühel Ski gelaufen. Golf hat er nie erwähnt.

Klara spielt ganzjährig Tennis und joggt auch im Winter jeden zweiten Tag durch den Englischen Garten. Ihre Figur ist sportlich-schlank, eher muskulös als dünn. Ihre schwarzen, sehr kurz geschnittenen Haare bilden einen guten Kontrast zu den grünen Augen. »Meine Schöne« nennt Phillip sie, wenn er in romantischer Stimmung ist. Er ist hellblond, und Klara glaubt, dass ihre Kinder rothaarig werden. Sie wünscht sich drei.

»Es macht dir doch nichts aus, wenn ich spiele? Oder wolltest du lieber am Strand versauern? Das ist auf die Dauer ziemlich langweilig.«

Das findet Klara keineswegs, doch sie lächelt ihren Ehemann an. »Natürlich nicht. Ich werde dich begleiten, wenn du möchtest.«

Phillip mag an Klara, dass sie sanft ist. Das hat er auch an Asiatinnen geschätzt. Eine herrschsüchtige und streitbare Frau in seinem Leben war mehr als genug. Seine Mutter. Dass sie tot ist, tut ihm kein bisschen leid. Klara ist eine böse Schwiegermutter erspart geblieben, und ihre Eltern, die Gutmenschen, reichen ihm vollends an Verwandtschaft. Klara und er sind Einzelkinder. Und dabei soll es auch bleiben: ein Kind. Darüber hat er mit seiner Frau zwar noch nicht gesprochen, doch ohne Zweifel wird er seinen Willen durchsetzen.

Der Fahrtwind zerzaust ihre kurzen Haare: Sie sieht sehr hübsch aus in ihren weißen Shorts mit der durchsichtigen Bluse über dem Bikinioberteil. Nach der Golfrunde werden sie schwimmen gehen. Doch er muss diesen Platz einfach spielen, weil er schwierig und eine Herausforderung selbst für gute Golfer ist. Von Bernhard Langer entworfen und 2003 gegen alle Widerstände von lästigen Umweltschützern eröffnet.

»Nimm bloß genügend Bälle mit«, hat ihm ein Kollege geraten, der hier schon spielte. Eigentlich ist er kein Kollege, sondern ein Konkurrent um den Chefposten der Rechtsabteilung. Phillip ist jetzt 30, und mit 40 will er diesen Platz einnehmen. Mit 50 in den Vorstand berufen werden und mit 60 Vorstandsvorsitzender sein. Dazu eine schöne Frau, ein Kind, ein Haus und ein einstelliges Handicap. So stellt er sich das vor.

»Was für eine bezaubernde Insel«, sagt Klara. Sie nähern sich dem Strand und dem Bootssteg. Die Île aux Cerfs liegt in einer Lagune und ist teilweise von Mangrovenwäldern umgeben. Das Wasser des Indischen Ozeans ist an dieser Stelle glasklar. Klara würde am liebsten gleich am Strand bleiben, doch sie folgt Phillip zu dem Golfwagen, der sie abholt und zum Clubhaus bringt.

Phillip hat seine Golfschuhe mitgenommen, den Rest der Ausrüstung muss er sich im Pro-Shop leihen. Dazu kauft er zwölf Bälle.

»Nur zwölf?«, fragt der Verkäufer.

Phillip findet die Frage unverschämt. »Handicap 13«, sagt er. Sein Stirnrunzeln deutet an, dass er darüber nicht weiter diskutieren möchte. Die Leihschläger sind von Nike, das ist okay, an Bällen nimmt er immer Titleist.

»Möchten Sie einen Trolley oder einen Wagen?«

»Wagen«, sagt Phillip. In seinem Heimatclub geht er zu Fuß, doch hier ist es ihm zu heiß. Zu Klara: »Bist du sicher, dass es dir nicht langweilig wird?«

»In deiner Gegenwart niemals.«

Dieses strahlende Lächeln liebt er sehr an ihr. Klara hat für eine Frau erstaunlich wenige Launen. Sie leitet einen Kindergarten, das ist intellektuell nicht spitzenmäßig, doch für seine Ansprüche an eine Ehefrau ausreichend. Hauptsache, sie kommt nie auf den Gedanken, ihn herumkommandieren zu wollen.

»Vielleicht hast du nach dieser Runde ja Lust, mit Golf anzufangen.«

Klara sitzt neben ihm im Elektrowagen und schaut mit großen Augen auf den Palmenhain, hinter dem das Meer in allen Blautönen schimmert.

»Sind alle Golfplätze so wunderschön?«

»Nein, nicht alle. Aber wenn du spielst, ist dir die Landschaft ziemlich egal. Du siehst nur deinem Ball hinterher.«

»Das finde ich schade.« Klara lässt den Gedanken zu, dass Phillip sich für recht wenig interessiert. Er geht in die Oper, weil sich das so gehört in seinen Kreisen, doch Theater und Kino mag er nicht. Fernsehen findet er entspannend, wenn er sich durch alle Programme zappt. Er mag Sport in allen Variationen. Bücher, die nichts mit Jura zu tun haben, langweilen ihn. Nun ja, sie sind eben verschieden.

»Wow.« Phillip steht am ersten Abschlag, am schwarzen Tee. Von hier aus ist ein Schlag von rund 200 Metern über ein Biotop hinweg zu bewältigen. Er denkt, dass es klug gewesen wäre, vorher auf die Driving Range zu gehen, um ein paar Bälle zu schlagen. Nach dem langen deutschen Winter ist er aus der Übung, aber jetzt ist es zu spät für solche Überlegungen.

»Geh bitte ein Stück zurück, Klara. Niemals vor dem Ball stehen.«

Sie gehorcht ihm, doch während sie zurückgeht, und er kraftvoll ausholt, stößt sie einen kleinen Schrei aus, weil sie auf einen Käfer getreten ist.

Sein Ball fliegt nicht weit und landet im Gestrüpp.

»Verdammt, Klara. Deinetwegen habe ich den Ball verschlagen.«

Sie sieht auf den toten Käfer. »Es tut mir leid. Ich habe ein Tier getötet.«

Ihre Tierliebe ist nervig. »Sollen wir ihn jetzt begraben oder was? Sei einfach ganz still, wenn ich schlage. Mucksmäuschenstill.«

Klara presst ihre Lippen zusammen, während Philipp seinen zweiten Ball schlägt. Er fliegt weiter als der erste, schafft es aber auch nicht ...

»Verfluchter Mist.« Philipp holt einen dritten Ball aus dem Bag.

»Aber der Ball war doch schön weit«, sagt Klara.

»Ja, und siehst du ihn auf dem Fairway liegen? Nein! Also muss ich noch einen schlagen.«

Sein dritter Ball erreicht knapp, aber doch das Fairway. Klara applaudiert. Sie findet, dass ihr Mann sehr angestrengt aussieht. »Es tut mir echt leid, Philip.«

»Passt schon«, sagt er, während er ins Auto steigt. »Aber mach so was nie wieder.«

Klara findet seine Reaktion etwas übertrieben, doch sie will jetzt nicht mit ihm streiten. Sie sieht ihm zu, wie er auf das Grün schlägt und dann danebenputtet. Sie darf die Fahne halten, die im sanften Meereswind flattert. Vögel zwitschern. Hoch oben meint sie einen Kestrel zu sehen, einen der seltensten Falken der Welt. Wir sind im Paradies, denkt Klara, während Phillip seinen Ball ins Loch schiebt. Sie steckt die Fahne zurück und will ihm einen Kuss geben.

»Nicht jetzt, Schatz. Da sind Leute hinter uns.«

Na und, denkt sie, doch sie folgt ihm wortlos zum Golfwagen, den er zum zweiten Abschlag lenkt.

»Man muss zügig spielen, und Küsse auf dem Golfplatz sind gegen die Etikette.«

Du verarscht mich, denkt Klara, doch sie lächelt. Und wagt es kaum zu atmen, als Phillip abschlägt und dieses Mal perfekt in der Mitte des Fairways landet.

»Bravo.« Klara denkt, dass es ziemlich leicht aussieht. Du holst aus und triffst den kleinen Ball, der dann hoch und weit fliegt. Nur das Putten kommt ihr schwierig vor.

»Es wird schon. Ich bin eben aus der Übung.« Phillip drückt Klaras Arm. »Am letzten Loch darfst du dann auch einen Ball schlagen. Vielleicht solltest du mit Golf anfangen. Du bist noch nicht zu alt.«

Sie ist 27, drei Jahre jünger als er. »Wie lange spielst du schon?«

»Eine gefühlte Ewigkeit.«

Damit wendet er sich wieder seinem Ball zu, schlägt aufs Grün und puttet zum Par ein.

Ab dem 3. Loch entfaltet der Platz seine Tücken: vorne und seitlich lauert Wasser, die Fairways werden enger und erhabene Grüns fordern exakte Annäherungsschläge. Die Luft riecht nach Meer. Klara atmet tief ein und fragt sich, ob sie ein solch freudloses Spiel wirklich beginnen sollte. Seit sie abgefahren sind, hat Phillip ein einziges Mal gelächelt. Jetzt scheint er wieder vor Wut zu platzen, weil sein Ball im Wasser gelandet ist. Auch der folgende Schlag endet mit einem Plopp.

Klara findet das irgendwie komisch, doch sie wagt es nicht zu lachen. Phillips Gesicht ist eine düstere Maske.

»Ein Scheißmoskito hat mich gestochen, gerade beim Schlag. Hast du Mückenspray eingepackt?«

Sie hat und reicht ihm die Dose. Er sprüht sich ein und verschwindet kurz in einer Autan-Wolke. Klara wird in Phillips Gegenwart von Moskitos weitgehend verschont. Sie mögen ihn einfach lieber. Ihre Eltern wiederum sind von Phillip nicht angetan. Sie sagen es nicht, aber Klara spürt es. So, wie sie jetzt spürt, dass ihr Mann sehr böse auf sich ist.

»Dieses Loch streiche ich, hier sind mir einfach zu viele Moskitos. Lass uns weiterfahren.«

Auch die 4 und 5 sind schwierig, und Phillip verliert zwei weitere Bälle, einen im seitlichen Wasser, den anderen im Mangrovendickicht. Klara zählt sechs verlorene Bälle und hofft für ihren Mann, dass die restlichen Bahnen einfacher sind. Das Meer ist jetzt zum Greifen nahe und die Aussicht fantastisch. Sie hält ihr Gesicht der Sonne entgegen. »Ich wünschte, wir könnten hier leben.«

»Um was zu tun? Bälle verschlagen? Manchmal bist du wirklich naiv.«

Phillip erholt sich etwas auf den folgenden Bahnen, die ein wenig einfacher sind. Es gelingen ihm ein paar schöne Schläge, doch die Wut nistet tief. Er weiß, wie falsch das ist, es steht in jedem verdammten Lehrbuch. Nur der nächste Schlag zählt, alles andere ist ein schwarzes Loch im Golfuniversum.

Seine üble Laune beginnt ihr den Tag zu verderben. Wir sind an einem zauberhaften Ort, und alles könnte wunderbar sein, denkt Klara. Stattdessen stehe ich herum und sehe ihm zu, wie er von Loch zu Loch zorniger wird. Sein Kopf ist schon ganz rot, trotz der Golfkappe.

»Du solltest dich mit Sonnencreme einreiben.« Klara hält ihm eine Tube entgegen.

»Siehst du nicht, dass ich mich gerade auf das Ziel ausrichte! Wie kann ich verdammt noch mal spielen, wenn du und die Moskitos mich ständig nerven.«

»Hier sind überhaupt keine Moskitos. Aber du kriegst einen Sonnenbrand.«

»Ach was.« Er nimmt die Tube trotzdem und cremt sein Gesicht ein.

Er benimmt sich, denkt Klara, wie ein kleines, verzogenes Kind. So hat sie ihn noch nie erlebt, und in diesem Augenblick, das türkise Meer im Rücken, versteht sie nicht, warum sie ihn geheiratet hat. »Könntest du mich mal anlächeln, Phillip?«

Er ignoriert ihre Bitte, richtet sich aus und schlägt den Ball nach rechts, in den Palmenhain. Ein Slice zum Davonlaufen. Es macht ihn wahnsinnig, und er schlägt den zweiten Ball genauso. Der Fluch der Wiederholung. Man soll nicht nachschlagen, er weiß es und tut es trotzdem.

»Wenn ich richtig gezählt habe, hast du nur noch vier Bälle.« Klara weiß nicht, warum sie jetzt Öl ins Feuer gießt. Sie kann einfach nicht verstehen, was ihn an diesem dummen Spiel so aufregt.

Phillip sieht sie an, als ob sie ein wahnsinnig lästiger Moskito wäre. Dann wirft er seinen Schläger den Bällen hinterher.

Klara springt einen Schritt zurück. »Bist du verrückt?! Du hast mich beinahe getroffen!«

»Wenn du auch immer im Weg stehst.«

Phillip verschwindet im Palmenhain auf der Suche nach dem Schläger. Klara bleibt zurück. Sie wird, diesen Entschluss fasst sie jetzt, niemals in ihrem Leben Golf spielen. Sie will nicht wütend oder unglücklich werden, nur weil Bälle in die falsche Richtung fliegen. Sie hat Phillip noch nie so erlebt wie an diesem Tag, er kommt ihr vor wie ein Fremder. Klara zieht in Betracht, dass sie vielleicht doch ein wenig überstürzt geheiratet hat.

»Bist du ganz sicher, dass du ihn liebst?«, hatte ihre Mutter gefragt. Was heißt schon »ganz sicher«? Sie fühlte sich geschmeichelt, als er sie umwarb. Immerhin ein Anwalt in einer großen Firma. Seine guten Manieren fand sie beeindruckend. Klara ist altmodisch, wenn es um Höflichkeit geht. Bis zum heutigen Tag hielt sie Phillip für den manierlichsten Mann, den sie kennt – abgesehen von ihrem Vater.

Er kommt mit dem Schläger in der Hand zurück, sogar seinen Ball hat er wiedergefunden. Das scheint seine Laune leicht gebessert zu haben. »Sorry für vorhin«, sagt er, als sie zum Abschlag des 9. Lochs fahren. Es ist ein Par 5 mit zwei Wasserhindernissen und einem erhöhten Grün.

Phillip schlägt weit ab, und Klara hofft, dass er keine Bälle mehr verliert. Viel lieber würde sie am Strand liegen oder im Meer schwimmen. Golf ist langweilig. Man hat keinen Gegner außer sich selbst. Und Phillip scheint diesen Gegner im Augenblick zu hassen. Als auch sein zweiter Schlag misslingt und der Ball im Wasser landet, flucht er lauthals.

Fluchende Männer findet Klara schrecklich. »Halt endlich die Klappe!«, schreit sie ihn an. Ganz spontan.

Phillip kommt zum Wagen. »Was hast du eben gesagt?«

Schon leiser: »Dass du deinen Mund halten sollst. Merkst du nicht, wie furchtbar du dich benimmst?«

Sein Gesicht ist rot und erhitzt, doch seine Augen sind kalt, und die Stimme ist es auch. »Und das muss ich mir von einer Kindergartentante sagen lassen?! Damit wollen wir gar nicht erst anfangen, Klara: dass du mir gegenüber laut wirst. Dagegen bin ich nämlich allergisch.«

»Tut mir leid«, sagt Klara, schon etwas eingeschüchtert. »Aber deine Flucherei war schrecklich.«

Phillip fährt zu der Stelle, an der sein Ball im Wasser versank. »Das war in der Tat ein wenig unbeherrscht. Soll nicht wieder vorkommen. Und jetzt verzeihe ich dir und droppe meinen Ball, um dann ganz leise weiterzuspielen.«

Als er aus dem Wagen steigt und zum Wasser geht, denkt Klara, dass etwas an diesem Gespräch sehr bedrohlich war. Seine Stimme zum Beispiel. Was er sagte, und vor allem *wie*. Seine Überheblichkeit ist nichts Neues, doch zum ersten Mal hat er sie gegen sie eingesetzt. Auf einmal ist da dieses Gefühl, dass sie einen Fehler gemacht hat. Klara sieht auf die Märchenkulisse und fühlt sich verloren. Wie damals als Kind, als sie sich bei einer Wanderung im Wald verlaufen hatte und dachte, sie wäre ganz allein auf der Welt.

Er schlägt seinen Ball und kommt zurück zum Wagen. »Geht doch! Und war ich dir auch leise genug?«

Sie antwortet nicht und sieht auf die andere Seite, zum Meer hin. Es wäre doch so einfach, jetzt einen Scherz zu machen oder ihm einen Kuss auf die Wange zu geben. Das Geschehene abhaken, vergessen. Doch sie kann es nicht. Nicht einmal ein Lächeln schafft sie.

»Hast du jetzt ein Schweigegelübde abgelegt?«

Phillip schlägt seinen nächsten Ball makellos. »Na, was sagst du jetzt? Dein Mann fängt an, Golf zu spielen.«

Was mir scheißegal ist, denkt Klara. Doch sie zwingt sich zu einer Art Lächeln, worauf er ihr einen Kuss auf die Nasenspitze gibt. »Ich finde es schön, dass du mich begleitest. Dafür werde ich morgen mit dir einen Ausflug nach Port Louis machen. Dort kannst du shoppen, was dein Herz begehrt.«

Ich bin nicht käuflich, denkt Klara. »Wie schön«, sagt sie.

Die restlichen Löcher spielt Phillip souverän, verliert unglücklich noch einen Ball und fährt mit zwei Restbällen zum 18. Loch. Dass seine Frau sehr schweigsam ist, scheint ihn nicht zu stören. Er pfeift beim Fahren und stellt sich siegessicher auf den Abschlag der 18. Bahn. Ein Par 4. Ein langer Abschlag durch den Wald, den Philipp meistert. Sein Ball liegt gut genug, um mit dem zweiten Ball aufs Grün zu schlagen, das von Bunkern bewacht ist. Dazwischen liegt dicht bewachsener Abgrund, tief und lang und breit. »Das«, sagt Phillip, »nenne ich eine echte Herausforderung. Vor allem, weil ich nur noch einen Ball in Reserve habe. Was meinst du, Liebling?«

»Du schaffst es«, sagt Klara. Es ist ihr vollkommen gleichgültig, wohin er seine blöden Bälle schlägt. Ihr ist heiß und langweilig, und sie sehnt sich nach Strand und Meer.

Definitiv eine Weite, die er meistern kann. Allerdings schwankt er in der Wahl zwischen Holz und Eisen.

Holz ist sicherer, Eisen präziser. Phillip entscheidet sich für das Sechser-Eisen und holt gewaltig aus. Er trifft nicht richtig. Er hat zu viel gewollt. Der Ball fliegt geradewegs in das grüne Loch unter ihm.

»Und tschüs«, sagt Klara.

Dafür könnte er sie umbringen. Er dreht sich zu ihr um und sieht sie drohend an. »Hatte ich nicht um Stille gebeten!«

»Und jetzt hast du nur noch einen Ball.«

Täuscht er sich oder klingt ihre Stimme hämisch? Philipp sieht seine Frau an und fühlt das Gegenteil von Liebe. Waren ihre Sanftheit und Nachgiebigkeit nur Tarnung? Ist Klara wie alle Frauen oder schlimmer noch – wie seine Mutter?

»Ja. Und den schlage ich jetzt auf das Grün. Weil ich es so will.«

Phillip konzentriert sich mit allen Fasern seines Körpers auf diesen Schlag. Seinen letzten, so oder so. Er blendet Klara aus, seine Mutter, die ganze Welt. Er holt weich aus, zieht kraftvoll nach unten – und der Ball hebt ab und fliegt und fliegt.

Er landet im Bunker neben dem Grün.

»Bravo«, sagt Klara.

Er mag den Klang ihrer Stimme nicht. Die Landung war nicht ideal, aber immerhin hat er es geschafft, den Abgrund zu überwinden. Weil er es so wollte! Phillip steigt schweigend in den Wagen und fährt ihn hinter das Grün. Er nimmt sein Sandwedge aus dem Bag und geht zum Bunker.

Gleich, denkt Klara, habe ich es überstanden. Zumindest diese Runde. Sie nippt an ihrer Wasserflasche, während Phillip zu seinem Bunkerschlag ausholt. Er ist zu hektisch und trifft den Ball ganz ohne Sand. Dadurch fliegt er ungebremst in hohem Bogen über das Grün in den Abgrund.

Phillip kann nicht glauben, was da passiert ist. Und seine Frau sitzt im Wagen und kichert. Ein Blick nach oben zur Terrasse des Clubhauses. Dort stehen Leute, die zugesehen haben und die es offenbar auch lustig finden. Phillip hat durchaus Sinn für Humor. Aber nicht hier und jetzt. Er könnte sein Sandwedge nehmen, zum Wagen gehen und Klara damit erschlagen. So wie er Mutter erschlagen hat. Allerdings mit einer Champagnerflasche. An Deck eines Kreuzfahrtschiffes. Dann hat er sie über Bord gekippt, und die Flasche hinterher. Es war die einfachste Sache der Welt.

Ihm gelingt ein Lächeln, als er am Wagen ist. »Das war wirklich Pech, oder? Jetzt muss ich aufhören. Weißt du, was ich mir überlegt habe, Klara-Schatz: Wir könnten mal eine Kreuzfahrt machen, wir zwei. Hättest du Lust?«

Hole 10

Handicap Sex

Llao Llao Golf Course, Patagonien

Sie sah aus wie Evita. Deshalb hat er sie geheiratet. Alle Argentinier lieben Evita Perón, die schön und gut war und mit 33 Jahren an Krebs starb.

Carlos' Frau ist 57 und sieht Evita nicht mehr ähnlich. Cristina hat mindestens zehn Kilo zugelegt und färbt ihre Haare nicht mehr blond. Sie sind jetzt irgendwie braun und kurz geschnitten. Sie behauptet, das sei praktischer. Ein Wort, das er noch nie mit Frauen in Verbindung brachte.

Der Weg vom 9. zum 10. Loch führt bergab, Carlos lenkt das Golfauto vorsichtig über den steilen Hügel. Cristina geht zu Fuß und trägt ihre Golftasche auf dem Rücken. Sie sagt, das sei sportlicher, aber es ist nicht argentinisch. Menschen mit Autos gehen in diesem Land nicht zu Fuß. Und Argentinierinnen färben sich die Haare blond und lassen sich zum Schönheitschirurgen fahren. Seine Frau hat mit 40 Jahren ihre Eitelkeit abgestreift wie einen Ring, den sie nicht mehr tragen will. Das war, als sie mit dem Golfspiel anfing. Carlos versteht den Zusammenhang nicht, doch es muss einen geben. Wenn er sie fragt, warum sie nicht Diät hält und sich liften lässt, antwortet Cristina: »Was soll der Unsinn?«

Ob seine Frau ahnt, dass er eine Geliebte hat, die 25 ist und wie Evita aussieht? Argentinier, die es sich leisten können, besitzen junge Freundinnen, da ist er keine Ausnahme. Carlos überholt seine Frau und parkt das Auto hinter dem Abschlag des 10. Lochs. Der Blick begeistert ihn jedes Mal aufs Neue. Vor ihm liegt der riesige Nahuel Huapi See, und dahinter leuchten die schneebedeckten Gipfel der Anden. Cristina bleibt neben ihm stehen und stellt ihre Tasche ab. »Atemberaubend«, sagt sie.

Carlos neigt zu Heimlichkeiten, doch jetzt muss er es ihr erzählen. »Ich denke darüber nach, hier ein Haus zu kaufen.«

Sie leben in Buenos Aires und machen Urlaub in Bariloche, zusammen mit drei erwachsenen Kindern, die sich über die Weihnachtstage einladen ließen. In der Stadt ist es um diese Jahreszeit brütend heiß, während in Richtung Südpol, Patagonien, angenehme Temperaturen herrschen. Wie immer wohnen sie im *Llao-Llao-Hotel*, das über dem Golfplatz thront. Das Hotel ist alt, prächtig und teuer.

»Wir haben doch schon ein Ferienhaus am Meer«, sagt Cristina.

»Dann sind es eben zwei. Die Russen fangen an, in Bariloche zu kaufen, und sie werden die Preise hochtreiben. Ich sehe es auch als Investition. Und im August kommen wir dann zum Skilaufen her – mit der ganzen Familie. Es würde Hotelkosten sparen.«

Es würde bedeuten, dass sie in den Ferien für alles zuständig ist, was mit Haus und Herd zu tun hat. Cristina bemüht sich um einen sanften Ton: »Ich wohne aber gerne im *Llao Llao*. Und ich mag diesen Platz.«

Seit die Kinder aus dem Haus sind, interessiert sie sich nur noch für Golf, denkt Carlos. Handicap 18 hat sie inzwischen, und viel weiter wird sie sich in ihrem Alter nicht mehr herunterspielen. Hofft er zumindest. Carlos hat mit Golf begonnen, weil es seinen Geschäften diente. Auf dem Golfplatz trifft man die richtigen Leute, und Polo war nie sein Ding. Er verbesserte sich langsam auf Handicap 25. Seine Frau ist besser als er. Sie hat auch mehr Zeit investiert. Statt zum Schönheitschirurgen ging sie auf den Golfplatz.

»Ich habe da ein Angebot in Bariloche. Direkt am See, mit eigenen Bootssteg.« Carlos hat es sich schon angesehen, will aber den Preis noch drücken.

»Keiner in unserer Familie segelt. Und zum Schwimmen ist der See zu kalt.« Sie wiederholt nicht, was sie trotz aller Schönheit an Bariloche stört. Cristinas Großeltern waren ungarische Juden, während Carlos spanischer Abstammung ist. Bariloche mit seinen hölzernen Kuckuckshäusern könnte auch in den Schweizer Alpen liegen. Viele Deutschstämmige haben sich hier niedergelassen, auch eine Reihe von Nazis. Es gibt eine sehr deutsche Schule umd immer noch ein paar unverbesserliche Idioten. Cristina findet es in Ordnung, im Hotel zu wohnen, aber sie möchte nicht ein Teil dieser Gemeinde werden. All das weiß Carlos, aber ihn tangiert das nicht. Er hat schon lange aufgehört, sich um ihre Gefühle zu kümmern – sofern er es jemals tat.

Er ahnt, aus welcher Ecke ihre Abneigung kommt, und beendet das Thema. Seine Frau hat sich nie in seine Geschäfte eingemischt, und so soll es auch bleiben. Immobilien. Sein Aufstieg begann damit, dass er Señora Fernández de Kirchner ein Haus in Buenos Aires verkaufte. Damals war sie noch Ehefrau, aber auf dem Weg zur Macht hat sie sich erkenntlich gezeigt. Wer im Dunstkreis der Präsidentin agiert, hat die Lizenz zum Geldverdienen. Das war immer schon so, bei jedem Clan, der an die Macht kam.

Das 10. Loch mit dem fantastischen Ausblick: Er fürchtet diesen Abschlag. Carlos zieht einen Schläger aus der Tasche.

»Du willst doch nicht mit dem Driver ...«

Er hält ihn in der Hand, zweifelnd. Am Tag zuvor hat er zwei Bälle im See versenkt, beide mit einem Slice, der sie von der gewünschten Flugbahn rechts ins Wasser trieb. Das Fairway ist sehr schmal, und der Herrenabschlag viel gemeiner als der für Frauen. Männer müssen im Leben und auf dem Golfplatz härter kämpfen.

»Ich würde das Fünfer-Eisen nehmen. Oder zumindest das Dreier-Holz.« Cristina lächelt, und um ihre Augen bilden sich tausend Fältchen. Frauen, deren Seele blond ist, setzen ihr Gesicht nicht so ungeschützt der Sonne aus, denkt er, und dass Frauen Männern nicht die Schlägerauswahl vorschreiben sollten. Carlos ist stolzer Argentinier. Er kann Geld verdienen, Tango tanzen und Kinder zeugen. Und er wird mit dem Driver dieses Mal den perfekten Schlag schaffen, weit und kerzengerade. Weil Männer alles schaffen, wenn sie es nur wollen.

Sie geht einen Schritt zurück und denkt: Mach doch, was du willst, du Affe. Cristina holt Nüsse und die Wasserflasche aus ihrer Golftasche. Wie erwartet trifft sie sein strafender Blick. Wenn er abschlägt, muss sie still sein, selbst lautes Atmen stört. Kommen seine Abschläge gut, sind sie weiter als ihre. Bitte, denkt sie, schlag ihn ins Wasser. Mir zuliebe.

Der Probeschwung ist perfekt. Als er sich ausrichtet, meint sie, dass er zu weit nach rechts zielt, doch sie sagt nichts. Sein Condorblick – höchste Konzentrationsstufe. Carlos holt weit aus und peitscht den Driver nach unten. Leicht getoppt steigt der Ball nicht hoch genug, dreht nach rechts ab und ...

Plopp. Das Geräusch eines Golfballes, der ertrinkt, ist herrlich. Wenn es nicht der eigene ist. »So ein Pech«, sagt Cristina.

»Es ist der Scheißwind.« Carlos holt einen zweiten Ball aus der Tasche. Wenn er mit ihr spielt, ärgert ihn alles doppelt. Ihr geheucheltes Mitleid ist kaum auszuhalten.

Du könntest den Ball mit einem Strafschlag droppen, denkt sie, aber das ist gegen dein Naturell. Du wirst einen zweiten und vielleicht noch den dritten Ball versenken, und du wirst dem Wind die Schuld geben – oder mir. Und dann wirst du für die nächsten Löcher schlecht gelaunt sein und entsprechend spielen. Und hinterher deine kleine Freundin anrufen und dich bei ihr ausweinen. Schrecklich, ihn so gut zu kennen, andererseits aber auch beruhigend.

Sein zweiter Ball fliegt in fast gleicher Manier ins Wasser. Der dritte kommt auf einem Stein am Rande des Fairways auf und springt nach rechts weg in die Fluten. Plopp.

»Fuck, fuck, fuck!« Auf dem Golfplatz flucht Carlos auf Englisch. Er könnte platzen vor Zorn, und ihr Blick macht alles nur noch schlimmer. »Bei diesem Wind kannst du das Loch vergessen«, sagt Carlos und wirft seinen Schläger zurück in die Tasche. Er steigt in den Golfwagen.

»Ich spiele es aber.« Cristina, die niemals Probeschwünge macht, schlägt mit dem Vierer-Eisen einen kerzengeraden Ball, der kurz vor dem Gebüsch im Rough liegen bleibt. Sie hat wegen des Wassers zu weit nach links gezogen, aber noch Glück gehabt. Carlos fährt los in Richtung ihres Balls. Daran, wie er aufs Gas tritt, kann sie seine Wut ermessen. Wie gern hätte er ihrem Ball beim Ertrinken zugesehen, er kann sein Vergnügen kaum verbergen, wenn sie schlecht spielt.

Schadenfreude gehört zu Golf, auch wenn keiner das zugeben würde. Diese Heuchelei, die guten Schläge der anderen zu loben. Die Schläge der anderen interessieren nicht, nur die eigenen. Und wenn du mit jemandem spielst, den du nicht leiden kannst, wird die Schadenfreude zu wahrer Freude. Und ja, Cristina kann Carlos nicht mehr leiden nach all den Frauen, mit denen er sie betrogen hat. Er hat sie nie wirklich schlecht behandelt, aber mit einer stetig wachsenden Nachlässigkeit, die mehr kränkte als alles andere.

Er steht mit dem Wagen zu nah an ihrem Ball. Absichtlich.

»Kannst du ein Stück zurückfahren?«

Sie hat den Rescue-Schläger in der Hand, mit dem sie fast immer trifft. Seine Hoffnung, dass sie jetzt in den See schlägt, ist gering. Er setzt zurück, zündet sich eine Zigarette an und nimmt sein Handy, um eine SMS zu lesen. Etwas Geschäftliches, das er später beantworten kann. Cristinas Ball fliegt wieder ganz gerade in Richtung Grün und bleibt kurz davor liegen.

»Schade, es fehlte nur ein kleines Stück«, sagt Carlos.

Sie lächelt triumphierend, weil der Schlag, wie sie beide wissen, fast perfekt war. Cristina, denkt er, spielt so verdammt entspannt. Ihre Schwünge sind von einer Leichtigkeit, die sie beim Sex nie besessen hat. Jedenfalls nicht in den letzten fünfzehn Jahren. Ihre Leidenschaft für Golf scheint sie völlig auszufüllen. Wann haben sie das letzte Mal miteinander geschlafen? Carlos kann sich vage an ein Ereignis in den Osterferien erinnern, und es war grauenhaft. Selbst als er die Augen schloss, um sich Evita vorzustellen, war das Gähnen näher als der Orgasmus. Dass er am Ende doch noch eingelocht hat, zählt zu den Wundern der Natur. Und sie? Hielt die ganze Zeit Augen und Mund geschlossen, vielleicht dachte sie an Tiger Woods, was sie aber auch nicht anzuturnen schien. Sie darf sich nicht wundern, wenn er sich seine sexuellen Freuden anderswo holt. Er stoppt den Wagen auf dem Weg und hofft, dass sie jetzt ihren Chip über das Grün ins Wasser hebt.

Doch den Gefallen tut sie ihm nicht. Cristina übt ihre Annäherungsschläge jedes Mal ausdauernd, bevor sie auf die Runde geht. Kurzes Ausholen, der gefühlvolle Durchschwung – und der Ball rollt auf das Loch zu.

Bitte kein Birdie, betet Carlos stumm, und der Golfgott hat ein Einsehen. Der Ball verhungert kurz vor dem Loch. »Schade, schade«, ruft er vom Auto aus, und seine Frau lächelt ihn an. »Ich bin zufrieden, wenn ich dieses Loch Par spiele.« Sie nimmt den Putter und locht den vierten Ball ein.

Er war nicht einmal so höflich, die Fahne zu bedienen. Blieb rauchend im Wagen sitzen und spielte mit seinem Handy. Cristina holt sich ihren Ball, steckt die Fahne zurück und geht über das Grün zum Wagen, wo sie ihre Golftasche abgestellt hat. Sein Lächeln ist so falsch wie die Zähne. Argentinische Dentalkunst. Er tut alles, um jugendlich zu wirken, denkt sie, doch die Grenzen zur Lächerlichkeit sind fließend. Die verspiegelte Sonnenbrille ist affig. Das Golfhemd ist zu blau und ebenso zu eng wie die helle Hose. Die Bräune stammt aus dem Sonnenstudio, und im Kontrast dazu schimmern die falschen Zähne zu weiß. Er hält sich für attraktiv, und seine

Eitelkeit ist so grenzenlos wie sein Egoismus. Carlos denkt ja auch, er sei ein grandioser Liebhaber, aber das war er nie, selbst in den besten Jahren ihrer Ehe nicht.

Vorspiel? Hält er für ebenso überflüssig wie das Üben auf der Driving Range. Und sein Körperschwung ist eben nicht harmonisch und rhythmisch, sondern abgehackt und mit roher Kraft ausgeführt. Dieses leise Grunzen stößt er auch im Augenblick des Abspiels aus. Und wenn Carlos einlocht, triumphiert er wie auf dem Golfplatz. Als ob nicht jeder Depp das könnte am Ende eines katastrophalen Lochspiels.

»Für dein Alter bist du richtig gut«, sagt Carlos.

Sie könnte ihm – ohne groß nachzudenken – das Dreier-Holz überziehen und die Leiche in den See werfen. Vorausgesetzt, sie dürfte danach unbehelligt weiterspielen. Aber das wäre ja zu schön, um wahr zu sein. So schreibt Cristina ihr Par auf die Score-Karte und für ihn einen fetten Strich. Dann steigt sie den Hügel hoch zum nächsten Abschlag, zu dem Carlos vorausfährt. Es ist ein Par 3, 150 Yards abwärts zu einem Grün, das von Bunkern umzingelt ist. Das Bunkerspiel hat ihr der Pro im *Jockey Club* von Buenos Aires beigebracht. Er war wirklich gut, auch jenseits der Driving Range. Andererseits war es eine unmögliche Affäre, die sie beendete, als ihre Bunkerschläge perfekt waren.

Dieses Mal nimmt Carlos sein Sechser-Eisen. Sie steht mit verschränkten Armen neben ihm, wie immer ein bisschen zu nahe. Nach 26 Jahren Ehe wäre etwas mehr Distanz angebracht. Er fühlt sich beobachtet, während er seine Probeschwünge ausführt. Einen, und dann noch einen, er kann es ja, doch selbst, wenn sein Blick auf den Ball gerichtet ist, fühlt er ihren kritischen Blick. Sie macht nie Probeschwünge und behauptet, dass dies nur Energieverschwendung sei. Wozu gibt es bei Theaterpremieren eine Generalprobe? Jeder Schwung ist eine Premiere, das ist das ganze beschissene Mysterium des Golfspiels. Er sollte sich von ihr scheiden lassen, aber dazu muss er erst einmal einen guten Anwalt konsultieren. Die Kinder sind jetzt alt genug, die wollen ohnehin nur noch Geld. Nicht an all den Mist denken, Konzentration, Mann. Das Ziel im Visier, den Blick unten lassen, durchschwingen ...

Ein satter Klang, der Ball fliegt in hohem Bogen abwärts, landet auf dem Grün und rollt darüber hinweg in den linken Bunker.

»Ein toller Schlag«, sagt Cristina. »Du hast heute wirklich Pech.«

Carlos sieht den Ball im Bunker liegen. Ein steiler, böser Bunker. Er hasst Bunkerschläge. Er hasst Weihnachten und Familienurlaube. Er hasst das Golfspielen. Und er hasst seine Frau.

Ihr Abschlag landet ebenfalls im Sandbunker, aber im rechten, der flacher ist. Sie hat die Schläge aus dem Sand hundertmal geübt, im Gegensatz zu ihm, und ein Vermögen für Golfstunden ausgegeben, sein Geld. Cristina hat nie gearbeitet, wenn man Haushalt und Kindererziehung ausklammert. Die Scheidung wird nicht billig werden, denkt Carlos, während er den Wagen vorsichtig nach unten lenkt. Sie ist keine Leuchte, aber sie lässt sich sicher nicht über den Tisch ziehen. In Buenos Aires sind Killer für 2.000 Dollar zu haben. Ein Überfall auf das Haus, während er auf Geschäftsreise ist. Peng – und die Hausfrau ist tot. Aber dann hätte er das Problem mit dem Killer, den er wieder mit einem Killer zum Schweigen bringen müsste. Eine Endlos-Schleife, die ihm zu riskant und auch ein wenig unmoralisch erscheint.

Auf dem Weg nach unten stellt sie sich die Frage, warum sie diesen Mann noch nicht verlassen hat. Die Antwort, die ihr sofort einfällt, ist: Feigheit. Sie hat nichts gelernt und immer von seinem Geld gelebt. Es gab Dienstboten. Ein bequemes Leben, aber eben kein tapferes oder spannendes. Nur beim Golfspielen verliert sie das Gefühl der eigenen Wertlosigkeit. Sie fühlt sich frei und manchmal sogar glücklich. Besonders, wenn Carlos leidet. Bunkerschläge sind ihm ein Gräuel.

Cristina schlägt aus dem Bunker fast ins Loch, während Carlos' Ball mit zu wenig Sand aus dem rechten über das Grün hinweg in den linken Bunker fliegt. Beinahe hätte er sie getroffen.

»Du meine Güte«, sagt Cristina.

Stumm äfft er sie nach. Schade eigentlich, dass er sie nicht erwischt hat. Aber die Chance, jemanden mit einem Golfball zu erledigen, ist noch geringer, als im Lotto zu gewinnen. Carlos wechselt zum nächsten Bunker und schlägt mit gebremster Wut, aber erstaunlich gut, sodass sein Ball fast neben ihrem landet.

»Toller Schlag.« Cristina markiert ihren Ball, der seinem im Weg liegt. Sie trägt eine weite Hose und einen weiten Pullover von diffusem Grau, und beide flattern im Wind. Sie ist eine hässliche, fette, alte Frau, denkt er, und dass er sie nicht verdient hat. Sein Putt geht daneben, ziemlich weit.

»Du spielst unkonzentriert, beschäftigt dich etwas?« Sie stellt sich hinter ihren Ball, holt sachte aus und locht ein. Er hasst sie, definitiv.

»Oh ja, ich möchte mich scheiden lassen.« Er sieht nicht hoch und schafft es, seinen Ball endlich ins Loch zu bringen. Er fällt bei dem Wort »scheiden«. Hat er das wirklich gesagt? Carlos überwindet sich und blickt sie an, lächelt irgendwie, als ob er einen Scherz gemacht hätte.

Cristina steckt die Fahne zurück und lächelt ebenfalls, aber auf eine Art, die er nicht deuten kann. »Das ist eine gute Entschuldigung für einen miesen Putt.« Sie verlässt das Grün und schultert ihre Golftasche.

Auf dem Weg zum 12. Loch denkt Carlos, dass er einen Fehler gemacht hat. Er ist zu früh aus der Deckung gegangen. Das ist so, wie beim Golfschlag zu früh hochzusehen. Du verlierst die Kontrolle, der Ball fliegt einfach irgendwohin. Er hätte warten sollen, bis sie wieder in Buenos Aires sind. Jetzt haben sie so lange diese verlogene, höfliche Ehe geführt, und er muss alles mit einem blöden Satz zerstören, ausgerechnet in den Weihnachtsferien mit den Kindern. Nur weil es ihn fuchst, dass Cristina besser spielt als er. Nein, ihn ärgert in Wahrheit, dass sie ihn verachtet. Ja, das tut sie. Cristina denkt, dass er ein Idiot ist, im Golfspiel und im richtigen Leben. Er kann noch so viel Erfolg haben. Diese Frau denkt, dass sie besser ist als er. Und genau das kann er nicht ertragen. Abgesehen davon, dass sie im Bett eine tote Kröte ist.

Sie kommt den Berg hoch zum Abschlag, während Carlos im Auto sitzt und raucht. Er ist nervös, mehr noch, er fürchtet sich.

Ihre kurzen braunen Haare sind vom Winde verweht. In ihrem Gesicht kann er nichts lesen außer ein wenig Bedauern. Für wen?

Sie stellt ihre Tasche ab und zieht ihren Driver heraus. Ihre Stimme ist sanft: »Warum willst du dich scheiden lassen? Wegen deiner kleinen Evita?«

Nein, das ist nicht der Grund, das sieht sie ihm an. Die Evitas kommen und gehen, sie sind nicht das Problem. »Ist es, weil wir nie wieder guten Sex haben werden?«

Das schon eher. Carlos waidwunder Blick deutet an, dass ihm dieses Thema mehr als unangenehm ist. Argentinische Männer, die meisten jedenfalls, reden mit Frauen nicht über Sex. Sie praktizieren ihn im Glauben, die größten Liebhaber der Welt zu sein. Komisch, denkt sie, dass sie ihm nicht böse ist. Eher dankbar, dass er etwas ausgesprochen hat, für das sie zu feige war.

Cristina holt seinen Driver aus seiner Tasche, und er fürchtet für einen Augenblick, dass sie ihn jetzt damit erschlagen wollte. Doch sie legt ihn sanft auf seinen Schoß. »Schon gut. Es ist vermutlich die beste aller Lösungen. Ich sag dir was, Carlos: Warum sollen wir unserer Ehe zu guter Letzt nicht noch einen Kick geben? Lass uns um die Scheidung spielen, um Abfindung und Unterhalt. Nicht nur in einer Runde, in mehreren. Wir tüfteln die Regeln gemeinsam aus, und natürlich bekommst du eine Vorgabe. So haben wir beide eine faire Chance, und wir sparen todsicher Anwaltskosten.«

Ihr Vorschlag ist vollkommen wahnsinnig, doch in diesem Augenblick, am Abschlag des 12. Lochs in Llao Llao, hält Cristina ihn für perfekt. Es gab nicht viele Höhepunkte in ihrem Leben, weder im Bett noch außerhalb. Doch jetzt fühlt sie sich wie eine Amazone in Kampfbereitschaft. Keine Geldstreitereien über Anwälte, sondern ein faires Duell mit offenem Visier. Sie ist so sicher, dass sie ihn besiegen wird, dass kein Platz für Zweifel ist.

»Ist nicht dein Ernst«, sagt Carlos.

Cristina sieht auf den Boden, der voller Entenkot ist. Die Tiere watscheln furchtlos über den Platz. »Doch, und ein besseres Angebot bekommst du von mir nicht. Überleg es dir. Jetzt!«

Oh, dieser gnadenlose Blick. Carlos nimmt seinen Driver in die Hand. Zahlen muss er so oder so, überlegt er, und dass seine Chance bei einer Vorgabe gar nicht so schlecht ist. Im schlimmsten Fall wird die Scheidung ein bisschen teurer, im besten Fall spart er Geld und Anwaltskosten. Adrenalin strömt durch seinen Körper. War nicht jedes Geschäft ein Spiel – und hat er nicht die meisten gewonnen? Und wird sie ihm wirklich gewachsen sein, wenn es um viel Geld geht? »Okay«, sagt Carlos. »Fangen wir doch gleich jetzt an. Gezählt wird nach dem Handicap. Tausend Dollar pro Loch. Du setzt zehn dagegen. Die Einzelheiten legen wir nach den Ferien bei einem Notar fest.«

»Das tun wir«, sagt Cristina und lächelt. Das 12er-Loch ist ein relativ leichtes Par 4, doch Carlos neigt dazu, mit dem Driver nach rechts in die Bäume zu schlagen. Sein dummer, dummer Slice. Sie spürt die Spannung, und sie ist besser als Sex, außer vielleicht mit dem Pro aus dem *Jockey Club*.

Sie steht nah genug am Abschlag, um Carlos zu irritieren. Die Sonnenbrille hat er abgelegt, sein Blick ist auf das Ziel gerichtet. Dann spricht er den Ball an, seine Hände zittern ein wenig. Sind das etwa Schweißperlen auf seiner Stirn?

Die Angst des Golfers berührt ihr kaltes Herz. Fast, denkt sie, könnte sie ihn wieder lieben.

Hole 11

Guerilla trifft Eisbär

Uummannaq Ice Golf, Grönland

Wann hat Golf seine Unschuld verloren? Lange vor Tiger Woods, möglicherweise mit der Erfindung des Rasenmähers.

Die Unschuldsfrage beschäftigt Anton seit Jahren, und er hat noch keine schlüssige Antwort gefunden. Nur eines weiß er sicher: Er ist Guerillagolfer. Er hasst die geleckten, manikürten, die künstlichen Golfanlagen dieser Welt. Zurück zu den proletarischen Wurzeln, zu den ungemähten Gräsern und Sanddünen von Schottland und Irland!

Was haben sie aus dem rauen Sport der Fischer und Schäfer und Bauern gemacht? Elitäre Clubs, die sich mit hohen Gebühren vor Proleten mit Golfschlägern schützen. Sie begründen das mit den immensen Kosten der Pflege des Rasens, der delikaten Grüns, der künstlichen Hindernisse und der aufwendigen Bewässerung.

Bullshit, so was braucht doch keiner. Was der Guerillagolfer benötigt, sind drei Schläger, ein paar Bälle und Gummi-Tees. Leerstehende Fabrikanlagen, aufgelassene Bergwerke, Sandstrände ohne Badende, Berge ohne Bergsteiger. Guerillagolfer nutzen die Natur in ihrer ursprünglichen Form. Du spielst den Ball, wie er liegt, das ist die einzige Regel. Und als Loch suchst du dir irgendetwas, wo ein Ball hineinpasst. Urbane Guerillagolfer mögen leer stehende

Autowracks. Ein Kreis im Sand tut es auch. Ein Wassertrog in den Alpen. Das wilde Spiel allein, zu zweit oder zu mehreren.

Anton hatte Handicap 7, als er aufhörte, auf seelenlosen Golfplätzen zu spielen. Eine Weile trampte er durch die ozeanische Welt auf der Suche nach der perfekten Welle. Kletterte Berge hoch, die ihm zu überfüllt waren. Jobbte hier und dort und kehrte vor zwei Jahren in seine Heimatstadt Zürich zurück, um sich als Guerillagolfer zu etablieren. Hauptberuflich.

Anton hatte das große Glück, mit einem seiner Bälle in Richtung See zu schlagen und Fabian zu treffen. In den Rücken. Es war kein harter Schlag, der Mann ging nicht in die Knie, doch Anton war natürlich versucht, wegzulaufen. Irgendetwas, das er später Schicksal nannte, bewog ihn, stehen zu bleiben. Auf den Typen zu warten, der auf ihn zukam. Und dann – Wumm – geschah das, was keiner richtig erklären kann. Anton, Guerillagolfer, und Fabian, Besitzer einer PR-Agentur in Zürich, sahen sich in die Augen und verliebten sich ineinander.

Liebe versetzt Golfattitüden. Anton bekehrte Fabian zu seiner Interpretation des Sports und gründete mit ihm die *Gay Guerilla*. Beitreten kann jeder, der neue Wege des Golfs beschreitet. Sich durch die Mongolei spielt, oder durch Myanmar oder die Kalahariwüste. Überall auf der Welt, wo Investoren es noch nicht geschafft haben, ihre beschränkten Golfplatzfantasien über die Natur zu stülpen. Wer zur *Gay Guerilla* gehören will, darf ausschließlich auf folgenden Plätzen der Welt spielen: *Kabul* und *St. Andrews*, *Lucifer's Anvil Golf Course* in der Salzwüste Arizonas und – Eis-Golf in Grönland. Er sollte außerdem gay sein. Fabian findet, dass »schwul« ein schwüles

Wort ist und »homosexuell« zu technisch klingt. Gay bedeutet auch bunt und fröhlich, das passt besser zu seiner und Antons Lebenseinstellung. Einziger Haken ist, dass die kleine Schweiz *Gay-Guerilla*-Golfern relativ wenig Freiraum bietet.

Die diesjährige Jahresmeisterschaft der *Gay Guerilla* findet in Uummannaq statt, einem Inuit-Dorf, 600 Kilometer nördlich des Polarkreises. Das Mekka der wachsenden Schar von Eisgolfern, die ihre Weltmeisterschaften dort austragen. Die Insel ist nicht leicht zu erreichen, doch sie hat Unterkünfte und Bewohner, die auf alternative Touristen und verrückte Golfer eingestellt sind.

16 von ihnen fliegen, von Quaarsut kommend, in Hubschraubern ein. Neben dem Landeplatz wartet das Empfangskomitee mit Fähnchen und Hundeschlitten. Großer Bahnhof. Jeder Eisgolfer hat für die Teilnahme ein Startgeld von 3.000 Franken bezahlt, exklusive des Flugs nach Grönland. *Gay Guerillas* müssen ja nicht arm sein.

Anton findet die Szenerie fast schon kitschig. Die Kinder mit den Fähnchen. Die Huskys, vor Schlitten gespannt. Strahlende Märzsonne auf Eis und Schnee. Ein Himmel, so blau, dass er blendet. Es ist kalt, Anton schätzt die Außentemperatur auf minus 20 Grad. Er hat sich, die Garderobe betreffend, darauf eingestellt. Thermounterwäsche, dünner Pullover, dicker Pullover und eine wattierte Jacke von Moncler. Im Partnerlook mit Fabian, dazu Fellmütze, Schneebrille, Thermohandschuhe und die dicksten Winterstiefel, die er finden konnte. Trotzdem ist ihm kalt.

Das Abenteuer war Fabians Idee. Die 16 Gay-Golfer werden von einem Kamerateam begleitet, das wenig später landen wird. Sie wollen zwei Tage spielen, je zweimal neun Löcher, die der Hoteldirektor und Begründer des Eisgolfs in Uummannaq am Tag zuvor abgesteckt hat. Die Eisdecke, so versichert er, ist mit 8 Metern dick genug, um die Golfer zu tragen. Das Personal kümmert sich um das Gepäck, und die Teilnehmer fahren auf Schlitten die Bahnen ab, die über Schneeflächen und kleine Eisberge führen.

Eisiger, blendender Schnee, so weit das Auge reicht. Die Spielbahnen, durch Fahnen markiert, führen über Eisberge, die sich vom Gletscher gelöst haben und in Richtung Fjord treiben. »Die Landschaft ändert sich ständig durch Wind und Schnee«, erklärt der Direktor. Die »Grüns« sind weiß, Packeis, mit Schnee überzogen, und die Löcher doppelt so groß wie üblich. Die Bälle sind rot, und empfohlen werden Eisenschläger, da Grafitschäfte in der Kälte leicht brechen. Der Wind treibt Schnee vor sich her. In dem unendlichen Weiß bleibt der Orientierungssinn auf der Strecke.

Auch der Himmel verändert sich blitzschnell. Aus dem Nichts ziehen Wolken auf, und ein Eissturm kündigt sich an. Die Huskys nehmen an Fahrt auf, und die *Gay Guerillas* ziehen ihre Schals über die Nasen, sodass sie völlig vermummt sind. Sie sind froh, als sie ins Warme kommen, ans offene Feuer im Kamin. Guerillataktik: Immer genug trinken, ob in der Wüste oder im ewigen Eis. Immer dem Ball nachlaufen und keinen Gedanken an Sieg oder Niederlage verschwenden. Der Weg ist das Ziel, immer wieder. Zwar zählen sie ihre Schläge, doch es gibt keine Preise, nur ein Gelage am letzten Abend und eine Art Siegerehrung. Wer gewinnt, darf sich Commandante nennen, muss ein Lied seiner Wahl vortragen und eine Runde ausgeben. Sie sind ein kindischer Haufen, wenn sie nicht gerade ihren Berufen nachgehen. Fühlen sich wie die letzten Abenteurer des Golfsports, aber dann doch auf Champagnerniveau.

Am nächsten Tag, am 11. Loch, das eigentlich das zweite ist, versucht Anton sich zu erinnern, wie die Bahn verlief. Ein kleiner Eisberg versperrt ihm die Sicht auf die Fahne. Die Bälle fliegen nicht weit in der Kälte, doch die größte Herausforderung ist ohnehin, sie wiederzufinden. Er kann seinen Atem sehen, nicht aber das Ziel. Seine Mitspieler deuten in die Richtung direkt über den Eishügel. Anton nimmt sein Sechser-Eisen und holt aus, im Schwung behindert durch die dicke Kleidung. Das Weiß blendet, und er kann seinen Ball nicht fliegen sehen, doch Anton hofft, dass die Richtung okay war. Dann stapfen sie los durch den knirschenden Schnee auf der Suche nach kleinen roten Golfbällen.

Irgendwie anders als in der Wüste, denkt Anton und kann sich nicht entscheiden, welches Extrem er besser findet. Die Stille hier klingt anders. Die Kälte und die Vermummung geben einem das Gefühl, ganz allein auf der Welt zu sein. Das hat er geliebt, früher, als er bergsteigen war. Damit ist es nun auch vorbei, der Massentourismus hat die Berge überfallen. Möge er diesen Ort hier nie erreichen. Obwohl mehr und mehr Eisgolfer ihn entdecken. Das Kamerateam ist bei Fabian, der mit seinem Film die Guerillabewegung und außergewöhnliche Wintersportbekleidung vermarkten will.

Sein Lebensgefährte sagt, dass er Spaß daran hat, Geld zu verdienen. Und dass der Spaß, den sie beide haben, nun einmal Geld kostet. Anton beugt sich der Logik dieses Arguments, doch ihn quälen Zweifel. Zum Beispiel der: Wo ist der Guerilla geblieben, der er einmal war? Seit Fabian die Idee an sich riss und sie gewinnbringend vermarktet, hat auch sie ihre Unschuld verloren. Außerdem ist sein Ball weg.

Knallrote Bälle sollten im weißen Schnee leicht zu finden sein. Aber nicht, wenn sie eingesunken sind. Der Schnee ist überall anders – eisig, harsch, wässrig oder fein wie Puderzucker. Anton sieht die anderen im Schnee stochern und spielt mit dem Gedanken, seinen Ball aufzugeben und mit einem neuen weiterzuspielen. Aber vielleicht ist er hinter dem nächsten Eishügel, links von ihm? Anton geht weiter, sinkt im Schnee ein und ignoriert es, weil er etwas Rotes glitzern sieht.

Die anderen sind außer Sichtweite, er ist jetzt allein im ewigen Eis. Obwohl, auch das ist nicht sicher. So wie die Frage, ob seine Liebe zu Fabian groß genug ist, alle Zweifel wegzuwischen. Mit 39 Jahren ist Anton zwischen Jugend und Alter gefangen. Einerseits schätzt er den Luxus, den Fabian ihm bietet. Anderseits fand er Kapitalismus schon in der Kindheit Scheiße. Anton war immer ein Freigeist, ein Abenteurer, ein Guerilla halt. Wenn die ihren Krieg gewinnen, werden sie nicht besser. Siehe Fidel Castro. Der war ein lausiger Golfspieler, ebenso wie Fabian. Manchmal hat Anton seinen Liebsten im Verdacht, dass er heimlich auf Golfplätzen spielt. Mit potenziellen Kunden; auch in der Schweiz werden Geschäfte auf dem Golfplatz gemacht.

Wo ist der verflixte Ball? Das Rot war eine optische Täuschung, das allumfassende Weiß macht einen noch verrückt. Anton beschließt, seinen Ball verloren zu geben. Wie sich selbst – in gewisser Weise. Er will zurück zu den anderen und seinen Ball hinter dem Eishügel droppen. Und dann ...

... sieht er ihn. Oder sie. Ist ja auch egal. Ein Eisbär, geschätzte vier Meter entfernt. Antons erster

Gedanke ist verrückt: Beim Auftauchen eines Eisbären darf straflos gedroppt werden. Der zweite: weglaufen. Der dritte: um Hilfe rufen. Der vierte: sich mit dem Sechser-Eisen verteidigen.

Der Eisbär sieht ihn an. Er ist dunkler als der Schnee, das Fell geht eher ins beige. Er wirkt riesig.

Anton sieht den Eisbären an. Er kann sich nicht erinnern, ob es richtig ist, ihn zu fixieren oder wegzusehen. Laut zu rufen oder stumm zu bleiben. Jegliche Gedanken frieren auf der Stelle ein.

Der Eisbär bewegt sich nicht.

Anton bewegt sich langsam rückwärts, um den Eishügel herum, und hofft inständig, dass er nicht hinfällt. Dass der Eisbär satt ist und kein fleischliches Interesse an ihm hat.

Wenn ich das überlebe, werde ich Fabian heiraten und mein Wanderleben aufgeben. Denkt Anton. Transpirierend rückwärts stapfend.

Dann geschieht das Wunder: Der Eisbär dreht sich und zieht von dannen. Erstaunlich leise, fast zart berühren seine Tatzen den Schnee. Anton schaut ihm nach, bis er hinter einem Eisberg verschwunden ist. Dann seufzt er und sinkt ohnmächtig in den Schnee.

Als er die Augen aufschlägt, blickt er als Erstes in Fabians Gesicht. Es sieht besorgt aus. Anton richtet sich auf: »Nichts passiert. Ich bin bloß einem Eisbären begegnet.«

»Du verrückter Hund«, sagt Fabian zärtlich. Er gibt dem Kameramann ein Zeichen, diese Szene nicht zu filmen. »Warum hast du nicht gerufen?«

»Passierte zu schnell. Er stand einfach da und schien genauso viel Angst zu haben wie ich. Und dann bin ich auch noch gestolpert und hingefallen. Ich darf meinen Ball übrigens straflos droppen.«

»Mann, hattest du Glück.« Fabian hilft ihm auf. »Bist du sicher, dass du okay bist?«

»Ganz sicher.« Anton drückt ihm einen Kuss auf die vereiste Wange. Er hat ein wenig geflunkert, aber das spielt keine Rolle. Die anderen werden ihn an diesem Abend als Helden feiern. Den Bezwinger des Eisbären. *Gay Guerillas* lieben solche Geschichten. Anton sieht ein, dass er seine Unschuld verloren hat. Wie seinen Ball, er muss eben mit einem neuen weiterspielen.

Hole 12

Und führe mich nicht in Versuchung

Golf- & Countryclub, Schloss Pichlarn, Österreich

»Kennen Sie den«, sagt der kleine Mann und spricht sofort weiter. »Fragt der Gatte seine Frau: Was ist dir lieber – wenn ich ein Hole-in-one habe oder einen One-Night-Stand? Die Ehefrau überlegt nicht lange: ein One-Night-Stand natürlich. Da redest du nicht so lang drüber.«

Es ist sein zehnter Golfwitz nach neun Löchern. Sie sitzen am Midway-House, wo es für Turnierteilnehmer kalte Getränke und belegte Brote gibt. Es ist ein lokales Turnier, ausgerichtet von Alan Mitchells Pro-Shop. Elfie spielt mit, weil sie im Hotel wohnt und sich ein bisschen langweilt. Der kleine Mann, der pausenlos Witze erzählt, ist ihr Turnierpartner, ebenso ein jüngerer Typ, dessen Namen sie sich gemerkt hat: Friedrich – »kannst mich Fritz nennen«.

Fritz und der Witzeerzähler trinken Bier, Elfie Wasser. Sie macht eine Ayurveda-Kur im Schlosshotel, das über dem Golfplatz thront. Dahinter, noch viel majestätischer, liegt der Grimming, der höchste freistehende Bergstock Europas. Bei schlechtem Wetter wirkt er bedrohlich, doch bei Sonnenschein ist er einfach nur schön. Elfie hat sich sofort in ihn verliebt, gleich nach der Ankunft, und ist in ein Zimmer mit Grimming-Blick gezogen. In ihrem Urlaub will sie sich erholen, ein wenig golfen, abspecken. Möglichst viel Distanz zwischen sich und Wien bringen. Das Ministerbüro. Ihre Arbeit als persönliche Referentin. Ihr Nebenjob als Minister-Pantscherl. Er nennt es eine Affär', weil das seiner Meinung nach besser klingt. Der Minister hat mehr Stil als Charakter. Eine Ehefrau hat er natürlich auch, also sind sie sehr vorsichtig mit ihrer Pantscherl-Affär'. Die Couch in seinem Arbeitszimmer bietet sich an, nach Feierabend. Logisch, dass er länger arbeitet als alle anderen. Und dass ihm seine Persönliche zur Hand geht – in mehr als einer Hinsicht.

Elfie schämt sich manchmal, und dann schaut sie lieber in den Kühlschrank als in den Spiegel. Es ist ihm schon aufgefallen, dass ihre Rundungen runder sind als noch vor einem Jahr. »Musst halt ein bisserl auf die Figur achten«, meinte er beim letzten Mal. Nach dem Sex und bevor er auf seinen Stepper stieg. Seine Eitelkeit wird nur noch von seiner politischen Biegsamkeit übertroffen. Seine Meinung stimmt immer mit der der *Kronen Zeitung* überein. Elfie verachtet ihn inzwischen, kommt aber trotzdem nicht von ihm los. Wenn er Bundeskanzler wird, wird sie Staatssekretärin, das hat er ihr versprochen. Blöd wär sie doch, das nicht abzuwarten. Oder?

»Kennst du den? Zwei Marsmännchen kommen von einer Erderkundung zurück und berichten von einem seltsamen Spiel mit Stöcken und winzigen Bällen. Wie das Spiel heißt, werden sie gefragt. Sie wissen es nicht genau: Entweder *Scheiße* oder *Geht doch*.«

Elfie lacht kurz und fragt sich seit Längerem, wie sie den Witzbold zum Verstummen bringen könnte. Fritz sieht auch schon genervt aus. Er ist eher still, auf sein

Spiel konzentriert. Fritz ist Lehrer in Liezen, und der andere, dessen Namen sie vergessen hat, Pensionist. Elfie hat ihren Mitspielern nur verraten, dass sie aus Wien kommt und im Hotel Urlaub macht. Handicap 34. Sie spielt gern, doch wenn sie in Wien ist, hat sie zu wenig Zeit für Golf. Grad mal an Sonntagen, wenn sie den Minister nicht zu irgendwelchen politischen Auftritten begleitet. Sich nachts in sein Zimmer schleicht und vor dem Frühstück wieder verschwindet. Pfui Teufel, wie sie diese G'schicht satt hat und deshalb ewig hungrig ist. Daher die Ayurveda-Kur. Es schmeckt gar nicht schlecht, das gesunde Essen, doch was ihr fehlt, ist der Wein abends. Wasser und Tee sind auf die Dauer ganz schön fad. Manchmal schleicht sie mit gierigem Blick um die Schlossbar. Es ist ihr immer schon schwergefallen, Versuchungen zu widerstehen.

Die Halbzeitpause ist zu Ende, und sie gehen zum Abschlag des 10. Lochs. »Kennst du den kürzesten Golfwitz? Ich kann's!«

Dafür, dass er so viel redet, spielt er nicht schlecht, der Pensionist. Eine ungewöhnliche Schwungtechnik, doch seine Bälle fliegen weit. Diesmal allerdings in die Baumreihe rechts vom Fairway. Er brüllt FORE, noch bevor die anderen es tun. Elfie hatte gerade an IHN gedacht, der seinen Urlaub mit der Familie verbringt. Medial ansprechend in der Sommerfrische am Semmering. Dort gibt er Interviews und lässt sich beim Wandern fotografieren. Fesch, volksnah und immer mit einem flotten Spruch auf den Lippen. Ist noch niemandem außer ihr aufgefallen, dass dieser Mann eine hohle Nuss ist?

Das 10. Loch fällt schräg nach links weg, weshalb sie nach rechts zielt. Der Fritz hat es auch geschafft, seinen Ball auf die Bahn zu bringen, nur der kleine Mann sucht seinen irgendwo zwischen den Bäumen. »Wie kann man ihn zum Schweigen bringen?«, fragt Elfie Fritz, doch der schüttelt lachend den Kopf. Gegen den Witzbold sei kein Kraut gewachsen. Er habe sich inzwischen angewöhnt, gar nicht mehr hinzuhören, wenn sie zufällig zusammen spielen.

Fritz hat ein nettes Lachen, denkt Elfie, und dass er etwa in ihrem Alter sein könnte, so um die 30. »Der Platz ist ganz schön schwierig, wenn man die ebenen Fairways gewöhnt ist. Ein bisschen wie Free-Golf, oder?«

»Aber doch spannend. Und das Ganze auch noch mit Grimming-Blick.«

Fritz ist Bergsteiger, und er schwärmt von dem Koloss vor seiner Haustür. Elfie denkt, dass sie nicht mal den halben Anstieg schaffen würde, sie ist von der Wanderung auf dem Golfplatz schon außer Atem. Sex ist eben kein Ersatz für Fitness. Sie nimmt sich vor, im Urlaub und auch nachher etwas für ihre körperliche Ertüchtigung zu tun. Der Speck muss weg. Nicht weil der Herr Minister es gern möcht, sondern weil sie es für sich selber will.

Der Witzbold schlägt von der anderen Bahn von oben aufs Grün. Offenbar hat er seinen Ball gefunden. Elfie landet dort erst mit ihrem vierten Schlag. In extremen Schrägen hackt sie mit dem Schläger in die Wiese, statt den Ball zu treffen.

Fritz erläutert ihr die Technik auf dem Weg zum elften Abschlag. »Man muss nur a weng anders stehen und flacher ausholen.« Er spielt Handicap 17 und erklärt es damit, dass man in dieser Gegend wenig tun könne, außer Sport zu treiben. Für die Kultur gebe es dann immer noch Graz und zur Not Wien.

Damit liefert er das Stichwort für zwei Wien-Witze, die Elfie nicht komisch findet. Das 11. Loch fällt schräg nach rechts ab, links ist Wald. Sie ist froh, dass ihr Ball liegen bleibt, sie hat bisher noch kein Loch verhunzt und mehr oder weniger Doppelbogeys gespielt. Das ist gar nicht so übel, andererseits merkt sie, wie Kondition und Konzentration nachlassen. Ganz anders als bei ihren Golfpartnern, die wie frische Bergziegen herumhüpfen. Fritz bietet ihr sogar an, ihren Golfwagen auf dem steilen Weg zum 12. Loch zu ziehen. Elfie findet das zwar verlockend, doch sie lehnt ab. Der gute alte Stolz, immerhin noch in Restbeständen vorhanden.

Schwitzend stapft sie hoch und flucht lautlos auf das faule Fleisch. Als Studentin hat sie noch geraucht und es erst aufgegeben, als der Minister sie dazu aufforderte. Wegen der Öffentlichkeit und weil man nicht mit schlechtem Beispiel vorangehen sollte. Er denkt immer an die Außenwirkung, bei allem, was er tut. Außer beim Sex vielleicht, da lässt er sich manchmal gehen.

Warum hört sie nicht auf, mit ihm zu schlafen? Weil sie ihm dann kündigen müsste. Weil sie anderswo keinen Job mehr bekäme, der Mann ist extrem nachtragend. Wer nicht für ihn ist, ist gegen ihn. Und sobald sie aus dem Parteiennetz herausfällt, ist sie beruflich eine Leich'. Elfie weiß es, es ist schon anderen passiert. Österreich ist klein, und ohne Seilschaft bist du nichts. Vielleicht könnte sie irgendwo als Journalistin unterkommen, aber sicher nicht in Wien. Die da oben halten alle zusammen.

»Geht's noch?«, fragt Fritz fürsorglich.

Sie schnauft nur und hält ihr Gesicht unter den Wasserstrahl. Der Brunnen ist ihre Rettung.

Der kleine Mann erzählt einen Wüstenwitz. Elfie trinkt Wasser wie eine Verdurstende und möchte ihn ermorden.

Der Herrenabschlag am 12. Loch führt zwischen Wald und Gebüsch in schmaler Bahn steil nach oben. Fritz schlägt souverän ab, der Pensionist gibt nach seinem dritten Ball, der im Wald landet, auf. Es scheint ihn nicht weiter zu stören. »Kennst du den: Warum spielen Banker und Politiker so gerne Golf? Weil es der einzige Sport ist, den man mit Handschellen ausüben kann.«

Elfie denkt an einen Koffer voller Geld, während sie ausholt. Ihr Ball fliegt hoch und weit, aber nach rechts in den Wald.

»Spitzenschlag trotzdem«, sagt Fritz. »Der Ball wird weg sein, aber du kannst ja oben droppen.«

»Hätte ich besser auch gemacht«, sagt der kleine Mann und verschwindet zwischen den Bäumen, um Bälle zu suchen. Er ist schließlich Pensionist, Golfbälle sind teuer, und an Loch 12 schlagen viele in die Bäume. Dieser Wald ist eine Wundertüte. Zu gewissen Zeiten findet man auch Himbeeren, Erdbeeren oder Schwammerl.

Den Koffer voller Geld hat Elfie gesehen, als sie einmal unaufgefordert sein Büro betrat. Ein Sekundenblick, dann scheuchte er sie hinaus. Elfie kennt den Mann, der ihn brachte. Er ist Manager einer großen Baufirma. Sie hat mit dem Minister nie darüber gesprochen, doch er hat ihr ein paar Tage später einen großzügigen Bonus ausbezahlt. In bar. Sie hat das Geld genommen.

»Irgendwie bist du nicht bei der Sache«, sagt Fritz. »Dabei spielst du gut, und bei deinem hohen Handicap könntest du sogar gewinnen.«

»Ist mir egal.« Das war gelogen, sie weiß es. Es geht doch immer nur darum zu gewinnen, weshalb die Welt nicht ganz so ist, wie sie sich das mal vorgestellt hat. Studieren, in die Politik gehen und die Welt verändern, zumindest die österreichische.

Verändert hat nur sie sich, das ist die traurige Wahrheit. Die Sachen von früher passen nicht mehr. Nichts passt mehr.

Fritz zeigt ihr die Stelle, wo ihr Ball in den Wald geflogen ist, und sie geht hinein. Nicht weil sie glaubt, dass sie ihn finden könnte. Einfach so, um den Schatten zu genießen und Waldluft zu atmen. Und dann sieht sie ihn, ihren Ball. Er liegt an einen Baumstamm geschmiegt, unspielbar. Zumindest für ihre Golfkünste.

Fritz steht oben auf dem Fairway, und der kleine Mann ist irgendwo im Wald. Sie ist ganz allein. Elfie sieht ihren Ball an und denkt, dass sie ihn nur ein bisschen schubsen müsste. Ein Tritt mit dem Schuh, und der Ball würde so liegen, dass sie ihn straflos weiterspielen könnte. Ihr rechter Fuß zuckt nach vorne, doch dann bremst sie ihn. Sieht hinein in den Wald und wieder hinaus. Das wäre Betrug. *Wos einidrahn* im Wienerischen. Das, was so viele tun für Geld und Macht. Ihr Minister merkt es schon gar nicht mehr, der Betrug ist Teil seiner selbst geworden. Und sie, Elfriede Kratochwil, gehört dazu. Will aber nicht mehr. Und so hebt sie den Ball auf und ruft aus dem Wald: »Ich hab ihn gefunden und dropp ihn dann oben.«

Als sie sich aufrichtet, sieht sie den kleinen Mann, nicht weit von ihr. Er hat mich beobachtet, denkt sie, und wie schrecklich das gewesen wäre, wenn sie ihren Ball besser gelegt hätte. Er kommt näher und erzählt ihr, dass er neun Bälle gefunden habe, alle picobello, das sei eben sein Glückstag. »Kennst du den?«

»Sei doch bitte mal ganz still«, sagt Elfie. Das klingt viel besser als *Goschn hoitn*. Doch der Ton macht die Musik, und für eine kleine Weile, während sie das 12. Loch spielen, bleibt er tatsächlich stumm. Fritz spielt ein Par, und sie mit Strafschlag ein Doppelbogey. Der kleine Mann läutet die Glocke, um dem nächsten Flight zu signalisieren, dass die Bahn frei ist.

Bahn 13: Rechts vom Fairway grasen Kühe, und die Sonne scheint auf Weiden, Wiesen und Wälder. Irgendwo ruft ein Kuckuck, um den Kitsch perfekt zu machen. Elfie fühlt sich glücklich wie eine Almkuh unter Bergziegen. Beschwingt schlägt sie ihren Ball, so weit ist er noch nie geflogen, bis an die Kuppe.

»Sensationell«, sagt der kleine Mann. Fritz lächelt sie an, und zum ersten Mal denkt Elfie, dass er recht anziehend ist auf seine hagere Art. Ein Lamperl, das erst auf den zweiten Blick leuchtet. Mit dem nächsten Schlag trifft sie aufs Grün, was das Glück unerheblich verstärkt. Sie braucht drei Putts, hat aber immer noch ein gutes Ergebnis. Elfie nimmt sich vor, bis zum 18. Loch nicht mehr an Wien zu denken, aber danach umso intensiver. Jetzt geht es nur darum, einen kleinen Ball ins Loch zu bringen.

Auf der 16. Bahn kreuzen joggende Fußballer ihren Weg. Die Mannschaft ist aus Fulham und wohnt zum »Sommertraining« im Hotel. Elfie trifft sie manchmal auf Hotelfluren, beim Frühstück oder am Pool. Sie hat auf jeden Fall nichts einzuwenden gegen junge Männer mit schönen Körpern, die den Altersdurchschnitt im Hotel deutlich senken.

Der kleine Mann bricht sein unheimliches Schweigen und erzählt von den wahnsinnigen Fußballmannschaften, die schon in *Schloss Pichlarn* logierten, allen voran die berühmte Mannschaft von Real Madrid.

»Das war ein Tohuwabohu, absolut sensationell, die damals beste Fußballmannschaft der Welt: Beckham, Ronaldo, Figo, Raúl, Zidane ... die Dorfmaderln haben das Hotel regelrecht belagert. Die Cracks haben nix anbrennen lassen, heißt es, und eine gewisse Person soll es mit dem Figo im Bunker von Loch 18 getrieben haben.«

Der kleine Mann zeigt nach oben, zum Bunker links neben dem Grün. Elfie stellt sich eine gewisse Person und Figo vor. Der sah ziemlich gut aus, soweit sie sich erinnern kann. Aber Sex im Sand erscheint ihr schwierig, und die »gewisse Person« will der kleine Mann nicht benennen. Er murmelt etwas von »übler Nachrede« und erzählt stattdessen von der Nacht, die Beckham mit einer Dorfschönen verbrachte.

»Jetzt reicht's vom Dorfklatsch. Spielen wir weiter.« Fritz spricht mit Lehrerstimme, die ankommt, und schlägt dann fast bis zum Grünbunker ab.

Der kleine Mann versenkt seinen Ball im Teich vor dem 16. Grün, was die Enten aus dem Gebüsch treibt. Sie flattern in Richtung Fairway. Elfie spielt mit drei Schlägen um den Teich herum. Feigling, denkt sie, und dass sie von nun an mutiger sein will. Prompt verliert sie ihren Ball in der Wiese neben der 17. Bahn. Fritz hilft ihr beim Suchen, doch er bleibt verschwunden. Inzwischen ist ihr das aber auch egal, sie ist müde und durstig und will nur noch an die Tränke. Almkuh halt.

»Kennst du den? Damentraining: So, meine Damen, jetzt nehmen wir alle unsere Hölzer. Heute üben wir das kurze Spiel.«

»Der war nicht witzig«, sagt Fritz, und der kleine Mann verstummt. Er ist sehr sensibel, was die meisten Leute nicht verstehen, weil sie ihn für lustig und geschwätzig halten. Selten ist einer so, wie er daherkommt. Von dem Fritz weiß er, dass der nach der Scheidung am Boden zerstört war. Damals begann der Fritz, ernsthaft Golf zu spielen. Immer noch besser als Saufen, auch so ein österreichischer Volkssport.

Sie stehen am Abschlag des 18. Lochs, ein kurzes Par 3, es geht steil bergauf.

Ich wünschte, es wäre Nacht, und ich würde mit Figo im Bunker liegen, denkt Elfie. Aber zur Not würde sie auch den Fritz nehmen, bloß nicht im Bunker. Sie nimmt ihr Eisen 5, mit dem sie manchmal gut trifft. Diesmal nicht. Im Gegensatz zu den beiden Männern, die mit dem ersten Schlag aufs Grün kamen, landet ihr Ball zwischen den Obstbäumen.

»Nix versaut, dann schlägst eben mit dem zweiten aufs Grün«, sagt Fritz. Er sagt nicht viel, doch das Wenige ist aufbauend. Überhaupt strahlt er etwas aus, das sie beruhigend findet. Auf die Dauer vielleicht langweilig, aber im jetzigen Gemütszustand sehr willkommen.

Tatsächlich gelingt ihr der zweite Schlag, obwohl sie es kaum noch schafft, den Schläger zu heben. Mit dem vierten locht sie ein, die beiden Männer spielen Par. Händeschütteln, dann klettert Elfie mit letzter Kraft über den steilen Hügel zum 19. Loch. Das Klubhaus heißt *Golfstüberl* und gehört wie der Golfplatz zum Hotel. Von der Terrasse aus schaut man auf die ersten neun Löcher, zum Grimming und nach Pürgg. Die Provinz an diesem Ort ist friedlicher als alles, was Elfie kennt. Wien liegt auf dem Mars. Die

Geräuschkulisse ist überwiegend steirisch mit ein paar fremden Tönen. Der kleine Mann steht an der Bar und erzählt Witze.

Elfie bestellt sich ein Bier. Sie braucht jetzt ein eiskaltes Bier, zum Teufel mit Ayurveda und Kräutertees und lauwarmem Wasser. Heute nicht! Und morgen ist ein anderer Tag. Morgen wird sie darüber nachdenken, wie mutig sie sein könnte. Sie hat den Ball in den Wald gespielt, das war ein Fehler. Das gab einen Strafschlag. Aber sie kann weiterspielen, es ist nicht das Ende. Und Wien ist auch nicht das Ende. Sie könnte über einen Job in Salzburg nachdenken – oder in Graz.

Über den Grimming zieht eine zarte Wolke und löst sich am großen Himmel auf. Irgendwo wirft ein Bauer seine Kreissäge an. Fritz prostet ihr zu und lacht auf eine ganz andere Art als der Minister. Ein besseres Lachen. Sie setzt das Glas an ihre Lippen.

Hole 13

Die Hölle eines anderen Planeten

The Jockey Club Buenos Aires, Argentinien

Die Fahrt von Palermo nach San Isidro dauert über zwei Stunden. Buenos Aires ist die Stadt der Superstaus, und Pilar hasst den Stillstand in der Blechlawine. Verlorene Zeit, aggressionsgeladen und abgasverseucht. Selbsttherapie scheitert an chronischer Ungeduld. Aus dem Radio wabern Tangomelodien, zu denen Autofahrer rhythmisch hupen.

Wie jeden Samstag hetzt sie zum ersten Abschlag und fragt sich, ob alle anderen nicht im Stau waren. Gelassen und kühl stehen sie da, in weißer Kleidung, der angesagten Farbe auf dem Golfrasen. Der *Jockey Club* ist alt und traditionsbewusst. Eine grüne Oase mit altem Baumbestand und künstlichen Hügeln am Rande der Zwölf-Millionen-Stadt. Pilars Begleiter im Flight sind ein Paar mittleren Alters und ein blasser Mann, der Pfeife raucht. Pilar lächelt in die Runde und stellt sich vor. Händeschütteln und der Austausch von Namen: Der Pfeifenraucher heißt Jorge, das Paar Cristina und Carlos. Alle vier sind ohne Caddies unterwegs und haben ihre Taschen auf Trolleys gepackt, die sie hinter sich herziehen.

Pilar hasst die Caddies im Golfclub. Wenn sie eine Frau begleiten, geben sie ständig Ratschläge, die wie Befehle klingen. *Nimm den Schläger, ziele in diese*

Richtung, putte auf jener Linie. Bla, bla, bla. Von Männern muss sie sich nichts mehr sagen lassen, seit ihr Vater tot und ihr Ehemann weg ist. Die einzige Ausnahme ist ihr Golflehrer. Sie hat Handicap 33. Das ist nicht berauschend, aber sie ist froh, dass sie es in zwei Jahren so weit gebracht hat. Weil sie ja nur am Wochenende und im Urlaub Zeit hat, Golf zu spielen.

Pilar ist Psychologin und hat eine gut gehende Praxis im Stadtteil Palermo. Buenos Aires ist die Welthauptstadt der Seelenkundigen, vermutlich, weil ein undefinierbarer, endloser Schmerz die Bewohner in Atem hält. Neben Pilars Haus hat eine Tierpsychologin ihre Praxis eröffnet. Auch Hunde neigen zur Melancholie in einer Stadt, die laut und manchmal gewalttätig ist. Pilar hat sich nach der Scheidung erstmals ein Tier angeschafft, eine Katze, die offenbar Menschen hasst. Sie sollte »Freud« zu ihrer neuen Nachbarin bringen.

Pilars erster Abschlag ist furchtbar, das überrascht nicht. Nach der Staufahrt ist sie viel zu hektisch, um ruhig durchzuschwingen. Pilar geht neben der anderen Frau zu ihrem missglückten Ball. Cristina sieht älter aus als ihr Mann, und ihr Gesicht ist so natürlich, dass es schon fast obszön wirkt. Eine Argentinierin ohne Schönheits-OP, das hat Seltenheitswert in Buenos Aires' besseren Kreisen. Und wer im *Jockey Club* Mitglied ist, muss dazugehören.

»Ich liebe diesen Platz«, sagt Cristina. »Die alten Bäume und die gute Luft. Hier zu spielen könnte die reinste Erholung sein.«

Der gewählte Konjunktiv ist seltsam und Pilar von Berufs wegen eine aufmerksame Zuhörerin. Doch sie will sich jetzt nicht ablenken lassen. Sie schickt ein kurzes Stoßgebet ins Nirwana, dass der zweite

Schlag besser ausfallen möge. Nimmt das Eisen 7, mit dem sie sich am sichersten fühlt. Ein ordentlicher Schlag, Gott sei Dank. Die Versagensängste sind ein vertrauter Begleiter auf dem Golfplatz, und es macht ihr immer noch etwas aus, mit Fremden zu spielen. Fremde lenken sie davon ab, Vertrauen in ihr Spiel zu entwickeln. Fremde schauen zu, wie sie zu hastig schwingt und zu früh ihrem Ball nachsieht. Die typischen Anfängerfehler, und was immer sie denkt, während sie ihren Schläger nach oben zieht – meist ist es das Falsche. »Mach deinen Kopf leer, bevor du schwingst«, sagt ihr Trainer. Als ob das so einfach wäre. Jeder Schwung, jede Runde ist ein Kampf gegen die Unvollkommenheit. Fast wie im wirklichen Leben.

Pilar beobachtet Jorge, der nur beim Abschlag die Pfeife aus dem Mund nimmt. Kurze schwarze Haare, bleiche Haut und Bartstoppeln. Sie schätzt, dass er etwa in ihrem Alter ist: um die 45. Da er eine verspiegelte Sonnenbrille trägt, kann sie seine Augen nicht sehen. Eine weitverbreitete Krankheit argentinischer Männer: ihre Seelen hinter Spiegeln zu verbergen. Auch Carlos trägt diese Art Brille, er wirkt auf sie wie der typische alternde Playboy. Vermutlich hat er irgendwo eine junge Freundin, mit der er etwas anderes spielt als Golf.

Pilar lebt seit ihrer Scheidung in einem männerlosen Haushalt. Der verrückte Kater zählt nicht. Sie macht sich keine Illusionen darüber, dass ihre Zeit als Sexualobjekt abgelaufen ist. Der Jugend- und Schönheitswahn der Argentinier ist legendär. Schon ab 25 strömen alle, die es sich leisten können, zu plastischen Chirurgen und Psychotherapeuten. Frauen wie Männer. Was ihr beruflich nützt, ist im Privaten eine Katastrophe. Heute schämt sie sich dafür, dass sie sich auch unters Messer gelegt hat, das war kurz nach der Trennung. Männer sind der Spiegel, an denen Frauen erblinden, und sie ist wohl keine Ausnahme.

Das 2. Loch hat es in sich, weil das Grün hinter einem riesigen Bunker wie auf einem kleinen Berg thront. Cristina spielt es souverän. Sie hat einen schönen Schwung, obwohl sie nicht athletisch gebaut ist. Nur beim Putten zeigt sie Nerven und schiebt oft daneben. Carlos agiert verbissener, mit viel mehr Kraft, aber auch mehr Fehlern. Jorge wiederum trifft seine Bälle fast achtlos, als ob ihn das Ganze nicht interessiere. Dennoch erzielt er die besten Ergebnisse. Ob das die hohe Kunst des Spiels ist? Nichts zu wollen?

Pilar hat noch keine mentale Formel gefunden, die ihr hilft, ihr Spiel zu verbessern. Sie weiß, dass Selbstvertrauen entscheidend ist. Daran mangelt es ihr nicht. Doch kaum betritt sie den Golfrasen, geht er dahin, der Glaube an ihre Fähigkeiten. Schleicht sich davon, um am 19. Loch wieder aufzutauchen. War halt ein schlechter Tag. Bei der nächsten Runde wird es besser werden. Das denkt sie immer und immer wieder – und es gab noch keinen einzigen Tag, an dem sie vom Platz ging und sich wie die perfekte Golferin fühlte.

Nach dem 4. Loch fällt ihr auf, dass Cristina und Carlos strikt auf die Einhaltung der Regeln achten. Kein Ball wird dem anderen geschenkt, selbst wenn er direkt neben dem Loch liegt. Am neunten Grün diskutieren sie darüber, dass Cristina ihren Ball nicht markiert hatte, bevor sie ihn aufhob.

»Aber ich habe einen Grashalm als Markierung hingelegt, siehst du?!«

»Marker oder Münze, Weib. Ein Grashalm, ich bitte dich! Der kann ja schon vorher da gelegen haben.«

»Ah, du glaubst, ich betrüge dich, Carlos? Tue ich nicht. *Ich* nicht!«

Weil sie mit dem Putter fuchtelt, weicht er einen Schritt zurück. »Jetzt wirst du unsachlich. Also gut, ich lasse den Grashalm ausnahmsweise gelten, kein Strafschlag. Aber dafür schuldest du mir was.« Carlos wartet mit beleidigtem Gesicht und verschränkten Armen, bis seine Frau geputtet hat. Sie lächelt triumphierend, weil es ausnahmsweise ein guter Abschluss war.

Die beiden erinnern Pilar an ihre eigene Ehe in den letzten Zügen. Die gepflegten Gemetzel, die stets damit endeten, dass einer beleidigt war. Meistens war er es gewesen, ein Seelchen von einem Mann, das Gegenteil von Typ Carlos. So sanft und stur und langweilig, und trotzdem vermisst sie ihn manchmal. Ihn durch Golf und einen neurotischen Kater zu ersetzen war eine fragwürdige Entscheidung.

Sie ist mit Abstand die schlechteste Spielerin im Flight. Pilar weiß es, leidet darunter und verschlägt weiterhin Bälle, die hinter Bäumen verschwinden. Das 10. Loch gibt sie auf, damit die anderen nicht aufgehalten werden. Pilar könnte bei jedem verpatzten Schlag mit ihrem Holz oder Eisen auf den unschuldigen Rasen eindreschen. Sie könnte weinen, schreien, fluchen. Sie beißt die Zähne zusammen und denkt an Demut, Demut, Demut.

Ich sollte ganz damit aufhören, überlegt sie am 11. Loch, als ihr Abschlag abermals ins Aus fliegt. Der achte Ball, den sie auf dieser Runde verliert.

»Du setzt dich zu sehr unter Druck, Pilar.«

Jorge nimmt beim Reden die Pfeife aus dem Mund. Seine Stimme ist rauchig.

»Und ich sollte es wissen als Psychologin.«

»Das sind die Schlimmsten«, sagt Jorge und lacht. Nur ganz kurz, als ob er sich daran verschlucken könnte.

Pilar hat noch nicht viele Leute auf dem Golfplatz lachen hören. »Ich weiß. Wir sind die furchtbarsten Golfer überhaupt.«

»Vielleicht«, sagt Jorge, »ist die Erde ja nur die Hölle eines anderen Planeten. Und diejenigen, die es besonders schlimm getrieben haben, werden zum Golfspielen verdammt.«

Er steckt sich seine Pfeife wieder in den Mund, während Pilar überlegt, ob sie dieser Hypothese etwas abgewinnen kann. Er geht jetzt direkt vor ihr, und ihr fällt ein leichtes Hinken auf. Er zieht seinen rechten Fuß nach, kaum merklich. Dann spielt er seinen Ball wieder so achtlos, und er fliegt in einer perfekten Bahn mitten aufs Fairway.

Ein Zehntel ihres Monatseinkommens würde sie für seinen Schwung geben. Doch am nächsten Loch gelingen Pilar ein paar passable Schläge, sie spielt zwei über Par und freut sich darüber. Am 12. Abschlag müssen sie warten, an dem 3er-Loch hat sich ein Stau gebildet. Cristina und Carlos ziehen ihre Handys aus den Taschen, während Pilar und Jorge den Schatten der Bäume suchen. Sie bietet ihm Bonbons an, die sie immer dabeihat. Nervennahrung. Pilar wünscht sich, sie könnte durch die Brille seine Augen erkennen. So sieht sie nur sich selbst. Ein verschwitztes Gesicht unter der gelben Kappe. Kurze schwarze Haare, die sich kringeln, wenn sie nass werden. Geliftete Augen, ziemlich prägnante Nase, Botoxlippen.

»Magst du, was du siehst?«

»Ich versuche es.« Pilar fährt mit der Zunge über ihre trockenen Lippen. »Ganz nette Theorie – die Hölle als großer Golfplatz. Ich könnte mich damit arrangieren.«

»Selbst wenn du immer so schlecht spielst?«

Er hat recht, trotzdem war es frech. »Ich bin Anfängerin, und du spielst sicher schon seit Ewigkeiten. Was mir übrigens auffällt, ist diese Beiläufigkeit. Als ob dich das Spiel nicht wirklich interessiert.«

Seine Pfeife ist erkaltet, und er klopft den Tabak aus. Er trägt keinen Ring am Finger, nur ein silbernes Kettchen am Handgelenk. Ein kurzes Zögern, bevor er antwortet: »Gut beobachtet, Doktor Freud. Es ist seltsam. Freude, Ärger, Lust oder Frust ... ich spüre nichts von alledem. Nada.«

Das hier ist Loch 12 und nicht mein Sprechstundenzimmer, denkt Pilar. Andererseits hat sie damit angefangen. Sie nimmt einen tiefen Schluck aus der Wasserflasche. »Warum spielst du dann?«

»Warum nicht? Mit irgendwas muss ich meine Zeit ja ausfüllen. Es strengt nicht so an wie Tennis, und Polo mag ich nicht, weil ich Pferde fürchte.«

Das ist doch schon ein Gefühl, denkt Pilar. Sie beobachtet die Abschläge des Flights, der vor ihnen ist. Zweimal Bunker und zweimal in die Bäume. Es wird noch eine Weile dauern. »Was machst du sonst?«

Jetzt lächelt er wieder, und sie erkennt, dass es ein Schauspielerlächeln ist. Wie Licht, das er ein- und ausschaltet, wenn es angebracht scheint.

»Nicht viel. Ich verwalte das Vermögen meiner verstorbenen Eltern. Zahlen sind langweilig.«

Das versteht sie, sie hasst den Abrechnungskram in der Praxis. »Noch ein Bonbon?«

»Danke, nein. Ich bin nicht verheiratet und habe keine Kinder. Ab und an schlafe ich mit Frauen, aber die meisten finden meine Gefühllosigkeit abstoßend.«

Pilar findet diesen Satz abstoßend und wünscht sich, dass sie weiterspielen könnten. Doch die vier Männer vor ihnen sind bodenlos langsam.

»Findest du meine Offenheit schockierend? Falls ja, wäre es mir egal.«

Pilar fängt an zu lachen, weil ihr keine Antwort einfällt. »Ich wünschte, du würdest deine Brille abnehmen«, sagt sie und ist überrascht, als er es tut.

Was hat sie erwartet? Den seelenlosen Blick? Er hat braune Augen mit dichten Wimpern, und es sind verdammte Rehaugen, die um Hilfe flehen oder Zuneigung oder was auch immer. Sie beschwören den Jäger, dieses Reh nicht zu erschießen. Bambiaugen, denen sie sich nicht gewachsen fühlt. »Wieder aufsetzen.«

Er verspiegelt sich wieder. »Du weißt nicht, was du willst, Pilar.«

»Doch. Ich will weiterspielen – und besser, wenn's geht!«

»Du stehst meist zu weit weg vom Ball. Deshalb triffst du ihn nicht richtig.«

»Danke«, sagt Pilar. »Es klingt wie eine Form von Depression. Du solltest professionelle Hilfe suchen.«

Jorge antwortet nicht, sondern geht zum Abschlag. Der Flight vor ihnen hat das Grün verlassen. Sein Ball fliegt in weiter Kurve nach rechts in den Wald. Er lächelt, nimmt noch einen Ball und schlägt ihn fast an die Fahne. Während Carlos seinen Ball vors Grün befördert, flüstert Jorge: »Hab ich schon mal versucht, aber mein Therapeut hat sich umgebracht.«

Pilar denkt an die Verletzlichkeit von Seelenklempnern, während sie ihren Ball schlägt. Er landet kurz vor dem Grün. Das war fantastisch. Ein Schlag, bei dem sie nicht verkrampfte vor Versagensangst. Ein vages Gefühl von Dankbarkeit: »Hat er denn Golf gespielt, dein Therapeut?«

»Ja, und er war ziemlich gut. Aber natürlich nie gut genug für seinen Anspruch. Er meinte übrigens, dass mein seelisches Handicap beim Golfspiel von Vorteil sei. Ich spiele so unbelastet wie ein Kind – oder wie ein Idiot.«

Jorge nimmt seinen Putter und locht ein. Einfach so.

»Das Glück des Tüchtigen«, sagt Carlos, der in dieser Runde gegen seine Frau vorne liegt, was ihn entzückt. Es geht um viel Geld, wie immer. Sie spielen nach einem komplizierten System, das Cristina sich ausgedacht hat. Sie werden bis zur Scheidung gegeneinander spielen. Und er weiß schon jetzt, dass es ihm fehlen wird, wenn es vorbei ist: Golfen mit Cristina. Sie kann sich so herrlich ärgern, wenn sie verliert. Und heute ist sie so gut wie besiegt, was sie in eine gereizte Viper verwandelt.

Das 13. Loch ist ein langes Par 4, eine schnurgerade Bahn, gesäumt von Bäumen und hohem Gras. Wasserhindernisse gibt es nirgendwo, dafür viele Hügel, die das Spiel erschweren. In der Schräglage ist eine andere Schwungtechnik gefragt. Pilar denkt über Jorges Kindheit nach. Sie steht jetzt näher am Ball und trifft passabel.

»Gut gemacht«, sagt Jorge.

»War es immer schon so oder gab es einen Auslöser?«

»Immer so, glaube ich. Meine Eltern mochten mich nicht besonders. Sie sind bei einem Brand in unserer Skihütte umgekommen.«

»Geschwister?«

»Ein kleiner Bruder, er starb mit drei Jahren.«

»Wie?«, fragt Pilar.

Ihre Neugierde scheint ihn nicht zu stören. »Er ist überfahren worden. Vom Chauffeur meiner Eltern. Pedro ist danach irgendwie verschwunden. Ich habe mir immer vorgestellt, dass mein Vater ihn umbrachte.«

»So viele Unglücksfälle«, murmelt Pilar. »Und du hast nichts gefühlt?«

Jorge schaut in den Himmel, an dem ein paar Wolken aufziehen. Für den Abend ist Gewitter angesagt. »Doch, ich habe mich gestört gefühlt. In meiner Routine. Weil Dramen solche – wie soll ich sagen – starken Emotionen auslösen. Das Personal heult herum. Die Tanten und Onkel flattern durchs Haus und trinken die Bar leer. Und Begräbnisse sind komische Veranstaltungen.«

»Wie alt warst du beim Tod deiner Eltern?«

»21, das war vom Timing her sehr passend. Ich wohne immer noch im Haus meiner Eltern, obwohl es viel zu groß für mich ist. Ich sollte wirklich umziehen.«

Die letzten Sätze hat Carlos gehört. »Du willst dein Haus verkaufen? Da könnte ich behilflich sein. Ich makle Luxusobjekte auf hohem Niveau. Cristinas Sohn sucht gerade eine neue Bleibe. Wo liegt es denn?«

Jorge sieht Pilar an, seine Mundwinkel zucken, und sie hat keinen Schimmer, was das bedeuten könnte. Hat er etwas gegen Argentiniens Präsidentin oder ihren Sohn?

»In Recoleta.«

»Perfekt.«

Carlos schlägt ab, nicht sehr gut. Seine Frau lächelt milde.

Jorges Ball ist weit und gerade.

»Fantastischer Ball! Welches Handicap?«, fragt Carlos.

»Acht. Ich verkaufe nicht. Was soll ich mit dem Geld bei der Inflation, die wir haben? Nicht, dass mir Geld etwas bedeuten würde ...«

»Hahaha.«

Carlos legt den Finger auf den Mund, weil seine Frau ihm einen strafenden Blick zugeworfen hat. Ihr Schlag mit dem Driver ist weiter als Pilars, doch die ist froh, überhaupt getroffen zu haben.

»Man könnte auch über einen Kaufpreis in Dollar nachdenken«, meint Carlos.

Jorges Tonfall ist unverändert freundlich. »Ich verkaufe nicht, Carlos, und wenn du jetzt einen Albatross spielst.«

»Reize ihn nicht, er ist so wahnsinnig geldgierig.« Cristina klopft ihrem Mann auf die Schulter. »Ich liege fünf Punkte hinten. Aber ich habe immer noch eine Chance!«

Carlos und Pilar schaffen Bogeys, Cristina und Jorge Pars.

Pilar ist Jorge dankbar für seinen Ratschlag. Seit sie richtig zum Ball steht und nicht mehr mit Versagensängsten kämpft, sind ihre Schläge ordentlich, manche sogar gut. Sie fühlt sich besser und weiß doch, dass das Glücksgefühl des Golfers dem Flügelschlag eines Kolibris gleicht. »Wie lange spielst du schon, Jorge?«

»Zehn Jahre. Vorher habe ich alles Mögliche ausprobiert. Tennis. Bergsteigen. Fallschirmspringen. Mein Therapeut meinte, dass Golf ein sozialisierender Sport sei und deshalb besonders geeignet.«

»Und – ist er das?«

Jorge schaltet wieder sein Lächeln ein. »Na schon. Wir unterhalten uns. Ich fühle mich nicht unbehaglich. Wo ist deine Praxis?«

»Palermo.«

»Ah, wo das neue Geld ist. In Recoleta lebt das alte Geld. Und die Inflation wird beides fressen.«

»Keine Sorge! Die Reichen bleiben immer reich.« Carlos erwidert das falsche Lächeln seiner Frau. Heute ist ein guter Tag, denn er wird gegen sie gewinnen. Seit sie um Geld spielen, macht ihm Golf noch viel mehr Spaß. Tatsächlich fürchtet er den Tag, wenn es vorbei ist. Hübsche junge Dinger findet man an jeder Ecke, doch eine Frau, die um ihren Unterhalt zockt, ist etwas ganz Besonderes. Sie sieht immer noch alt aus, doch in der Nacht sind alle Kühe schwarz, auch die blonden.

»Wenn du von jetzt an jeden ersten Putt versenkst, Schatz, hast du noch eine reelle Chance.«

Seine Psychospielchen sind zu dämlich. Cristina könnte sich dafür ohrfeigen, dass ihr perfekte Schläge gelingen, sie aber auf dem Grün versagt. Es sind die Nerven, es ist die Angst des Tormanns vor dem Elfmeter. Carlos' blödes Grinsen und sein falsches Bedauern, wenn ihr Ball wieder einmal am Loch vorbeirollt. Sie hat versucht, sich von Jorges Ruhe inspirieren zu lassen, doch es ist ihr nicht gelungen. Die Mitspielerin nervte mit wirren Schlägen und ständiger Ballsuche, zumindest auf den ersten Löchern. Pilar und Jorge reden zu viel miteinander, auch das stört. Aber letztlich weiß Cristina, dass es nur eine Schuldige an der Misere gibt: sie selbst. Das ist das Wunderbare und abgrundtief Gemeine an diesem Spiel: Es ist immer ein Egotrip.

Pilar schafft auf der 17 einen schönen Abschlag, der im Bunker landet. Fünf Zentimeter weiter nach rechts, und ihr Ball wäre auf die Fahne zugerollt. »Freu dich über gute Schläge und stecke schlechte sofort weg.« Eine Pro-Weisheit, der sie nicht folgen kann. Sie wäre gerne ein besserer Mensch und eine bessere Golfspielerin. Fast könnte sie Jorge darum beneiden, dass er nichts fühlt. Keine Einsamkeit. Ist es nicht erschreckend, dass sie mit 45 Jahren kein anderes Ziel mehr hat, als ihr Handicap zu verbessern? Wo zum Teufel ist die Freude geblieben?

Als sie ihren Bunkerschlag fast an die Fahne legt, empfindet Pilar das als Wunder. Ein Augenblick der Euphorie, der sofort getrübt wird, als sie den kurzen Putt vorbeischiebt. Golf kennt kein Happy End. Irgendwann ist das Spiel zu Ende, das ist alles.

Pilar denkt, dass sie eine Therapie beginnen sollte, parallel zum Kater. Und dass sie endlich ihre Schwester anrufen muss. Maria hat zwei Kinder und arbeitet als Ärztin in einem Slumprojekt bei Buenos Aires. Sie haben sich irgendwann furchtbar gestritten und den Kontakt abgebrochen. Das war falsch, wie so vieles andere. Wenn Pilar die Fehlschläge ihres Lebens zusammenzählt, kommt ihr der Score deprimierend vor.

Doch die Runde ist noch nicht vorbei. Am 18. und letzten Loch, einem Par 4 ohne Bunker, beschließt Pilar, ihrer Schwester anzubieten, im Projekt mitzuarbeiten. Sie wird sich auch um ihre Nichte und ihren Neffen kümmern und nicht mehr jedes Wochenende auf dem Golfplatz verbringen. Dass es noch einen Mann in ihrem Leben geben wird, ist unwahrscheinlich, aber nicht ausgeschlossen. »Wenn du magst, gebe ich dir nachher meine Karte«, sagt sie zu Jorge, der mit einem vagen Lächeln zustimmt.

»Spielst du im Leben besser?«, fragt er, bevor er mit seinem zweiten Schlag den Ball aufs Grün legt.

Seine Direktheit beginnt ihr zu gefallen. »Keine Ahnung. Aber ich bemühe mich, besser zu werden.«

Hole 14

Spiel mit Krokodil

Lost City Golf Course, Südafrika

Wo findet man einen Mann, der dem Spiel verfallen und auf der Flucht ist?

Am anderen Ende der Welt. Gary hat Victor Kalfatis in Sun City aufgespürt. Die im ehemaligen Homeland des Apartheidstaates erschaffene Hotelstadt ist bekannt für ihre Spielkasinos und Golfplätze, und Victor liebt beides – Roulette und Golf.

Gary ist von Las Vegas nach Johannesburg geflogen und hat dort einen Wagen gemietet. 150 Kilometer Fahrt durch öde Landschaft bot Gelegenheit, über die Dinge des Lebens nachzudenken. Zum Beispiel darüber, dass es an der Zeit wäre aufzuhören. Er ist jetzt 70 und nicht mehr im besten Mannesalter, wie er sich lange eingeredet hat. Er wird schneller müde, muss nachts öfter pinkeln und beginnt nachzugrübeln, ob es einen Gott gibt. Falls ja, hat Gary schlechte Karten. Victor Kalfatis aber auch: Der Hurensohn hat als Direktor einer Privatbank in Nikosia die Konten seiner Kunden abgeräumt. Kurz vor dem großen Bankencrash in Zypern hat Victor sich aus dem Staub gemacht. Das war nicht nett. Zumal seine Spur nach Las Vegas führte, wo Victor einen Teil des gestohlenen Geldes verzockte. Er spielte außerdem auf den zwei teuersten Golfplätzen von Vegas, doch während Gary recherchierte, verschwand der Mann so plötzlich, wie er aufgetaucht war.

Dass Victor sich nach Südafrika absetzen würde, war für Gary naheliegend. Roulette und Golf. Eine Stadt, so künstlich und kitschig, wie sie Victor gefallen würde. Der Mann hat keinen Geschmack, aber viel kriminelle Energie. 20 Millionen Euro hat Kalfatis auf Offshorekonten in aller Welt geparkt. Vier Millionen davon hat er in Vegas gelassen, bleiben immer noch 16 Mio, die überwiegend russischen Kunden gehörten. Gut möglich, dass ein paar von ihnen Victor ebenfalls suchen lassen. Mit Geld ist nicht zu spaßen.

Doch Gary ist nicht in russischem Auftrag auf Victors Spuren. Sein Auftraggeber ist sein alter Kumpel Ian, ein Jugendfreund, der seinen Ruhestand mit Frau und Golfschlägern auf Zypern genießen wollte. Ian kaufte sich ein kleines Haus am Golfplatz und legte den Rest seiner Altersversicherung – eine Viertelmillion Pfund – bei Victors Bank an, die vier Prozent Zinsen zahlte. Müßig, darüber nachzudenken, ob das Geld auch beim Bankencrash verloren gegangen wäre. Tatsache ist, dass Victor es gestohlen hat. Und dass Ian seinen Freund Gary anrief und um Hilfe bat. Wie hätte er da Nein sagen können, so verzweifelt, wie Ian war. Im Hintergrund hörte er Ians Frau weinen, die er nie leiden konnte. Doch ohne Zögern versprach er seinem Freund, dass er Kalfatis suchen und das Geld wiederholen würde. Im Erfolgsfall würde er die angefallenen Spesen berechnen. Eine hübsche Summe inzwischen, denn Gary fliegt aus Prinzip nur erster Klasse. So wie er aus Prinzip nur in Ausnahmefällen tötet.

Gary checkt ebenfalls im *Palace of the Lost City* ein, dem teuersten Hotel am Platz. Victor mag es gerne protzig. Einer der Pagen, die märchenhaft verkleidet sind, fährt das Mietauto weg. Das Zimmer ist in Ordnung, auch wenn man dem Kasten ansieht, dass er schon über drei Jahrzehnte auf dem Buckel hat. Von seinem Fenster aus kann er den Golfplatz sehen, der von seinem berühmten Namensvetter Gary Player entworfen wurde. Er hat so eine Art Indiana-Jones-Platz geschaffen – inklusive eines Krokodillochs. Das Clubhaus ist den Ruinen von Alt-Simbabwe nachempfunden, den einzigen Überresten der Hauptstadt des Bantureichs Monomotapa.

In dieses Clubhaus geht Gary jetzt, nachdem er sich umgezogen hat. Karierte Hose, blaues Golfshirt und karierte Kappe. Sein Bag trägt er immer noch über der Schulter, obwohl er inzwischen froh ist, wenn er mit dem Elektrocart fahren kann. Dieser Platz ist zu weitläufig, um zu Fuß zu gehen. Vielleicht ist es auch zu gefährlich wegen der Krokodile. Für Gary gehören sie zu den Tieren, die man fürchten muss. Und er fürchtet sich nicht so leicht vor irdischen Kreaturen.

Seinen 70. Geburtstag hat er mit seiner Schwester und ihrem Clan in Dublin gefeiert. Am nächsten Tag ging er Golf spielen. Nirgendwo sonst kann er sich so entspannen wie auf der Pirsch nach dem kleinen weißen Ball. Nichts anderes beschäftigt ihn dann als die Frage, mit welchem Schläger er ihn wohin befördern will. Gott oder Nichtgott ist ihm auf dem Golfplatz auch egal. Nur Mitspieler, die zu viel reden, nerven ihn. Gary ist ein freundlicher und friedlicher Mensch. Bloß in seinem Job und auf dem Golfplatz kennt er kein Pardon. An diesem speziellen Fall gefällt ihm, dass er beides verbinden kann: das Golfspielen und seinen Job erledigen. Tatsächlich sitzt Victor Kalfatis an der Bar des Clubhauses. Er hat seine schwarzen Haare hellblond gefärbt, was seltsam aussieht. Den Bart hat er abrasiert, und er trägt eine verspiegelte Sonnenbrille. Seine Golfkleidung ist für Garys Geschmack zu grell. Loudmouth ist die Firma, die auch John Daly einkleidet. Beide sind zu alt und zu fett für enge Kleidung in Signalfarben. In vielen, ja den meisten Dingen ist Gary konservativ, fast altmodisch. Vielleicht hat er deshalb nie geheiratet: Die meisten Frauen schienen ihm zu flatterhaft. Kann aber auch sein, dass es an seinem Job lag.

Victor sieht aus wie der perfekte Gangster, denkt Gary, während er mit breitem Lächeln auf ihn zugeht. Er setzt sich neben ihn und bestellt ein Bier. Mit dem Opfer zwanglos ins Gespräch zu kommen ist an der Bartheke immer eine leichte Übung. Er prostet Victor mit der Flasche zu. »Vor oder nach der Runde?«

»Davor«, antwortet Victor. Er spricht englisch mit leichtem Akzent und wirkt ein wenig nervös. Gary geht nicht davon aus, dass es an seiner Person liegt. Denn seine Außenwirkung ist die des Weihnachtsmannes: gemütlich, gütig, vertrauenswürdig. Selbst Frauen eines gewissen Alters fliegen auf den Mann mit den weißen Haaren und dem Rauschebart. »Alleine hier?«

Victor nickt. Gary stellt sich mit falschem Nachnamen vor und fragt mit sonnigem Lächeln: »Ich bin auch allein. Sollen wir uns für die Runde zusammentun?«

Die wenigsten Golfer mögen es, allein zu spielen. Niemand, der ihre guten Schläge sieht und bei den schlechten hilft, den Ball zu suchen.

Victor überlegt ein paar Sekunden und nickt dann. »Warum nicht, Gary. Ich spiele den Platz auch zum ersten Mal.«

»An der 13 bloß keine Bälle suchen«, sagt der Barmann. Er hat diesen Satz schon so oft gesagt, dass er wie geölt klingt.

»Keine Sorge, wir treffen immer aufs Grün«, sagt Gary, und Victor lacht zustimmend. Sein Gebiss blendet. Gary weiß, dass Victor seine zweite Ehefrau und seine zwei halbwüchsigen Kinder in Nikosia zurückgelassen hat. In Vegas hat er sich mit zwei Edelnutten vergnügt. Er ist ein schlechter Mensch. Aber ein ziemlich guter Golfspieler. Handicap 13. Das sagt Victor mit gewissem Stolz, und fügt hinzu, dass die 13 eigentlich seine Unglückszahl sei.

Spieler sind ja so abergläubisch, Gary weiß das von all den anderen Typen, die ihm in seinen langen Berufsjahren über den Weg gelaufen sind. Ein paar von ihnen leben nicht mehr. Auf Victors Frage, was er denn für sein Geld mache, antwortet Gary: »Nothelfer.«

Das ist nicht einmal gelogen. Gary löst Fälle für Menschen, die Hilfe brauchen. Manchmal besteht die Hilfe darin, jemanden aus der Welt zu schaffen. Aber in diesem speziellen Punkt folgt er strikten Regeln: Keine Frauen, keine Kinder, und es muss einen einleuchtenden Grund für den Todesfall geben.

»Also etwas im Bereich Entwicklungshilfe?«, fragt Victor.

»So in der Art. Und Sie, was machen Sie, wenn Sie nicht gerade an diesem gottverlassenen Ort golfen?«

»Ich bin professioneller Spieler und reise von Casino zu Casino.«

Gut gebrüllt, Victor. Auch das war nicht gelogen, bloß zockst du mit fremdem Geld. Gary gelingt ein Weihnachtsmannlächeln. »Klingt ja toll. So was würde mich auch reizen. Aber ich bin der Typ, der am Spieltisch immer verliert. Irgendwann habe ich es aufgegeben.«

»Dann sind Sie nur wegen des Golfens hier?« Victors Stimme klingt ungläubig.

»Na ja, schon. Ein bisschen entspannen. Eine ruhige Kugel schieben.« Er zwinkert verschwörerisch, und Victor folgert daraus, dass wohl auch Nutten im Spiel sind.

Er besteht darauf, die Barrechnung zu unterschreiben, und Gary protestiert nicht.

Sie werfen ihre Startzeiten zusammen und nehmen ihre Wagen in Empfang. Im afrikanischen Frühsommer liegt die Nachmittagstemperatur um die 30 Grad, und Gary denkt, dass er seit ein paar Monaten die Hitze nicht mehr so gut verträgt. Er sollte wirklich aufhören, sich in sein Haus in Dublin zurückziehen und in gemäßigten Klimazonen golfen.

Am Starterhaus werden sie noch einmal belehrt, dass sie am 13. Loch unter keinen Umständen nach Bällen suchen dürfen. »Es besteht Lebensgefahr«, sagt der Starter, und Gary und Victor nicken zum Zeichen, dass sie die Warnung verstanden haben.

»Ich hab bloß Handicap 19. Sie haben die Ehre«, sagt Gary. Es klingt seltsam, wenn er das zu einem Gauner sagt. Golf ist das Spiel der Gentlemen, ursprünglich. Das umfängliche Regelwerk beginnt mit Ausführungen über Etikette auf dem Platz. Gary gefällt diese Nuance des Sports. In einer barbarischen Welt, in der jeder des anderen Feind ist, ziehst du dir einen Golfhandschuh über und benimmst dich wie ein Mensch mit Manieren. Zumindest in der besten aller möglichen Golfwelten.

»Vielleicht sollten wir das Ganze ein wenig interessanter gestalten.« Victor hält seinen Driver schon in der Hand. Er spielt mit japanischen Schlägern, den teuersten.

Gary ahnt, was jetzt kommt. Er stellt sich dumm. »Wie das?«

»Ich dachte, wir könnten ein wenig zocken. 100 pro Loch.«

»100 was? Rand? Euro? Pfund? Dollar?«

Victor lacht ein wenig gequält, und Gary denkt, dass er den Deppen nicht übertreiben sollte.

»Dollar ist am einfachsten, denke ich. Natürlich nur, wenn Sie mögen, Gary.«

»Ist schon okay, aber ich würde sagen, 50 Dollar pro Loch tun es auch.«

An Victors Blick kann Gary erkennen, dass der ihn für einen armen Teufel hält. Was ja in Anbetracht seiner eigenen 16-Millionen-Diebesbeute keine falsche Annahme ist. Gary ist für seine Arbeit immer fürstlich entlohnt worden, er hat sich ein Haus gekauft, ein paar Aktien und ein kleines Hotel in Galway. Hat immer gut gelebt, es aber nie übertrieben. Natürlich gibt es da diesen Traum von einem eigenen privaten Golfplatz. Nur neun Loch, doch vom Feinsten. Gary weiß, dass er unerfüllt bleiben wird, und kann damit leben. Victor hingegen ist der Typ, der den Ferrari braucht und die goldene Rolex, zwei Nutten statt einer und Kaviar in großen Dosen. Glaubt er wirklich, dass er damit durchkommt?

»Gut, ist mir auch recht, Kumpel.«

Victor schlägt ab – makellos. Garys Drive ist nicht so lang, aber das will nichts heißen. Entscheidend ist fast immer der letzte Schlag vor dem Putten. Er spielt konzentriert, doch er verliert das Loch. Wahrscheinlich, weil im Hinterkopf tausend Ideen lauern, wie er Victor über den Tisch ziehen kann.

Spieler haben ein starkes Potenzial der Realitätsverdrängung. Sonst würden sie nicht ernsthaft glauben, das Casino besiegen zu können. Also wird ein Spieler auf Drohungen nicht unbedingt in gewünschter Weise reagieren. Er wird ausweichen, auf Risiko gehen. Also muss der Einsatz erhöht werden. Ein Finger? Diese Maßnahme war zuletzt vor zwei Jahren erfolgreich. Erstaunlich, wie sehr Leute an ihren Fingern hängen.

Gary spielt immer noch nicht mit voller Konzentration und verliert zwei weitere Löcher. Victor hingegen ist vollständig bei der Sache. Er spielt eher verwegen als taktisch, doch seine Annäherungsschläge sind einfach gut, und beim Putten macht er keine Fehler. Gary ärgert sich zwar, aber er behält sein Pokerface. Einen Weihnachtsmann unter afrikanischer Sonne kann nichts aus der Ruhe bringen. Gary Players Platz ist anspruchsvoll, aber nicht unbezwingbar. Die ersten neun Fairways sind mit Bayview-Gras bewachsen, sattes Grün umgeben von wüstenähnlicher Landschaft. »Out of Africa«, nannte Player die ersten Neun. Er wollte, so hat Gary in der Hotelbroschüre gelesen, möglichst viel von der ursprünglichen Flora und Fauna erhalten. Zwar trampeln keine Elefanten oder Giraffen über den Rasen, doch ab dem 10. Loch beginnt Afrika sein anderes Gesicht zu zeigen. Jetzt kommt Wasser ins Spiel, viel Wasser, und die Bunker werden erbarmungsloser.

Gary fühlt sich nicht gut, ihm ist heiß, und Victors siegessicheres Gehabe geht ihm auf die Nerven. Von neun Löchern hat Gary nur zwei gewonnen, das verletzt seinen irischen Stolz. Doch Victor macht kaum Fehler. Oder er hat einfach nur Glück, einen Run. Auf der 10 schlägt er allerdings in den Bunker und braucht zwei Schläge, um wieder herauszukommen. Dieses Loch gewinnt Gary, und es freut ihn, dass Victor leise vor sich hin flucht. Der Mann zeigt Nerven, zum ersten Mal. Auch die Schweißperlen auf Victors Stirn sind ein gutes Zeichen. Mit den Wasserlöchern treten Moskitos auf den Plan. Gary hat sich eingesprüht vor der Runde, Victor offenbar nicht. Er schlägt wild um sich.

»Sie sollten was dagegen tun«, sagt Gary.

»Ich hab's vergessen. Deshalb, mein Freund, liebe ich den Roulettetisch mehr als den Golfplatz: Klimaanlage und keine Moskitos.«

Das Mückenspray steckt in seinem Golfbag, doch Gary hat nicht die Absicht, seinem Gegner das Leben zu erleichtern. Dem fluchenden, schwitzenden und nach Moskitos schlagenden Victor nimmt er die folgenden zwei Löcher ab. Sie fahren zum 13., einem Par 3 mit Hindernissen. Zwischen Abschlag und Grün liegen 165 Meter und ein tiefer Teich mit Nilkrokodilen. Das Grün hat die Form des afrikanischen Kontinents und wird bewacht von sieben Pottbunkern, jeder mit andersfarbigem Sand gefüllt. Es soll die Vielfalt Afrikas repräsentieren, stand in der Broschüre. Gary findet die Sache ein bisschen überspannt.

Er überlegt, welchen Schläger er nehmen könnte und entscheidet sich für das Fünfer-Eisen. Nicht sein Lieblingsschläger, aber wenn er gut trifft, müsste er auf dem Grün landen.

Die Viecher sind vom Abschlag aus nicht zu sehen, doch man weiß, dass sie da unten lauern. Ein rascher Blick auf Victor, der sich eine Zigarette angezündet hat und mit seinem Handy spielt. Zwei Dinge, die Gary auf dem Golfplatz nicht ausstehen kann: Handys und Raucher. Er setzt seinen Ball aufs Tee, richtet sich nach der Fahne aus und schwingt sein Eisen mit leiser Wut.

Wut ist nicht gut, er trifft den Ball zu flach. Er sieht ihm nach, wie er in dem großen Loch vor dem Grün verschwindet.

»Ich fürchte, der ist bei den Krokodilen«, sagt Victor. »Mal sehen, ob ich es besser kann.«

Jetzt ist Garys Wut zweidimensional. Er hasst sich für den schlechten Schlag und Victor sowieso. Kreuzt seine Finger, als dieser abschlägt. Mit einem niedrigen Eisen auch er – und was für eine Freude, als auch dieser Ball zu kurz bleibt und vor dem Grün verreckt.

»Zwei Krokodilbälle, fürchte ich.«

Victor sieht seinem Ball nach. »Meiner könnte noch da sein, Ihrer ist garantiert in der Grube.«

»Wir werden sehen, Victor.« Gary hofft inständig, dass beide bei den Krokodilen sind.

Sie schlagen mit ihren Hölzern Ersatzbälle, die beide im Bunker hinter dem Grün landen.

Gary steigt in seinen Wagen. Fährt an dem Gehege vorbei, das auf einer Seite von Steinmauern begrenzt ist. »Beware of Crocodiles« steht auf den Warnschildern. Die Böschung zwischen Grube und Grün ist zu steil für die Tiere. Für Menschen nicht: Es ist möglich, hinunterzuklettern, um den Ball nach oben zu spielen. Auf eigene Gefahr.

»Graeme Francis hat es getan. Beim ProAm-Turnier 2001 stieg er runter, pitchte den Ball nach oben und schaffte noch einen Bogey. Wurde dann aber disqualifiziert, der arme Kerl.« Victor steht neben Gary und schaut nach unten. Sehr große Krokodile und sehr kleine Golfbälle.

Gary zählt 15 Tiere, sie liegen träge in der Sonne. Krokodile sind Nachtjäger, wenn er sich recht erinnert. Keine Vegetarier. »Ich fürchte, wir sind beide mit dem Ersten unten, Victor. Ich denke, es ist nur fair, wenn ich Ihnen den Vortritt lasse.«

Das Springmesser in Garys rechter Hand ist klein, doch groß genug, um seine Worte zu unterstreichen. Es würde ihm nicht im Traum einfallen, Victor auf dem Grün abzustechen, völlig stillos wäre das. Nein, er drückt das Messer nur spielerisch gegen die Halsschlagader seines Golfpartners.

»Was zum Teufel ...?«

»Pst, Victor, nicht so laut. Sie wecken die Krokodile auf. Ich schlage vor, Sie steigen jetzt da runter und spielen Ihren Ball.«

»Sind Sie verrückt geworden? Ich denke nicht daran!«

Etwas in Victors Blick sagt Gary, dass dieser zu begreifen beginnt. Furcht liegt darin und die Ahnung, dass dieser Weihnachtsmann keine guten Gaben bringt.

»Sie müssen natürlich Ihren Ball erst suchen, Victor, sonst wäre es regelwidrig. Falscher Ball: zwei Strafpunkte. Aber wenn Sie Ihren finden und gut spielen, wäre ein Par noch drin.«

»Gehen Sie doch selber runter, Sie Irrer. Und nehmen Sie das Messer weg, sonst schreie ich um Hilfe.«

Gary spricht leise und deutlich: »Ein Pieps, Victor, und Sie sind tot. Bei den Krokodilen haben Sie immerhin noch eine Chance. Die werden gut gefüttert, und normalerweise jagen sie nachts.«

Victor schwitzt wie in einer Sauna. »Was wollen Sie von mir?«, flüstert er.

Gary denkt, dass er es schon komisch fände, Victor zu den Krokodilen zu schicken. Aber falls die tatsächlich über ihn herfielen, wäre das seinem Auftrag nicht dienlich. »Ich will ein bisschen von dem Geld zurück, das Sie gestohlen haben, Victor.«

»Ich habe nicht ...«

Gary bewegt das Messer um Millimeter. »Verschwenden wir hier keine Zeit, Partner. Ich habe einen Schuldschein über zwei Millionen in der Tasche, den Sie unterschreiben werden. Im Hotel begleite ich Sie auf Ihr Zimmer, und Sie werden das Geld auf mein Konto überweisen. Den Rest dürfen Sie behalten. Sind immerhin noch zwölf Millionen zum Verzocken. Meine Spielschulden von dieser Runde bezahle ich selbstverständlich. Falls Sie gewinnen.«

Victor überlegt ein paar Sekunden und wagt noch einen Widerspruch. »Und wenn ich es nicht tue?«

Gary sieht aus den Augenwinkeln, dass zwei Wagen auf den Abschlag der 13 zufahren.

»Dann sind Sie ein toter Mann, Victor. Nicht mein erster, wenn ich das hinzufügen darf.«

Er zieht Papier und Kugelschreiber aus der Tasche. »Hier, unterschreiben Sie.«

Victors Unterschrift ist verzittert, doch Gary akzeptiert sie unter den gegebenen Umständen. Er steckt den Schuldschein und das Springmesser in seine Hosentasche. »So, mein Lieber, und jetzt wollen wir unsere Runde zu Ende bringen.«

Gary gewinnt dieses Loch, das überrascht ihn nicht. Victor puttet, als hätte er noch nie einen Schläger in der Hand gehabt. Er sieht mitgenommen aus und wehrt sich nicht mal mehr gegen die Moskitos.

Gary gratuliert sich zum Timing seiner Aktion. Das bedrohliche Umfeld ist wichtig, und in diesem Fall waren die Krokodile eine beeindruckende Kulisse. Krokodile vorne, das Messer von der Seite – und die Annahme, dass die russische Mafia einen Killer geschickt hat. Als ob die einen Iren anheuern müssten. Angst frisst Verstand. Gary, der durchaus Sinn für die Dramatik seines Berufes hat, hält die Szene mit Victor für eine seiner besten. Er steuert das 14. Loch an und steigt am Abschlag aus. Ihm gelingt ein grandioser Schlag, der weiteste der bisherigen Runde. Gary dreht sich zu Victor um, doch der sitzt immer noch in seinem Golfwagen, zusammengesunken hinter dem Steuer. »Victor, Sie sind an der Reihe.«

Keine Antwort. Gary geht zum Wagen und rüttelt an Victors Schulter. Dessen Kopf fällt zurück, und Gary sieht in weit aufgerissene Augen. Tote Augen.

Zum ersten Mal flucht Gary laut auf einem Golfplatz. Diese Wendung missfällt ihm sehr. Er fühlt Victors Puls. Kein Zweifel, der Mann ist tot. Herzversagen oder Hirnschlag, oder Victor hat auf eine Zyankalikapsel gebissen, was eher unwahrscheinlich ist. Spieler neigen nicht zu Selbstmord, weil sie unerschütterlich an das Glück glauben. Ist ja auch egal, so nützt ihm Victor jedenfalls nichts mehr. Gary hat zwar den Schuldschein, aber keinen Zugang zu den Konten. Weshalb ihm nur eine Wahl bleibt: Er muss Victor hier zurücklassen, ins Hotel fahren und das Zimmer durchsuchen. Victors Laptop mitnehmen, alles, was ihn auf die Spur der Konten bringen könnte. Gary hastet zu seinem Wagen und fährt querfeldein zum Hotel. Es bleibt ihm nicht viel Zeit. Sie werden Victor finden, Polizei und Rettung alarmieren und irgendwann im Hotelzimmer aufkreuzen. Er hat nur einen kleinen Vorsprung, und den muss er nutzen. Gary ist alles andere als ein Computerexperte, und er kann nur hoffen, dass er schnell fündig wird. Wenn nicht, war alles umsonst. Ein Schuldschein, der nicht einzulösen ist. Dann sind die Millionen beim Teufel, Ians gesicherter Lebensabend. Und die Erstattung der Reisespesen kann er auch vergessen.

Ganz zu schweigen davon, dass Gary die Runde gerne zu Ende gespielt hätte. Gerade, als er zu großer Form auflief und vielleicht sogar gewonnen hätte. Zur Hölle mit Victor, der ein schlechter Verlierer ist. War. Vielleicht war Garys grandioser Schlag in die Weiten Afrikas das Letzte, das Victor in seinem irdischen Leben gesehen hat.

Hole 15

Brigitte Bardot in Marrakesch

Royal Golf Club Marrakesch, Marokko

Jeden Morgen erlebt sie den Sekundentod. Wenn sie in den Spiegel sieht. Lilou hatte immer angenommen, dass die Gespenster des Alterns an ihr vorüberschweben würden wie die Wolken am Atlasgebirge. Die ein oder andere Falte wäre mit 77 Jahren schon zu akzeptieren. Aber das?! Wie eine alte Frau auszusehen, das macht sie rasend vor Wut. Sekundentod. Und Wiederauferstehung in einer langen Orgie des Schminkens. Alles lässt sich nicht vertuschen, doch zumindest die schlimmsten Spuren. Als ultimative Lösung käme die Burka ins Spiel. Die Frage ist nur, wie man damit Golf spielen soll.

Lilou ist derselbe Jahrgang wie Karl Lagerfeld. Vielleicht. Sie kannte und liebte Yves Saint Laurent, dessen Partys das Beste waren, was es seinerzeit in Marrakesch gab. Andy Warhol, Bianca Jagger, Paul Getty. Spaß und Sex und Drogen, der arme Yves konnte nicht genug davon kriegen. Nun ist er nur noch Asche in seinem Zaubergarten, der von Touristenherden totgetrampelt wird.

Früher war alles besser, auch Lilou. Einst Model für Yves' neues Modelabel, traf sie in Paris diesen Prinzen aus Marokko. Dass er reich war, störte sie nicht. Doch die Versuchung bestand darin, dass er schön war wie aus *Tausendundeiner Nacht*. Während

Saint Laurent den Farben und Düften von Marrakesch erlag, kam sie aus Liebe in die rote Stadt am Fuße des Atlasgebirges. Ahmad kaufte ihr eines dieser kleinen Stadthäuser, die damals noch preiswert zu haben waren. Lilou verfiel dem Zauber der Stadt später, und sie entdeckte ein neues Talent an sich: die Renovierung und Einrichtung der Riads, die vor allem von Europäern und Amerikanern gekauft wurden. Dazu brauchte sie nur Stil, Geschmack und gute Handwerker. Ein Kinderspiel, mit dem sie viel Geld verdiente, als Marrakesch en vogue wurde. Der Prinz hielt sich nicht lange. Er war ein verwöhnter kleiner Bengel mit seltsamen sexuellen Vorlieben. Nicht nur die Fremden in Marrakesch neigen zu Grenzüberschreitungen. Vielleicht liegt es am Wind, der aus der Wüste kommt. Oder den Düften der Suks. Oder den irren Farben, die Yves so inspirierten.

Jetzt sind es die Russen, die auf den Wohnungsmarkt drängen. Die meisten sind vulgär und mit so schlechtem Geschmack gestraft, dass Lilou sich aus dem Geschäft zurückgezogen hat. Gebaut wird immer noch in alle Richtungen. An den Rändern der Stadt entstehen riesige Villenanlagen und neue Golfplätze. Alles sieht teuer und furchtbar steril aus. Wenn der Fahrer Lilou zum Golfplatz bringt und sie aus dem Fenster sieht, schüttelt es sie jedes Mal vor Entsetzen. Gier bringt die Stadt um, vermutlich auch den Rest der Welt. Irgendwann. Das Gefühl der Unsterblichkeit nistet immer noch in ihr.

Geldgierig war Lilou nie. Lebensgierig schon. Allem verfallen, was schön war oder besonders. Es war eine gefährliche Zeit mit all den Drogen. Doch sie ist anscheinend nicht der Typ, der abhängig wird. Einen Joint ab und zu, sehr kalter Chablis und schwarze Zigarillos sind die Exzesse, die Lilou sich noch leistet. Sie hat sich auch von der Partyszene verabschiedet. Die Freunde und Bekannten sind alle so hässlich geworden und viel weniger amüsant als früher. Insofern hat Yves gut daran getan, rechtzeitig ins Gras zu beißen.

Ob er sonst mit ihr Golf gespielt hätte? Was zur nächsten Frage führt: Gibt es in der Hölle Golfplätze – und wenn ja, wie sind die Leute angezogen? Lilou hat vor zwei Jahren mit dem Golfspiel begonnen, zusammen mit einer Freundin, die vor fünf Monaten verstorben ist. Helene war eine gute, langjährige Wegbegleiterin. Aber nicht sehr robust, wie es scheint. Sie fiel von ihrem Pferd und brach sich das Genick. Das kann einem beim Golf schon mal nicht passieren. Man kann sich allenfalls zu Tode ärgern.

Jeden Montag, Mittwoch und Sonntag geht sie mit Tahir über den royalen Golfplatz von Marrakesch. Er wurde in den 20er-Jahren vom Pascha von Marrakesch angelegt und ist wunderschön. Orangenbäume, Palmen, Zypressen, Datteln und die zauberhaftesten Blumen und Büsche. Die Luft schmeckt, als wäre sie parfümiert. Chanel Nr. 5.

Hier haben schon Churchill und Eisenhower gespielt, und es war der Lieblingsplatz des letzten Königs, Hassan II. Der war zwar ein absolutistischer Herrscher, aber ein guter Golfspieler.

Die Leute sagen, der Platz sei altmodisch, eng, mit zu kurzen Bahnen und insgesamt langweilig. Was die anderen sagen, hat Lilou noch nie interessiert. Sie liebt ihn in seiner prächtigen, natürlichen Schönheit. Es ist wie ein Spaziergang durchs Paradies. Leider mit Schlägern und Bällen. Die stören bisweilen.

Tahir geht seit zwei Jahren mit ihr über den Platz. Als Helene noch lebte, waren sie zu dritt. Tahir hat Lilou das Golfspielen beigebracht, und er ist einer der ältesten Caddies und Pros auf dem Platz. Eine Legende. Er hat schon dem König und dessen Gästen gedient. Tahir war als Caddie und Lehrer nicht leicht zu bekommen, doch Lilou hat es immer schon verstanden, ihren Kopf durchzusetzen. Überheblichkeit, Sturheit und Charme – eine unwiderstehliche Mischung, wie sie findet. Selbstzweifel waren noch nie ihre Stärke. Weshalb sie Golf auch so unwiderstehlich findet. Dieses dumme Spiel entzieht sich ihrer Herrschsucht.

»Geduld, Madame«, sagt Tahir jedes Mal, wenn sie über den Platz gehen. Auch an diesem Sonntag. Nach dem verpatzten Abschlag am 1. Loch. Im Hintergrund glänzen die Schneegipfel des Atlasgebirges. Lilous Ball liegt irgendwo bei den Palmen. Sie findet, dass sie alles richtig gemacht hat. Tahir, der ihr böses Temperament kennt, lächelt beruhigend. Sie habe zu früh hochgesehen, weshalb der Ball nicht gerade, sondern nach rechts weggeflogen sei. Aber keineswegs ins Aus, weshalb alles gar nicht so schlimm sei. Sie könne immer noch mit dem zweiten Ball aufs Grün treffen, schlimmstenfalls mit dem dritten. Ein, zwei Putts – und es gäbe ein gutes Ergebnis.

Lilou spielt Handicap 36. Platz- und Turnierreife, mehr ist das nicht, doch ihrem Ehrgeiz sind keine Grenzen gesetzt. Sie macht Yoga und Pilates und geht zweimal pro Woche ins Fitnessstudio. Ihr langer, androgyner Körper ist so fit, wie es eben geht. Sie hat ihn immer schon sehr anständig behandelt. Bestes Essen, die teuersten Cremes, die nötige Gymnastik. Ihr Körper war einmal ihr Kapital, und jetzt ist er der Schrein, den es zu bewahren gilt. Natürlich geht sie zu Fuß über den Golfplatz, es käme ihr nicht in den Sinn, einen dieser dummen Wagen zu nehmen. Tahir trägt ihre Tasche, die von Dior ist. Die lange Hose in Mint ebenfalls. Die farblich abgestimmte Bluse ist von Prada und hat Ärmel, die bis zu den Ellenbogen reichen. Man muss bedecken, was nicht mehr präsentabel ist. Über den Hals ist ein leichtes Tuch geknüpft, und die Kappe von YSL schützt ihre zarte Haut vor der Sonne. Lilous Haare, die sie früher lang trug, sind kinnlang geschnitten. Silberweiß inzwischen, sie muss nicht mehr färben, was sie angenehm findet. Zumal die Farbe ein Knaller ist. Mit ihren 1,80 Metern ist sie so groß wie Tahir, der Berber zu seinen Vorfahren zählt. Sie schätzt, dass er ein wenig jünger ist als sie, er muss einmal ein attraktiver Mann gewesen sein. In gewisser Weise ist er es immer noch, manche Männer altern eben graziös. Die meisten aber nicht, weshalb sie inzwischen das Leben einer masturbierenden Nonne führt. Einen alten Mann könnte sie nicht ertragen, und einen jungen, der es für Geld tut, ebenfalls nicht. Lilou findet das keineswegs traurig, sie konnte immer schon gut mit sich selbst leben, weshalb es keine Ehemänner und oft wechselnde Liebhaber gab. Das Leben war überwiegend gut zu ihr. Bis sie anfing, Golf zu spielen.

»Geduld, Madame!«

Sie hat den Ball zu hektisch geschlagen. Das Neuner-Eisen, das Tahir ihr reichte, rutschte zwar durchs hohe Gras, doch der Ball hoppelte nur ein paar Meter zurück aufs Fairway.

»Merde.« Das murmelt Lilou so leise, dass Tahir es nicht hören kann. Er ist ein Gentleman der alten Schule und hält die strenge Etikette des Golfspiels hoch. Er zeigt ihr, was sie falsch gemacht hat. Wieder zu früh dem Ball nachgesehen, weshalb sie ihn toppte. Lilous Neugierde war immer ein treuer Begleiter ihres abenteuerlichen Lebens. Doch beim Golf ist diese Neugierde hinderlich. Immer wieder vergisst sie, mit dem Kopf unten zu bleiben, bis sich der Ball in seiner Flugbahn befindet.

»Es ist nicht so schlimm«, sagt Tahir. »Den Dritten schlagen wir aufs Grün.«

Er spricht immer im Plural, ein federleichter Trost. Lilou ist davon überzeugt, dass Tahir den Ball neben die Fahne setzen würde. Er spielt Handicap Null. Doch sie ist eine Null auf dem Golfplatz. Ein ganz neues Gefühl, dieses »Nullgefühl«. Sie hat keineswegs die Absicht, sich daran zu gewöhnen. Sie wird besser und immer besser werden und eines Tages makellos spielen.

Oder auch nicht.

Der dritte Schlag gelingt ihr tatsächlich. Ein perfekter, hoher Ball, der auf dem Grün landet. Tahir applaudiert, und Lilou erlaubt sich ein breites Lächeln. Ihre Zähne sind perfekt und künstlich. Die Lippen ein bisschen unterspritzt, und die ein oder andere Botoxbehandlung glättet die schlimmsten Falten. Nur ein einziges Mal, mit 70 Jahren, hat sie ein Facelifting durchführen lassen. Ein Krisenjahr, in dem sie sich der Tatsache stellte, dass sie nicht mehr die Jüngste war. Sie hat sich mit Helene furchtbar betrunken und fuhr dann mit ihr zu Yves' Grab im Jardin Majorelle. Wo sie beide mit der Champagnerflasche auf der Parkbank hockten und heulten und tranken. Danach tanzten sie einen Totentanz für Yves, bis die Polizei auftauchte, weil sie in den Garten eingebrochen waren. Den Rest ihres 70. Geburtstages verbrachten Lilou und Helene auf der Polizeistation. Sie kann sich nicht mehr genau erinnern, aber die Polizisten waren reizend und besorgten nachts noch Couscous und Champagner. Erst am Morgen rief sie ihren Anwalt an, der sie standesgemäß abholte. Sie hatte ihn nicht wecken wollen.

Tahir zeigt ihr die Puttlinie, und tatsächlich fällt ihr vierter Ball ins Loch. Ein Par! Lilou ist begeistert von ihrem Können. Auf dem Grün folgt sie immer den Anweisungen ihres Caddies. Tahir kennt jeden Millimeter des Platzes, jeden Grashalm, jeden Strauch und jede Blume. Wenn er ihr nicht die Richtung anzeigen würde, wäre sie vermutlich verloren. Weil sie schon ein wenig schlecht sieht auf die Distanz. Eine Lesebrille hat sie natürlich. Doch ihre schicke Sonnenbrille (Prada) möchte sie auf keinen Fall gegen eine Sehhilfe eintauschen.

Die folgenden Löcher spielt sie wechselhaft, hadert mit ihrem Unvermögen und bekommt diese unvorteilhafte Zornesfalte auf der Stirn, die Tahir nur zu gut kennt.

»Locker und leicht. Nicht nachdenken. Nicht wollen. Loslassen, Madame.«

Wie jeder gute Golflehrer hat er etwas von einem Psychologen. Manchmal denkt Lilou, dass Tahir besser ist als der Therapeut, zu dem sie sich einmal pro Woche auf die Couch begibt. Nicht, dass sie an sich eine ernsthafte Malaise entdecken könnte. Lilou hält sich für normal verrückt und den Rest der Menschheit für abartig langweilig.

Sie lässt los, und der Ball fliegt in weitem Bogen genau dorthin, wo er soll.

»Es ist doch so einfach«, sagt Tahir.

»Ich weiß«, erwidert Lilou. Tatsächlich weiß sie nicht, was sie bei diesem Schlag anders gemacht hat als vorher. Nicht mehr gedacht vielleicht. Golf ist ein verrückter Sport. Was sie daran stört, ist nicht nur ihre Unfähigkeit, ihn zu beherrschen, sondern auch, dass so viele alte, unattraktive Leute auf dem Platz sind. Was wiederum daran liegen dürfte, dass die Clubgebühren sehr hoch sind. In der Saison kommen noch die Touristen hinzu, das golfspielende Pack aus Europa und Amerika. Irgendwann werden auch die Russen den Sport entdecken. Lilou hofft, dass sie bis dahin tot ist. Obwohl sie sich das nicht vorstellen kann: eine Welt ohne sie!

»An diesem Loch hat der König einmal ein Hole-in-one gespielt«, sagt Tahir.

Ein kurzes Par 3. Das kann doch jeder, denkt Lilou, doch sie will ihrem Lieblingsmann auf dem Golfplatz nicht die Freude nehmen. »Wie war er so, der König?«

»Unnahbar. Ich war immer ehrfürchtig in seiner Gegenwart. Es ist sehr schwer, einen König belehren zu wollen. Doch wenn Majestät einen guten Lauf hatte, konnte er sich richtig freuen.«

Tahir spricht das altmodische Französisch der Kolonialisten, fast akzentlos. Lilou lächelt ihn an, als er ihr das Sechser-Eisen gibt. »Ich fühle mich sehr geehrt, dass Sie mein Caddie sind.«

Sie schlägt ihren Ball mit leichtem Schwung auf das Grün.

»Fast wie eine Königin«, sagt Tahir.

Küssen könnte sie ihn für diesen Satz. Er ist der erste Mann in ihrem Leben, an dem sie noch nichts auszusetzen hat. Immerhin sieht sie ihn seit zwei Jahren dreimal pro Woche, und noch nie hat er etwas gesagt, das sie unpassend fand. Seit Helenes Sturz ist er der Mensch, der ihr am nächsten steht.

Als Lilou daran denkt, verpatzt sie ihren Putt, sodass sie erst mit dem dritten Schlag einlocht. Ein Par immerhin.

»Und Mohammed VI., er hat noch nie hier gespielt?«

Tahir reicht ihr den Ball. »Nur als Kind. Seine Majestät ist kein Golfspieler. Er liebt die Rennpferde.«

Und teure Autos und alles, was luxuriös ist, denkt Lilou mit einem Hauch von Neid. Hassans Sohn gilt als einer der reichsten Monarchen der Welt. 31 Millionen Euro Taschengeld pro Jahr, dagegen nimmt sich Lilous Lebensstil doch sehr spartanisch aus. Aber Mohammed regiert nicht mit so harter Hand wie sein Vater. Er hat seine Kritiker mit ein paar politischen Reformen zumindest vorübergehend besänftigt. Den Ausländern in Marokko ist es ohnehin egal, solange sie hier gut und sicher leben können. Sie ist auch Ausländerin, obwohl sie sich nicht so fühlt. Nach Paris zurückzukehren würde ihr nicht in den Sinn kommen. Das Klima, die Steuern und die unfreundlichen Franzosen wären unerträglich. Lilou hat keine Sekunde bereut, dass sie dem perversen Prinzen nach Marrakesch gefolgt ist. Er ist auch schon tot, ein Unfall mit seinem Rennwagen. Es gibt zu viele Tote in ihrem Leben.

»Sind Sie ein Anhänger der Monarchie, Tahir?«

Sie gehen im Schatten der Palmen auf das 12. Loch zu. Tahir zögert mit einer Antwort und sagt dann, dass die Monarchie die vielen Stämme Marokkos zusammenhalte. Sie sorge für politische Stabilität, die ja auch nicht zu verachten sei.

»Sehr begeistert klingt das aber nicht.«

Tahir lächelt verhalten. »Als ich jung war, kämpfte ich gegen die Franzosen. Dann habe ich als Caddie hier begonnen, es war die einzige Arbeit, die ich kriegen konnte. Ich habe geheiratet und drei Söhne gezeugt. Meine Frau hat einen Gewürzstand in den Suks. Einer meiner Söhne studiert. Man kann nicht sagen, dass es ein schlechtes Leben ist.«

Es ist das erste Mal, dass er etwas über sich erzählt, denkt Lilou. Andererseits hat sie ihn auch noch nie etwas gefragt, das über Golf hinausging. Für einen kurzen, unglaublichen Moment schämt sich Lilou.

Sie hat Tahir immer gutes Trinkgeld gegeben, weil sie weiß, dass die Caddies überwiegend davon leben. Die Bezahlung ist miserabel. Die jungen Caddies, die von den Senior-Caddies zugeteilt werden, müssen jenen wiederum einen Teil abgeben. Ob Tahir auch seinen Obolus verlangt? Vermutlich ja, so ist das System. Wenn jeder jedem etwas geben muss, bleibt nur das letzte Glied der Kette auf der Strecke.

Die zwei nächsten Löcher spielt sie passabel, keine Katastrophenschläge mehr. Lilou sonnt sich in dem Wohlwollen ihres Begleiters. Tahir kann richtig traurig werden, wenn sie schlecht spielt. Es kommt vor. Wenn sie unkonzentriert ist oder zornig oder müde, auch das. Sie ist eben nicht mehr die Jüngste, und seit ein paar Monaten macht ihr sogar die Hitze zu schaffen, die sie eigentlich liebt. Lilou spannt ihren Sonnenschirm auf, der farblich zu ihrem Ensemble passt. Wenig findet sie widerwärtiger als schlecht gekleidete Menschen. Krieg natürlich, Vergewaltigung, Ausbeutung, Fanatismus, Faschismus, Kaugummis und Milch im Kaffee.

Das 15. Loch ist ein Par 3 und wird »Brigitte Bardot« genannt. Zwei gleichförmige Hügel versperren die Sicht auf das Grün. Golftouristen fotografieren hier gerne. Die jungen Caddies kichern, wenn sie zum 15. Loch kommen. Lilou hat noch nie mit ihrem ersten Abschlag auf das Grün getroffen, obwohl die Bahn recht kurz ist. Wahrscheinlich wegen der Bardot-Brüste. Entweder ihr Ball bleibt darin hängen, oder er fliegt ins Aus, das Fairway ist nicht sehr breit.

»Wollen wir die Bardot dieses Mal besiegen?«, fragt Tahir.

Lilou antwortet nicht. Siegen, das war immer ihr Lebensmotto. Verlierer sind irgendwie unerotisch. Aber sie muss zugeben, inzwischen, dass unter den

Siegern, die ihr begegnet sind, unglaublich viele Dreckstücke waren. Mit Gold überzogen, aber Dreckstücke nichtsdestotrotz. Nicht nur Männer, auch Frauen. Aber mehr Männer.

Yves gehörte nicht dazu. Er war zu zart für diese Welt. Es war gut, dass Pierre ihn beschützt hat, auch noch, nachdem sie sich als Liebespaar getrennt hatten. Das letzte Mal hat sie die beiden im *La Marocain* gesehen. Man winkte sich zu, Lilou war gerade mit einem neuen Liebhaber beschäftigt.

»Ganz locker schwingen, Madame.«

Sie schwingt verkrampft, und der Ball landet auf dem rechten Busen von Brigitte Bardot und gräbt sich dort ein. Tahir lächelt milde, wie er es immer bei miserablen Schlägen tut. »Sie haben wieder zu viel gedacht.«

Während sie zu Brigittes Busen gehen, denkt Lilou, dass sie Tahir wirklich gerne mag. Asexuell, der Mann ist viel zu alt. Aber sie schätzt ihn ungemein, auch, weil er nicht müde wird, ihr Golf beizubringen. Mit unendlicher Geduld, Freundlichkeit und Höflichkeit. Ein Hauch von Ironie ab und zu. Gerade so viel, dass ihre wahnsinnige Eitelkeit nicht verletzt wird.

Sie hackt in den Hügel, der Ball fliegt hoch und rollt zurück.

»Falsche Richtung.«

Lilou lacht, und Tahir stimmt ein. »Eines Tages werden Sie die Bardot besiegen, Madame, ich weiß es.«

Lilou möchte daran glauben und hebt ihren dritten Ball über die Hügel in die Nähe des Grüns. Tahir lächelt bewundernd, wie er es immer tut, wenn sie passabel schlägt. Er hat ein sehr gütiges Gesicht, denkt sie, und dass sie gerne mehr über ihn erfahren würde. Nachdem sie mit dem sechsten Schlag eingelocht hat, fragt sie nach einem sehr spontanen Einfall: »Mögen Sie mit Ihrer Familie am Donnerstagabend zum Essen zu mir kommen? Ich würde gerne Ihre Familie kennenlernen, Tahir.«

Keine Antwort. Nach zwei Jahren sieht er zum ersten Mal überrascht aus. Er reinigt ihren Ball und gibt ihn ihr. »Sind Sie sicher, Madame?«

Lilou mag es nicht, wenn man an ihren Worten zweifelt. »Natürlich bin ich sicher. Fragen Sie Ihre Frau und geben Sie mir bis zum nächsten Mal Bescheid. Ich würde auch gern Ihre Söhne begrüßen, wenn diese Sie begleiten wollen.«

Das Warum liegt ihm auf den Lippen, doch er spricht es nicht aus. Lilou sieht ihn streng an: »Ich bin eben eine neugierige Person. Und obwohl ich schon so lange in Marrakesch lebe, kenne ich nicht viele Leute, die ich in mein Haus bitten wollte.«

Sie könnte ihm auch sagen, dass sie keinen Kontakt mehr mit ihrer Verwandtschaft in Frankreich hat. Blöde Menschen ohnehin, sie haben sich nie verstanden. Aber der Mann muss ja nicht gleich alles über sie wissen.

Ihr Abschlag auf der 16. Bahn ist gar nicht so schlecht. Lilou nimmt sein bewunderndes Lächeln huldvoll entgegen. Das Schlimmste, was passieren kann, ist ein langweiliger Abend. Eine alte Ehefrau in der Burka, die schlecht französisch spricht. Ungeratene Söhne, die dummes Zeug reden und ihren teuren Wein trinken. Oder nur Wasser, was langweilig wäre. Lilou schwingt locker und landet mit ihrem zweiten Ball fast auf dem Grün. Es ist herrlich, und die Luft ist betrunken von den Blüten, die der Wind über den Platz wirbelt. Lilou schreitet beschwingt aus, obwohl sie schon ein wenig erschöpft ist. Haltung ist das halbe Leben. Sie hat sich selten erlaubt,

Schwäche zu zeigen, und Mitleid ist ein Gefühl, auf das sie verzichten kann.

Tahir reicht ihr die Wasserflasche. Sie vergisst manchmal, genug zu trinken. Sie vergisst, ihren Arzt aufzusuchen. Der alte Quacksalber will sie ohnehin nur mit Pillen vollstopfen. Lieber geht sie in die Suks und nascht dort von den lokalen Wundermitteln. Das Leben wird überschätzt. Und sie hat niemanden, dem sie ihre Habseligkeiten hinterlassen könnte, wenn es vorbei ist, das Leben. Das wundervolle Haus in der Medina, das sie mit allen Sinnen eingerichtet hat. Im Grunde ist es viel zu groß für eine Person.

Als er ihr die Richtung zeigt, versenkt sie ihren langen Putt. Wenn mir seine Familie gefällt, denkt Lilou, könnte ich Tahir als Erben einsetzen. Dann fällt das Haus zumindest nicht an die grässliche Verwandtschaft aus Frankreich. O ja, der Gedanke ist erheiternd. Und sie möchte, dass ihre Asche in der wunderschönen Urne, die sie schon gekauft hat, im Innenhof auf einer kleinen Empore steht. Sodass sie – gewissermaßen – ihr Haus nie verlassen muss.

Die letzte Bahn spielt Lilou so schlecht, dass sie von unheiligem Zorn erfasst wird.

»Merde! Werde ich dieses dumme Spiel jemals lernen?«, fragt sie Tahir auf dem 18. Grün.

Sein bezauberndes Lächeln. »Inschallah. So Gott will. Aber ich denke, er interessiert sich nicht für Golf, Madame.«

Hole 16

Spielen Vampire Golf?

Casa de Campo, Dominikanische Republik

Die Frau hat rote Locken und Sommersprossen. Ihre weiße Haut sieht in der karibischen Sonne ungewöhnlich weiß aus, glänzend von zu viel Sonnencreme. Die beiden Eckzähne sind ungewöhnlich spitz geformt. Sie nimmt ihre Sonnenbrille ab, und er schaut in leuchtend grüne Augen.

»Was starrst du mich so an?«

»Du hast was von einem Vampir.«

»Spielen Vampire Golf?«

Ihr Englisch klingt seltsam, doch sie ist sehr hübsch. Das Gleiche denkt sie von ihm. Sie tauschen ein Lächeln, das kleine Barrieren überwindet ... Er ist Amerikaner, sie Irin. Der Zufall hat sie zusammengeführt, weil sie identische Startzeiten im *Teeth of the Dog* gebucht hatten. Es ist sieben Uhr morgens, und die Caddies sind noch nicht zum Dienst erschienen. Der Sekretär, der eben erst die Tür zum Clubhaus aufgesperrt hat, unterdrückt ein Gähnen.

»Sie können ausnahmsweise ohne Caddie spielen, aber nur im Team. Weil Sie, Señor Idle, ein sehr niedriges Handicap haben. Soll ich die Greenfees auf Ihren Hotelaccount buchen?«

»Ja«, sagen beide. Es klingt unterschiedlich.

Sarah findet, dass sie einen Glückstag hat. Der Ami sieht aus wie diese Surfertypen aus dem Fernsehen. Wahrscheinlich sieht er zu viele Vampirfilme, ihre

Zähne sind doch nur ein ganz klein wenig anders geformt. Seit wann haben Vampire Sommersprossen?

»Freut mich. Andrew Idle aus Nebraska.«

Sie schüttelt seine Hand. »Sarah Byrne. Und ich komme aus Irland, nicht aus Transsilvanien. Handicap 28, aber das habe ich mir selbst gegeben.«

Sie gehen zum Wagen, Andrew befestigt die Golftaschen. Ihr Bag sieht antik aus, und die Schläger sind auch nicht gerade neu. Ganz im Gegensatz zu seiner Profiausrüstung.

»Ich hoffe, es macht dir nichts aus, mit einem hohen Handicap wie mir zu spielen.«

»Überhaupt nicht«, sagt Andrew. Nach seinem Absturz im letzten Jahr fühlt er sich ohnehin wie der allerletzte Golfspieler. Von Platz 33 im Jahr davor ist er auf der Weltrangliste über 100 gerutscht. War in keinem Turnier mehr unter den ersten zehn. Meistens schaffte er nicht einmal den Cut. Woraufhin die Sponsoren ihre befristeten Verträge nicht mehr verlängern wollten. Woraufhin Eva, Caddie und Freundin, ihn verließ, um sich einem erfolgreicheren Profi anzuschließen. Nobody loves a loser.

Er fährt zum ersten Abschlag. »Ich habe seit Monaten nicht mehr gespielt. Soll ich für uns beide schreiben?«

Sarah lacht und zeigt Zähne. »Für mich nicht. Ich zähle nie. Das würde mir den Spaß am Spiel verderben.«

Die Luft ist warm, aber noch nicht heiß. Perfektes Golfwetter, und er fürchtet sich vor seinem ersten Schlag. Spaß? Die Frau neben ihm ist wahnsinnig. »Wie kommst du dann zu deinem Handicap?«

»Sag ich doch. Das habe ich mir selbst ausgestellt. Ich bin Sekretärin in einem Golfclub. *Lahinch Links Course* in County Clare. Ein wunderschöner Platz, über hundert Jahre alt. Es ist nur ein bisschen kälter als hier. Und es regnet öfter.«

Er erinnert sich an irische und schottische Golfplätze. Grauenvoll. Fast immer kalt und windig, und die Sandbunker sind Scorekiller. »Was hat dich hierher gebracht, Sarah?«

Sie lacht schon wieder. Für einen Mann in melancholischer Grundstimmung ist sie eine unpassende Begleitung.

»Ich hab ein Preisausschreiben gewonnen, stell dir vor. Eine Woche im *Casa de Campo* mit Flug und allem Drumherum. Sonst könnte ich mir diesen Luxus gar nicht leisten.«

Ich mir eigentlich auch nicht, denkt Andrew. Das Preisgeld, das er mit einem Jahr erfolgreichen Profigolfs verdient hat, ist fast weg. Außer Golfspielen hat er nichts gelernt. Er könnte Trainer werden oder zu alter Form zurückkehren. Oder sich ins Meer stürzen.

Er nimmt seinen Driver und schlägt an die 250 Meter mitten aufs Fairway. Golf spielen verlernt man nicht. Man lernt es aber auch nie. In diesem Nirwana verirren sich viele Golfer. Sarah offenbar nicht. Sie nimmt ihren alten Driver und haut auf den Ball, der knapp über 100 Meter fliegt.

»Zwei tolle Schläge«, sagt Sarah begeistert. »Bist du auch im Hotel?«

»Sicher, hier gibt es ja sonst nichts. Ziemlich langweilig übrigens.«

»Mir gefällt's. Der Strand ist toll und das Meer – und das Essen und überhaupt. Ich muss nur mit der Sonne aufpassen.«

Sie trägt eine Mütze mit sehr breiter Krempe. Grün wie das T-Shirt und die kurze Hose. Verschiedene Grüntöne. Und sie ist nicht gerade schlank. Ihre Figur erinnert ihn an Eva, aber die war blond. Dass sie ihn verließ, als er in die Krise kam, hat ihm den Rest gegeben. Aber der Caddie eines Verlierers zu sein, war halt nicht ihre Sache. Andrew vertreibt Eva aus seinen Gedanken und beobachtet Sarah bei ihrem zweiten Schlag. Sie hat einen guten Schwung, doch sie spielt wie ein Amateur. Einfach drauflos, ohne Taktik und Ziel.

»Mit dem dritten könntest du aufs Grün kommen.«

Sarah sieht ihn strafend an. »Ich hab doch gesagt, dass ich nicht zähle. Ich möchte nur schön spielen und ins Loch kommen. Irgendwie und irgendwann.«

»Das ist doch Blödsinn. So verbessert man sich nie.«

»Doch, ich spiele jedes Jahr ein bisschen besser. Gut genug, um Spaß daran zu haben. Und deshalb brauche ich keine Turniere und auch kein Handicap. Das habe ich nur gefälscht, damit ich hier überhaupt auf den Platz darf. Bei uns zu Hause in Lahinch ist das egal. Da kennt mich jeder.«

Andrew schlägt seinen zweiten Ball aufs Grün, so, wie er es geplant hat. Der Hook, der ihm ein Jahr lang zu schaffen machte, ist weg. Wie von Zauberhand.

Sarah schlägt mit ihrem dritten Ball in den Bunker, lacht darüber, schlägt ergebnislos in den Sand und puttet irgendwann ein. Er hat aufgehört, ihre Punkte zu zählen und konzentriert sich auf sein Spiel, das sich mit einem Mal wieder seinem Willen unterordnet. Kein Hook mehr, keine miesen Chips und verschobenen Putts. Andrew spielt wie in seinen besten Zeiten. Sarah spielt so unbefangen wie ein Kind. Ihre Fröhlichkeit wirkt ansteckend.

Sie sind noch allein auf dem Platz. Mit dem 5. Loch erreichen sie das Meer und schauen auf das kleine, halbmondförmige Grün auf einem Felsvorsprung. Wind kommt ins Spiel, und Sarah schlägt ihren Ball ins Wasser, worüber sie nur lachen kann. Sie findet den Platz wundervoll, die Aussicht zum Niederknien und den Wind erfrischend. Aber auch ihr Begleiter trägt zum Glücksgefühl bei. Er spielt wunderbares Golf, auch wenn er es ein bisschen zu ernst nimmt.

Sarah plaudert gern zwischen den Schlägen. Bei anderen würde ihn das stören, doch in ihrem Fall hört er gerne hin. Andrew erfährt einiges von Lahinch, zum Beispiel die Geschichte mit den Ziegen. Wenn sie draußen auf dem Golfplatz unterwegs sind, hält sich das Wetter. Halten sie sich aber rund um das Clubhaus auf, weiß jeder, dass es bald regnen wird. »Ich liebe den Regen«, sagt Sarah.

»Gibt es etwas, das du nicht magst?«

Sarah kaut auf ihrer Unterlippe, wenn sie nachdenkt. »Ungerechtigkeit. Fanatismus. Karierte Golfhosen.«

Andrew ist froh, keine karierten Golfhosen zu tragen. Happy, seinen Schwung wiedergefunden zu haben. Das Selbstvertrauen beim Putten. Vielleicht hat er einfach nur zu viel gekifft in seinem erfolgreichen Golfjahr. Er hat den Konsum stark zurückgefahren in den letzten Monaten. Meist verstärkt Haschisch die Stimmung, in der du bist. Aus Traurigkeit wird dann schnell Weltschmerz.

»Du solltest mehr lachen beim Golfen«, sagt Sarah.

»Und du solltest besser zielen. Hast du überhaupt noch Bälle?«

Zum ersten Mal lachen sie im Duett. Andrew erzählt ihr von seiner kurzen Profikarriere, und dass er nach Monaten der Abstinenz hierher geflogen ist, um es mit dem Golfspiel erneut zu versuchen. Sarah redet zwar viel, kann aber auch zuhören. Er hat inzwischen das Gefühl, dass sie sich schon länger kennen. Selbst ihren Akzent findet er nicht mehr so schlimm, und ihre grünen Augen sind eine Pracht. Andrew hat Frauen mit Kurven immer schon anziehender gefunden als die Dünnen. Er schmiert Sonnencreme auf ihre geröteten Ohrläppchen und bewundert die Sommersprossen auf Nase und Wangen. Dann spielt er ein Birdie auf der 15. Alles an diesem Tag, der ja noch jung ist, erscheint ihm leicht und fröhlich.

»Hast du auch mal mit Rory McIlroy gespielt oder Shane Lowry?«

Er hat sie nur von Weitem erlebt, die Stars der Szene. »Es gibt nicht viel Kontakt untereinander, die meisten bewegen sich innerhalb ihres Clans. Freundschaften sind eher selten. Es geht um zu viel Geld, weißt du.«

»Ich weiß«, sagt Sarah. »Golf hat ein bisschen seine Seele verloren. Aber nicht bei uns in Lahinch. Da spielen sie noch im alten Stil. Manchmal wetten sie um ein paar Cents, und Turniere machen viele nur mit, weil es anschließend tolle Saufgelage gibt.«

Er ist nicht davon überzeugt, aber er sagt es doch: »Es muss sehr schön sein in Lahinch.«

»Ja, du solltest mal vorbeischauen.«

Andrew antwortet nicht, weil Sarah auf der 16 abschlägt. Weich und locker und weit. Es war ihr bester Schlag an diesem Golftag, und er applaudiert. Sein Ball liegt schon auf dem Grün. Es ist einer dieser Tage, an dem er nichts falsch machen kann. Ist es möglich, dass er zurück im Spiel ist? Der coole Golfer, der jede Situation im Griff hat? Es hieße, noch einmal von vorn zu beginnen, alle Qualifikationsturniere zu durchlaufen, um bei den Open dabei sein zu können.

Als er seinen Birdieputt verwandelt, sagt Sarah: »Sie suchen noch einen Pro in Lahinch. Hättest du nicht Lust? Du müsstest aber an deinem furchtbaren Akzent arbeiten.«

Andrew, 27 Jahre alt, Ex-Professional, Ex-Kiffer und Ex-Trauerweide, hebt seinen Ball sehr, sehr langsam aus dem Loch. Betrachtet ihn wie eine Zauberkugel, die Antworten geben könnte.

»Meinst du das ernst?«

»Sicher. Die Golferinnen von Lahinch werden dich mit offenen Armen empfangen. Bei den Männern weiß ich es nicht so genau. Aber wir haben einen weiblichen Präsidenten, die Chancen stehen also gut.«

»Du bekommst einen Sonnenbrand, setz dich besser ins Auto.« Andrew ist sehr verwirrt und weiß keine Antwort auf ihre Frage, noch nicht. Er weiß jedoch, dass er auf dem besten Weg ist, sich in eine Irin zu verlieben, die wie ein hübscher Vampir aussieht und Golf nur zum Spaß spielt. Andrew lenkt den Wagen zum 17. Loch. »Gibst du mir noch ein bisschen Zeit?«

»Sicher, ich bin noch sechs Tage hier. Und du?«

»Fünf Nächte.« Sie könnten wundervoll werden, denkt Andrew. Die Tage auch. Golf spielen, am Strand liegen und im Meer schwimmen, Margaritas trinken, gegrillten Fisch essen. Viel reden.

»Du hast vergessen, dein Birdie aufzuschreiben«, sagt Sarah.

Er greift nach der Scorekarte und malt einen Vogel. Könnte aber auch ein Herz sein.

Hole 17

Der verrückteste Schlag aller Zeiten

TPC Scottsdale, Arizona, USA

Er nimmt sie mit auf den Platz, um sie zu testen. Bill Finch glaubt fest daran, dass sich der Charakter eines Menschen beim Golfen zeigt. Gesundes Selbstvertrauen, Ehrgeiz, Konzentration auf das Ziel, unbedingter Siegeswille, Geduld und Selbstbeherrschung, aber auch Demut ... all dies wird beim Golfen auf die Probe gestellt. Glaubt Bill. Er glaubt auch, dass Barack Obama ein Teufel ist und seine Frau eine Idiotin. Karen findet Golf langweilig, weshalb er nur noch mit seinen Buddies spielt – oder mit Leuten, die er einzustellen gedenkt. Er schüttelt dem jungen Mann die Hand und registriert eine gewisse Schlaffheit im Händedruck. Doch sein Gegenüber ist so attraktiv, dass er für einen Augenblick sprachlos ist: Steve Nicklaus, 30 Jahre, Harvard-Absolvent, sieht aus wie eine junge Ausgabe von George Clooney. Fast zu hübsch für Bills Geschmack. Steve hat sich für eine Direktorenstelle in seiner Firma beworben und kommt geradewegs von der Konkurrenz. Genau genommen hat Steve dort noch nicht gekündigt, weshalb sie gewissermaßen undercover spielen.

»Willkommen in *Scottsdale*. Nennen Sie mich einfach Bill.«

»Steve. Ich freue mich auf unser Spiel. Sie sind Mitglied hier?« Er hat Finch gegoogelt, und er weiß einiges über seinen Golfpartner. Vieles gefällt ihm nicht.

Bill nickt. Er ist seit sieben Jahren Mitglied im *TPC Scottsdale* sowie bei einem zweiten, privaten Platz, der noch teurer ist. Doch in diesem Teil der Welt zählt eben auch, welchem Golfclub du angehörst. Seit er das Anwesen in der Wüste gekauft hat, fährt er nur noch sporadisch zum Firmensitz in Phoenix. Bill ist 72, hat sein Leben lang gearbeitet und Geld gescheffelt, und jetzt spielt er lieber Golf, als am Schreibtisch zu sitzen. Nur noch bei wichtigen Entscheidungen wie der Besetzung von Managerposten mischt er sich ein. Linda, seine Tochter, leitet jetzt den Laden. Sie ist tough und macht ihre Sache recht gut, doch bei der Beurteilung von Männern traut er ihr doch nicht. Bills Tochter ist eine verdammte Lesbe. Schon wenn er das Wort denkt, kriegt er einen winzigen Herzanfall. Wahrscheinlich liegt es daran, dass Karen sie falsch erzogen hat. Er war ja nie zu Hause. Hat die Firma aufgebaut. Geld angehäuft. Während Karen ihre Gäule ausgeritten und ihre Tochter vermurkst hat. Linda könnte einen wie diesen Steve heiraten und ihren Gebärpflichten nachkommen. Und Karen könnte aufhören, ihn mit diesem Pferdeblick anzusehen. Bill nimmt sich vor, eine Runde lang nicht an die verdammte Familie zu denken.

Sie teilen sich einen Golfwagen, der mit ihren Bags, Handtüchern, Eiswürfeln in Kühltruhen und jeder Menge Wasserflaschen beladen ist. Es wird ein heißer Tag in der Wüste, obwohl die Temperaturen im Juni noch erträglich sind. Bill mustert seinen Golfpartner: Er ist tadellos angezogen, ganz in Weiß, aber ein Mann sollte seiner Meinung nach nicht so hübsch sein.

»Steve Ballesteros und Jack Nicklaus, Sie tragen große Namen, junger Mann. Wollen wir hoffen, dass es sich auf Ihr Spiel auswirkt.«

Steve lächelt mit sehr weißen Zähnen. »Ich bin nur ein lausiger Amateur, Bill. Handicap 19. Mehr war zeitlich einfach nicht drin neben dem Studium und den Anforderungen der ersten Berufsjahre.«

»Ja, es ist eine Schande, dass man erst Zeit für Golf hat, wenn es schon fast zu spät ist. Wissen Sie, weshalb wir heute hier spielen, Steve?«

Natürlich weiß er es, sie wissen es beide, doch Steve schüttelt den Kopf.

Bill steigt in den Wagen auf den Fahrersitz. »Das 17. Loch, Steve. Hier wurde einer der verrücktesten Schläge in der Geschichte des Turniergolfs gespielt. 25. Januar 2001, ich war dabei, einer von 50.000 Zuschauern. Tom Byrum ist auf dem Grün, und er bereitet sich auf seinen Putt vor, während Andrew Magee auf der 17 abschlägt. Normalerweise spielt man mit dem Driver das Grün nicht an, weil direkt dahinter Wasser ist. Ein fast unmöglicher und extrem riskanter Schlag. Aber Magee, dieser Wahnsinnige, schafft einen Drive von 300 Metern. Vermutlich wäre der ins Wasser gerollt, doch der Ball trifft den Putter von Byrum, prallt ab und ... läuft ins Loch. Hole-in-one auf einem Par 4, hol's der Teufel! So was ist nie mehr wiederholt worden – und ich spüre jedes Mal einen Schauer, wenn ich auf der 17 bin.«

Bill fährt zum ersten Abschlag, während er die Story erzählt, die Steve schon gehört hat. Amerikanische Golf-Gute-Nacht-Geschichten. »Wow. Hat nicht Tiger Woods in *Scottsdale* auch ein Hole-in-one geschafft?«

Bill bremst den Wagen abrupt ab. »Hat er, aber nur auf der 16. Ein Par 3. Das kann jeder schaffen mit ein bisschen Glück.« Bill ist kein Tiger-Woods-Fan.

Sexsüchtige Neger sind nicht sein Ding, auch wenn er zugeben muss, dass der Typ mit dem Golfschläger umgehen kann. Im *TPC* spielen Afroamerikaner, aber sie sind in der klaren Minderheit. Und in dem privaten Golfclub, der praktisch vor seiner Haustür liegt, ist man ganz unter sich. Es steht nicht in den Clubstatuten, aber kein Mitglied würde auf die Idee kommen, einen Schwarzen oder Araber mitzubringen. Oder eine Frau.

Steve schlägt als Erster ab, er hat das niedrigere Handicap. Ein ordentlicher Schlag mit dem Driver. Ruhig, rhythmisch perfekt, sehr kontrolliert. Er könnte weiter schlagen, denkt Bill, tut es aber nicht, weil er den Platz nicht kennt. Ein vorsichtiger, kalkulierender Typ also. Wie Juristen oft sind. Bill kann Juristen nicht ausstehen, aber sie werden gebraucht, auch in seiner Firma.

»Solider Schlag, Steve. Mal sehen, ob ich sie ausdriven kann.«

Bill drischt mit aller Kraft, doch obwohl er durchtrainiert ist, spürt er seine 72 Jahre. Sein Ball liegt nicht weiter, aber fast gleichauf. Handicap 21. In Steves Alter hatte er weder das Geld noch die Zeit, auf den Golfplatz zu gehen. Damals besaß er gerade mal zwei Drogeriemärkte in Phoenix. Heute sind es 240, über ganz Amerika verteilt. Erst mit 50 Jahren fing er mit dem Golfspielen an und kaufte sich deshalb auch das Anwesen in Scottsdale, weil es in dieser Region das beständigste Wetter und die meisten Golfplätze gibt. Er suchte sich den besten Pro im Golfclub und investierte viel Zeit und Geld in seine späte Liebe. Phil, sein Golfpro, wurde zu dem Menschen, der ihm am nächsten steht. Komischer Gedanke, aber warum nicht?

Sie spielen beide Par: der zweite Schlag jeweils aufs Grün und zwei Putts. Steve redet nicht von sich aus, er wirkt sehr in sein Spiel versunken. Braucht lange für die Ausführung seiner Putts, mindestens drei Probeschwünge, und vorher studiert er das Grün, als wolle er darüber promovieren. Bill findet das nervig. Er war nie auf einer Uni, und Akademiker sind ihm suspekt. »Gut gelesen, Steve. Die Grüns hier haben es in sich.«

Steve gibt das Kompliment zurück. Bill hat Heimvorteil, vermutlich kennt er jeden Grashalm, den sie hier in die Wüste gepflanzt haben. Aber Bill ist alt, das wiederum ist Steves Vorteil. Denn mindestens vier Stunden mit höchster Konzentration zu spielen, erfordert Kraft, physisch und mental. Und die Hitze setzt einem irgendwann zu. Steve lebt und arbeitet in Pittsburgh, und sein Heimatclub ist der *Oakmont Country Club*, einer der schwierigsten Plätze in Amerika. Bunker wie Minenfelder und Grüns, die nur die perfekte Annäherung akzeptieren. Bisher findet Steve *Scottsdale* leicht zu spielen, und er hat den Platz im Internet studiert, bevor er hergeflogen ist. Die vorderen neun sind schwerer als die wasserreichen hinteren Löcher. Viele Bunker, aber die ist er von *Oakmont* gewöhnt. Die Grüns sind auch so abenteuerlich groß, mit Stufen und Schrägen und glatt wie Eislaufbahnen.

»Ich hoffe, dass Ihnen die Sonne nichts ausmacht, Steve.«

»Sie ist immer noch besser als der Regen bei uns.«

Steve findet, dass Bills Lachen wie das Meckern einer Ziege klingt. Er schlägt mit seinem Taylormade-Driver ab und legt dieses Mal eine Spur mehr Kraft in den Schwung. Bill spielt mit Callaway-Schlägern, sein Abschlag ist deutlich kürzer.

»Warum wollen Sie Ihren Arbeitgeber verlassen?«, fragt Bill.

»Das schlechte Wetter – unter anderem.« Steve nimmt seine Sonnenbrille ab und sieht in Bills wässrig blaue Augen. »Ich spiele sehr gerne Golf. Weil jeder Schlag eine neue Herausforderung ist. Auf das richtige Leben übertragen würde ich sagen, dass es für mich Zeit für einen neuen Golfclub ist.«

Bill lacht und denkt, dass der Junge ein Ego hat fast so groß wie die Wüsten Arizonas. Falls es eine Show ist, spielt er oscarreif. Er wäre wirklich ein passabler Schwiegersohn. Steve Nicklaus ist unverheiratet. Bei einem 30-Jährigen wirft das allerdings auch Fragen auf. »Und Ihre Freundin hätte nichts gegen einen Umzug nach Phoenix?«

»Wir haben uns gerade getrennt. Sie fand, dass ich zu viel Zeit auf dem Golfplatz verbringe.«

Steve schlägt mit einem Eisen 9 in den Bunker neben dem Grün. Bill bewundert seinen Schwung, doch er hat Vorbehalte gegen Singlemänner. Verheiratete mit Kindern lassen sich leichter unter Druck setzen, und sie sind nicht mehr so mobil, weshalb es leichter ist, sie unter Kontrolle zu halten. Er nimmt sein Eisen 7 und trifft das Grün. Ein triumphierendes »Ha« kann er sich nicht verkneifen. »Aber Sie wollen mal heiraten, nehme ich doch an!«

Steve denkt, dass die Frage wie eine Drohung klang. »Wenn ich die Richtige treffe, ganz bestimmt, Bill.«

Steve bereitet sich mental auf den Bunkerschlag vor. Es war ihm klar, dass Finch ihn während der Runde ausquetschen würde, doch die vielen Fragen stören den Fluss seines Spiels. Der alte Schwätzer hat eine Homophobie, weil seine einzige Tochter lesbisch ist, was jeder weiß, der ihn recherchiert hat. Außerdem ist Finch stockkonservativ und ein Golfmaniac. In der Branche heißt es, dass er nur noch Leute einstellt, die Golf spielen, Republikaner wählen und verheiratet sind. Einmal pro Jahr lobt er ein Firmenturnier in *Scottsdale* aus, und das Preisgeld liegt bei einer Million Dollar. Ein guter Grund, weshalb Steve sich um den Job beworben hat. Er braucht Geld. Also wird er auf dieser Golfrunde alles tun, um den alten Mann für sich zu gewinnen.

Der perfekte Bunkerschlag mit genau der richtigen Menge Sand landet knapp neben der Fahne. Bill ist beeindruckt, und während er zwei Putts braucht, locht sein Gegner zum Birdie ein. Steves Gesicht verrät nichts, weder Freude noch Ärger. Er hat seine Emotionen gut im Griff, denkt Bill, der noch daran arbeitet. Eigentlich ist er der aufbrausende Typ, doch diese Eigenschaft hat auf dem Golfplatz nichts zu suchen. Eigentlich ist er auch ein schlechter Verlierer, doch auch daran arbeitet er. Phil, sein Pro, meint, dass Bill auf dem besten Weg sei, ein cooler Golfer zu werden. Ein Gentleman nach britischem Vorbild. Für diesen Satz gab ihm Bill ein fettes Trinkgeld.

»Was sind Ihre Lebensziele, Steve?«

Sie spielen auf der dritten Bahn, ein langes Par 5. Steve trinkt aus der Wasserflasche, setzt sie ab und lächelt Bill an. »Arbeit. Familie. Golf. In dieser Reihenfolge.«

Perfekte Antwort, makelloser Abschlag. Bill Finch hat noch kein abschließendes Urteil gefällt, doch bisher hat er an dem Jungen wenig auszusetzen. So könnte der Sohn sein, der ihm nicht vergönnt war. Karen mit ihrer verdammten Reiterei, der furchtbare Sturz – und dann war es vorbei mit dem Kinderkriegen. Seither hasst Bill Pferde. Frauen sollten in der Küche bleiben, statt auszureiten. Oder zumindest Golf spielen. In Frauenrunden.

Auf den Löchern, die folgen, stellt er weniger Fragen. Doch er beobachtet seinen Golfpartner, der in Wirklichkeit sein Gegner ist, und registriert ein hohes Maß an positiver Energie. Steves lange Vorbereitungen beim Putten nerven immer noch, doch wenn der Ball ins Loch rollt, gibt ihm der Erfolg recht. Der Junge spielt besser als er, das muss er neidvoll eingestehen, obwohl er den Platz doch kennt wie seine Westentasche. Wie immer taucht am 10. Loch der Coyote auf, in sicherer Distanz für beide Seiten. Wie immer überfällt ihn am 11. Loch ein leichtes Zittern, weil zur Linken Wasser droht. Bill hat nie Schwimmen gelernt, braucht man ja auch nicht in der Wüste. Sein Swimmingpool ist so angelegt, dass er überall Boden unter den Füßen hat. Er fürchtet Wasser, doch er bringt seinen Abschlag sicher auf das Fairway, und Steve scheint mit Wasserhindernissen überhaupt keine Probleme zu haben. Pfeilgerader Drive, dem ein bescheidenes Lächeln folgt. »Ich mag diesen Platz«, sagt Steve. »Hier würde ich gerne öfter spielen.«

Ist das eine Liebeserklärung an den neuen Job? Bill kann gar nicht anders, als den weichen, graziösen Schwung zu bewundern, so mühelos und scheinbar ohne Kraftaufwand. Die Sehnsucht, noch einmal jung zu sein, überkommt ihn auf dem Golfplatz häufig. Mit 72 ist es schwer, sich groß zu verbessern, auch wenn er noch so oft mit seinem Pro trainiert. Der Ehrgeiz, Amerika mit seiner Drogeriekette zu überziehen, ist einem neuen, ebenso brennenden Ziel gewichen: das einstellige Handicap.

Das Verhör geht weiter. Auf die Frage, wo er politisch stehe, antwortet Steve mit »eher konservativ«, was eine glatte Lüge ist. Er hat noch nie die Republikaner gewählt. Ja, behauptet er, jeder sollte eine Waffe tragen dürfen. Natürlich ist er für die Todesstrafe. Gegen Abtreibung. Gegen Homoehen. Gegen

Steuererhöhungen für Reiche. Gegen ein Gesundheitssystem für alle. Steves Antworten sind allesamt knapp und verlogen. Er will diesen Job. Er will die Million aus dem Firmenturnier. Um danach das zu tun, wovon er träumt, seit er denken kann.

Die Sonne steht jetzt hoch, die Temperatur liegt bei 36 Grad. Der Wüstenplatz mit den grünen Oasen der Fairways und Grüns bietet kaum Schatten. Sie trinken viel Wasser und kühlen ihre Gesichter mit eiskalten Handtüchern. Steve, von seinen vielen Lügen mental erschöpft, verpatzt ein Loch, während Bill es Par spielt. Er verzieht keine Miene, doch Bill kann seine Freude kaum verbergen. Das Spiel geht über 18 Runden, und selbst bei einem leichten Rückstand ist noch nichts verloren. Es geht um wenig. Nur um den Sieg. Sein Leben lang hat Bill nichts anderes gewollt, als zu siegen. Jede Drogerie, die er zur Schließung trieb, und jede, die er mit seinem Logo eröffnete, war ein Sieg. Aus seiner Sicht teilt sich die Menschheit in Sieger und Verlierer – und vielleicht noch ein paar Idioten, die sich verweigern und nicht zählen.

Auf der Fahrt zum 13. Fairway schließt Bill mit sich eine Wette ab, dass er diese Runde als Sieger verlassen wird. Die Hitze arbeitet für ihn, denn der Junge sieht nicht mehr so frisch aus wie am Anfang. »Ein Problem mit dem Klima, Steve?«

Der hat sich das nasse Handtuch um den Nacken gelegt. »Das Wüstenklima ist gewöhnungsbedürftig, aber ich schaffe das schon.«

Obwohl er viel Wasser trinkt, hat Steve das Gefühl auszudörren. Die Sonne ist so erbarmungslos wie sein Golfpartner, dessen rotes Gesicht von Schweiß überzogen ist. Er sieht nach Bluthochdruck aus. Niemand würde die Lebensleistung eines Bill Finch gering schätzen, doch mit ihm arbeiten wollte Steve nicht. Die Tochter soll hart, aber fair sein, und der Alte soll sich in der Firmenzentrale kaum noch blicken lassen. Finch hat, wie Steve weiß, einen eigenen Fitness- wie auch Golftrainer. Sie präparieren ihn für die Unsterblichkeit. Doch er wird sterben wie alle anderen. Der Gedanke ist tröstlich.

In jeder Runde gibt es ein Tief, es kommt nur darauf an, es zu überwinden. Steve meistert Loch 13, doch Finch holt einen Punkt – und schafft das nochmals auf der 14, wo Steve einen Putt vergeigt. Er lässt sich nicht anmerken, dass es ihn ärgert. Demut und Bescheidenheit, die Primärtugenden des Golfhelden. Der alte Sack grinst triumphierend.

»Starkes Spiel, Bill!« Lobe deinen Feind und wachse an ihm. Auf der langen 15. Bahn greift Steve mit dem zweiten Schlag das Grün an, das von Wasser umgeben ist. Ein guter Schlag mit dem Fünfer-Eisen, doch er hat Pech, und sein Ball rollt vom Grün ins Wasser.

»Das war dann doch ein wenig leichtsinnig.« Bill kann seine Schadenfreude kaum verbergen. »Mir reicht es durchaus, mit dem dritten Schlag aufs Grün zu kommen.«

»Manchmal muss man auch was riskieren.« Steve lächelt entwaffnend, doch er verliert an diesem Loch zwei Punkte und liegt nur noch mit einem in Führung. Klarheit, Entschlossenheit und Gelassenheit: Seinen letzten Urlaub verbrachte er in einem Zen-Zentrum, Mount Baldy in Kalifornien, und er hat einen Teil der Lehren auf den Golfplatz mitgenommen. Unentschlossen, ob es klüger wäre, Finch gewinnen zu lassen, schiebt er den Gedanken weg und konzentriert sich auf das nächste Loch. Ein Par 3, das von Zuschauertribünen gesäumt ist wie eine Zirkusarena. Er entscheidet sich für das Siebener-Eisen.

Bill Finch schlägt mit dem Sechser-Eisen und landet am Rand des Grüns. Er ist zufrieden mit seinem Spiel. Steve Nicklaus ist offenbar risikofreudig und verfügt über starke Nerven. Jetzt spricht er seinen Ball an, während Bill einen Schluck aus der Wasserflasche nimmt. Steve bückt sich.

»Was ist?«

»Ich habe den Ball soeben mit dem Schläger berührt.«

»Ich hab nichts gesehen«, sagt Bill.

»Aber ich weiß es. Das ist jetzt also mein zweiter Schlag.«

Steve holt aus und spielt den Zweiten fast an die Fahne. Bill weiß nicht so recht, wie er das finden soll. Steve hätte das nicht sagen müssen mit der Ballberührung. So viel Ehrlichkeit ist gut und schön, aber man kann es auch übertreiben. Oder soll er den Typen dafür bewundern?

Bill schlägt Steve auf die Schulter. »Toller Schlag. Und Respekt für die Ehrlichkeit. Golf ist ja doch ein Sport für Gentlemen.«

»Weshalb wir ihn so lieben.« Steve setzt sich in den Wagen und vergräbt sein Gesicht in dem nassen Handtuch. Er hat den Ball gar nicht berührt. Es war eine Show für Bill Finch, und ihr Titel war: Nimm mich, ich bin aufrichtig und zuverlässig. Der Alte ist darauf abgefahren, so war es auch geplant. Und das Spiel bleibt spannend, obwohl sie de facto nicht gegeneinander angetreten sind. Nur wird ein Typ wie Bill in jedem Fall gewinnen wollen.

Steve locht ein, und Bill braucht zwei Putts, sodass sie beide Par spielen. Das magische 17. Loch liegt vor ihnen, 304 Meter bis zum Grün, das von Bunkern umrandet ist, dahinter Wasser. Magees Traumloch mit dem Hole-in-one. Er ist kein großer Golfer geworden, doch die 17 hat ihn unsterblich gemacht.

»Ich werde das Grün nicht angreifen«, sagt Bill, »und das rate ich Ihnen auch.«

Die Sonne steht hoch. Zwölf Uhr mittags. Sie haben keine Revolver in Händen, sondern Schläger.

Bill lächelt: »Ich schätze gute Gegner. Wenn Sie möchten, Steve, werden wir in Zukunft noch öfter miteinander Golf spielen.«

»Machen Sie mir ein Angebot, das ich nicht ablehnen kann.«

Das klingt fast überheblich, doch Bill schluckt den Satz ohne Widerspruch. Er hat sein Angebot schon in der Tasche, er wird es Steve am 19. Loch, in der Clubbar, geben. Ein Zettel, auf dem ein paar Zahlen stehen. Kein Cent mehr. Bill Finch ist kein Bazarhändler, und er bezahlt Leute exakt nach ihrem Wert. Er schlägt einen guten Drive, fast so lang wie Steves. Sie spielen beide Par und sind immer noch gleichauf.

Das letzte Loch ist ein Par 4, mit einem langen Abschlag über Wasser. Nach Steves souveränem Drive – seine Nervenstärke ist fast unheimlich –spürt Bill das bekannte Zittern. Eine leichte Wasserphobie, die sein Pro mit allerlei Psychotricks zu bekämpfen versucht. *Stell Dir vor, es ist eine Eislaufbahn. Oder ein blauer Teppich. Die Oase in der Wüste ...*

Nein, nein, nein, es ist Scheißwasser. Als Kind wäre er fast mal ertrunken. Als Linda ihm sagte, dass sie eine Lesbe ist, saßen sie an einem Scheißstrand am Pazifik, die Füße im Wasser.

Bill zieht auf, toppt den Ball, und dieser hoppelt aufreizend, ihn verhöhnend, ins Wasser. Schweigen. Bill sieht nach oben, doch Gott zeigt sich nicht, nur ein Flugzeug.

»Wir könnten den Mulligan ins Spiel bringen«, meint Steve.

Als ob er von diesem Jungen Almosen bräuchte! »Nein, nein, ich schlag jetzt meinen dritten Ball, das ist okay.« Nichts ist okay. Er hasst sich und seine Familie und den Pro und diesen hübschen Jungen, der keine Angst vor Wasser hat. Keine Ängste überhaupt. So etwas wie das perfekte Golfwesen, was ihn noch mehr ärgert. In dieser Gemütslage zu schlagen ist falsch, doch er tut es, mit aller Kraft und allem Zorn, die in ihm sind. Der Ball gerät zu kurz, titscht auf das Wasser und springt von dort ans Ufer, auf das Fairway.

»Jesus«, sagt Steve.

Ein Wunder. Nicht ganz so gut wie das von Magee, aber doch! Bill dankt seinem Gott, der Amerika, das Kapital und die Golfer beschützt. Er ist versöhnt mit dieser Runde, auch wenn er sie verlieren wird zu guter Letzt. Immerhin hat sie ihm gezeigt, dass Steve Nicklaus ein Gewinn für die Firma sein könnte. Der Junge hat Nerven aus Stahl. Spielt noch ein Birdie an der 18, und Bill quetscht ihm die Hand und mimt den guten Verlierer. Er wird dem Sieger ein Angebot machen, das dieser nicht ablehnen kann.

Das hat Steve Nicklaus auch nicht vor. In den Baderäumen, unter der Dusche, betrachtet Steve seinen Penis. Kein schönes Teil, er hat ihn nie gemocht. Und er wird ihn nicht vermissen – nach der Operation. Nachdem er das Finchturnier gewonnen und die Million kassiert hat, um die Geschlechtsumwandlung zu finanzieren. Sollte er verlieren, womit er nicht rechnet, gibt es noch einen Plan B. Er wird den alten Finch dazu zwingen, ihm eine saftige Abfindung zu zahlen für den Abschied. Einen Steve, zu Stephanie gewandelt, wird Bill kaum ertragen in seinem Topmanagement.

So oder so wird er gewinnen. Vielmehr wird sie gewinnen. Vom Damenabschlag ist ohnehin alles leichter!

Hole 18

Der plötzliche Tod des lachenden Golfers

Varadero Golf Club, Kuba

Fidel Castro und Che Guevara spielen Golf in Kampfanzügen: Die Fotos von Alberto Korda verewigen den historischen Witz, der gegen Amerika gerichtet war. Doch Castro hielt Golf für ein »bourgeoises Hobby« und glaubte, dass Golfspieler die Revolution nie verstehen könnten. Nachdem er gegen Che auch noch verlor, war Golf in Kuba dem Tode geweiht. Alle Plätze wurden zerstört, und bis heute existieren nur jene zwei, die damals verschont wurden: ein 9-Loch-Platz bei Havanna und der 18-Loch-Platz *Varadero* auf der Halbinsel Hicacos.

Varadero ist Ausnahmezone in Kuba, eine Anhäufung riesiger Hotelanlagen für den All-inclusive-Tourismus. Es gibt nur wenige stille Orte wie die *Villa Xanadu*. Sie liegt auf dem Gelände des Golfplatzes, auf einem Felsen über dem Atlantik thronend. Einst war sie die Winterresidenz des französisch-amerikanischen Industriellen Irénée du Pont, der auch den Golfplatz anlegen ließ. Nach der Revolution wurde er enteignet und musste Kuba verlassen. *Villa Xanadu* wurde in ein kleines, feines Hotel umgewandelt. In dieser Woche sind vier von insgesamt sechs Zimmern belegt, und die Gäste sind weit gereist: Klara aus Deutschland, Pilar aus Argentinien, Gary aus Irland und Karim aus Barbados.

Unausweichlich treffen sie sich nach dem Abendessen in der kleinen Bar im dritten Stock. Klara und Pilar trinken chilenischen Weißwein und die Männer kubanischen Rum. Der Keeper hat ihn empfohlen, der Preis einer Flasche entspricht in etwa seinem Monatsgehalt. Doch in Varadero lässt es sich von Trinkgeld und Mundraub besser leben als anderswo in Kuba. Der Dollar ist das Größte, gefolgt vom Peso Convertible für Touristen und Diplomaten. Der Peso Cubano ist nichts wert, doch Kubas Kommunisten sind mehrheitlich Überlebenskünstler im besten kapitalistischen Sinn.

»Dieses Land braucht mehr Golfplätze«, sagt Gary, der Gefallen an Kuba gefunden hat. Möglich, dass es an den schönen Frauen liegt, am Rum, den Zigarren oder an der ursprünglichen Landschaft. Eine gewisse Zerbrechlichkeit liege über der Insel, und die berühre sein Herz. Meint Gary allen Ernstes. Und dass es Ausländern nicht möglich sei, Grundbesitz zu erwerben, weshalb Investoren schwer zu finden seien. Seine Geschäftsidee: die Heirat mit einer hübschen Kubanerin, die als Strohfrau fungiert.

Karim widerspricht nicht. Er mochte Kuba immer schon, und in Havanna hat er eine Reihe von Geschäften abgewickelt. Er handelt mit Waffen aller Sorten, und er hat bereits so viel damit verdient, dass er nach Abwicklung dieses letzten Deals aufhören will. Rückzug nach Barbados, wo Tochter und Enkelin auf ihn warten. Der Trip nach Varadero war eine spontane Idee, nachdem er im *Hotel Nacional* in Havanna zehn libysche Panzer an einen syrischen Unterhändler verkauft hat. Karim, der im Libanon geboren ist, kennt die Schrecken des Krieges. Doch alles ist ein Geschäft letzten Endes, es geht immer nur um Geld oder die Währung Macht. Allah ist groß. Gott wird kleiner. Karim glaubt an nichts mehr außer an seine Gesundheit und die seiner Familie. Er wird sie immer beschützen, so gut er kann. Vielleicht noch ein wenig Golf spielen und ein paar Frauen mit Geld verführen.

Die Dunkelhaarige aus Deutschland ist attraktiv, doch vielleicht zu jung für ihn. Die Argentinierin wäre vom Alter her angemessen, aber irgendetwas an ihr stört ihn. Sie hat den durchdringenden Blick. Karim möchte nicht gerne durchschaut werden. Der Ire scheint ein netter Typ zu sein, obwohl »Nothelfer« eine seltsame Berufsbezeichnung ist, unter der Karim sich wenig vorstellen kann. Gary ist trinkfest, charmant und ein wenig verschlagen. Es war sein Vorschlag, dass die vier Gäste des Hotels sich zu einem Flight zusammenfinden sollten. Die beiden Frauen sahen nicht sehr glücklich aus, doch sie waren zu höflich, um abzulehnen. Zehn Uhr Abschlagszeit, darauf stoßen die vier an. Gary mit seinem achten Glas Rum. Karim hatte den Inhalt jedes zweiten in einen Pflanzenkübel gekippt. Er war nie ein guter Trinker, vielleicht spielt das schlechte Gewissen hinein. Er war nie ein guter Moslem. Er war ein guter Ehemann, Vater und Freund. Als Geschäftspartner zuverlässig. Als Feind gefährlich, sein Exschwiegersohn kann ein Lied davon singen.

Pilar findet den Araber interessant und den Iren ein wenig vulgär, die Deutsche zu hübsch und das Hotel hinreißend. Du Pont hatte sich den schönsten Platz der Halbinsel ausgesucht, um seine *Villa Xanadu* zu bauen. Und es war ein Wunder, dass dieses Haus die Revolution überlebt hat. Pilar ist nach Kuba geflogen, weil sie glaubt, dass der besondere Charme der Insel gefährdet ist. Wenn erst der Kapitalismus Einzug hält, wird sich vieles verändern – und nicht alles zum Besseren.

Sie hat eine Rundreise mit einer argentinischen Gruppe gebucht und sich für die letzten fünf Tage in Varadero abgesetzt. Gruppenreisen sind schrecklich, zumal mit Argentiniern, die sie als Psychologin enttarnten, um sie dann mit ihrem Seelenmüll zu überhäufen. Es war die Hölle, und jetzt ist sie im Himmel. In der *Villa Xanadu*. In der Gesellschaft von Fremden, die kaum Spanisch sprechen. Ihr Englisch ist passabel, aber keine Einladung für tiefschürfende Gespräche.

Klara nippt an ihrem Weißwein. Sie ist nach Kuba geflogen, weil sie hoffte, einen netten Kubaner zu finden. Die Auswahl im Hotel ist allerdings begrenzt, vom Barkeeper und Kellner mal abgesehen. Die beiden alten Männer scheinen nett zu sein, sind aber jenseits ihres sexuellen Appetits. Mit Pilar könnte sie sich anfreunden, doch was Klara tatsächlich begehrt, ist ein Mann. Sex pur. Es sind exakt 23 Monate vergangen, seit Phillip von ihr ging. Vielmehr flog. Über Bord. In den Atlantik. Immerhin standesgemäß von der *Queen Elizabeth*. Als sie zu schreien anfing und die Leute den Kapitän informierten, war es schon viel zu spät für eine Rettung. Klara ist sich nicht ganz sicher, was in jener Nacht geschah, weil sie sehr viel Champagner getrunken hatte. Manchmal glaubt sie, dass Phillip sie angreifen wollte. Versuchte, sie über die Reling zu hieven. Ein dummes Spiel, um sie zu erschrecken? Sie geriet in Panik. Hatte ihm nie gesagt, dass sie den schwarzen Gürtel hat. So wie er ihr vor der Ehe nie gesagt hatte, dass er ein Golffreak ist. War. Sie wehrte sich auf dem Schiff. Ein Handgemenge. Ein Judogriff – und Phillip, der über die Reling kippte.

Sie war geschockt, hörte seinen letzten, gellenden Schrei, dann verschwand er in der Dunkelheit. Wie lange hat sie gewartet, bis sie um Hilfe rief? Klara weiß es nicht mehr genau. Es liegt eine Art Nebel über dieser Nacht, in der sie so tragisch zur Witwe wurde.

Mangels Leiche dauerte es eine Weile, bis sie diesen Status schwarz auf weiß hatte. Erst als sie wieder in Deutschland war, bei der Totenfeier, erfuhr sie, dass Phillips Mutter auf ebendiese Weise gestorben war. Auf einem Kreuzfahrtschiff. Die Trauergäste waren sich einig, dass dies ein grausamer Zufall sein musste. Klara kann es sich auch nicht anders erklären. Doch sie hat böse Träume, in denen Phillip sie als Wasserleiche heimsucht. Es wurde besser, als sie ihre Arbeit im Kindergarten wieder aufnahm. Als sie beschloss, ihre einsamen Wochenenden mit einem Golflehrer zu verbringen. Er brachte ihr vieles bei, nicht nur auf dem Platz. Doch dann wollte er sie unbedingt heiraten, und Klara musste sich einen neuen Golfclub suchen. Phillip hat ihr genug Geld hinterlassen, um unabhängig zu sein. Doch sie vermisst den Sex. Er hilft ihr am besten, die Albträume zu vertreiben.

Klara ist unausgeschlafen, als sie am nächsten Tag am Golfplatz erscheint. Pilar hat sich schon »Werkzeug« im Clubhaus geborgt und meint, dass sie bei diesen alten Schlägern zumindest eine gute Ausrede habe. Die Golfwagen sind nicht auf dem neuesten Stand, doch sie bewegen sich. Die Männer teilen sich ein Car, wie die Frauen auch. Gary sieht verkatert aus, doch er sagt lachend, dass er an diesen Zustand gewöhnt sei. Sein Gesicht ist gerötet, und Pilar rät ihm, viel Wasser zu trinken und einen hohen Sonnenschutzfaktor zu wählen.

»Ärztin?«

Pilar nickt, sie hat keine Lust, sich als Shrink zu outen. Sie hat wunderbar geschlafen und das Frühstück auf der Terrasse genossen. Der Ausblick auf das tiefblaue Meer ist grandios und die Stille herrlich. So ähnlich stellt sie sich das Paradies vor. Sie dachte kurz daran, dem etwas schmierigen, aber durchaus attraktiven Kellner einen Heiratsantrag zu machen, um sich in Varadero niederzulassen. Allerdings ein Stück weit weg von den hässlichen Hotelbauten.

Klara verbirgt ihre müden Augen hinter einer großen Sonnenbrille. Sie trägt weiße Shorts und eine weite gelbe Bluse. Der Panamahut schützt sie vor der Sonne. Es könnten wunderbare Tage werden, denkt sie, bekäme ich nur meine Träume in den Griff. Sie erwägt, an diesem Abend etwas heftiger mit dem hübschen Barkeeper zu flirten.

Karim sieht wohlwollend auf die schöne Deutsche. Fadia, seine Tochter, war nie ein Hingucker, doch sie hat verdammt viel im Kopf. Wenn das Baby älter ist, will sie wieder als Physikerin arbeiten. Dann wird der Großvater sich um das Kind kümmern, er stellt sich das ganz wunderbar vor.

Gary hat mit Handicap 19 die Ehre, als Erster abzuschlagen. Ein guter Drive, danach folgt Karim, der deutlich kürzer ist. Pilar verschlägt ihren Ball, nimmt einen »Mulligan« in Anspruch und wiederholt mit mäßigem Ergebnis. Klara ist mit ihrem Ball nur wenig kürzer als Gary. Sie hat einen kraftvollen und harmonischen Schwung im Gegensatz zu Pilar.
»Ich denke jedes Mal an die 100 Fehlermöglichkeiten, wenn ich den Schläger in die Hand nehme.« Pilar steuert den Golfwagen zu ihrem Ball. »Ich kann meine Gedanken nicht abschalten, das ist mein Problem beim Golf.«

»Mein Lehrer sagte, dass Schwunggedanken ganz schlecht sind. Man soll sich in den Ball hineinversetzen und sozusagen vorausfliegen.«

Pilar stoppt den Wagen. »Na toll. Ich versuch das jetzt mal.«

Tatsächlich fliegt der Ball geradeaus und recht weit. Sie ist begeistert. Der Letzte, der sie beim Golfen coachte, war Jorge. Der Mann, der nichts fühlt. Eine Weile war er ihr Patient, dann ihr Liebhaber, woraufhin sie ihn an eine Kollegin weiterreichte. Ab und zu schlafen sie immer noch miteinander, oder sie spielen Golf in Buenos Aires. Doch man kann nicht ernsthaft ein Verhältnis mit jemandem haben, der auf der Suche nach Gefühlen ist. Gut möglich, dass er sie niemals findet. Ihrem Metier sind eben Grenzen gesetzt.

Der Platz ist in gutem Zustand, und die Grüns sind ordentlich gemäht. Gary, der von den goldenen Championship-Tees abschlägt, findet ihn mittelschwierig bis herausfordernd. Irgendwo hat er gelesen, dass der Platzrekord von Phil Mickelson aufgestellt wurde und bei sechs Schlägen unter Par liegt. Das wird er kaum schaffen.

Zumal er sich so seine Gedanken macht, wie er seinen Job erledigen soll. Er hat theoretisch noch vier Tage Zeit, so lange wohnt die Zielperson in der *Villa Xanadu*. Kein Geldeintreiben diesmal, es geht um Mord.

Ein Unfall wäre am sichersten, und spontan fällt ihm die steile Treppe ein, die vom Hotel zum Strand führt. Gary zieht Unfälle den unnatürlichen Todesursachen immer vor. Die polizeilichen Untersuchungen halten sich in Grenzen, niemand stellt dumme Fragen. Da er noch nie einen Auftrag in Kuba erledigte, kann er die Effizienz der hiesigen Polizei schwer einschätzen. Doch dass ein toter Tourist hohe Wellen schlägt, kann er sich vorstellen. Weshalb Gary in Erwägung zieht, seinen Auftrag so zu gestalten, dass die Leiche erst auftaucht, wenn er schon im Flieger sitzt. Er könnte sie nachts mit dem Golfwagen zur Mülldeponie fahren und dort verstecken. Oder ein Boot mieten und sie im Meer versenken. Am nächsten Morgen das erste Flugzeug nehmen, ganz egal, wohin. Oh Gott, wohin hat er seinen Ball nur geschlagen? Er flog über die Palmen hinweg ins Aus, er sollte sich wirklich mehr aufs Spiel konzentrieren.

Karim hat einen guten Tag. Das Wetter ist schön und für seinen Barbados-Geschmack gerade richtig zum Golfen. Die Bälle fliegen überwiegend dorthin, wo er sie haben will. Klara, die Schöne, hält mit ihm mit, nur Gary spielt von Loch zu Loch schlechter. Vermutlich die Hitze, sein Gesicht ist inzwischen tomatenrot. Pilar redet mit ihren Bällen, doch manche von ihnen ziehen es vor, sich weiterer Kommunikation zu entziehen, indem sie im Palmenhain oder im Wasser verschwinden. Am 15. und 16. Loch verliert sie vier ihrer Lieblinge. »Ich habe ein sehr gespaltenes Verhältnis zu Golf«, verrät sie Klara, die zwischen Mitleid und Ungeduld schwankt. Klara nimmt sich vor, am nächsten Tag mit einem lokalen Golflehrer über den Platz zu gehen. Vielleicht sieht er ja gut aus und kann ihr obendrein noch etwas beibringen. Wenn sie ehrlich ist, vermisst sie Phillip überhaupt nicht. Auf dem Golfplatz war er unausstehlich und auch sonst rechthaberisch bis despotisch. Sie wünschte nur, er würde aus ihren Träumen verschwinden. Als Wasserleiche sieht er scheußlich aus.

Gary denkt an Mord und spielt mörderisch schlecht. Er verliert zwei Bälle am 16. Loch. Wasserbälle. Er fühlt sich miserabel. Zum einen hat er immer noch keinen guten Plan, zum anderen setzt ihm die Hitze zu. Wolkenloser Himmel mit strahlender Sonne, er sollte wirklich damit aufhören, an exotischen Orten Golf zu spielen. Zum anderen nimmt er sich vor, in Dublin einen Arzt aufzusuchen. Und was wird der ihm sagen? Dass er nicht mehr rauchen, saufen und huren sollte. Ein gesundes, ruhiges Leben führen. Gary könnte wetten, dass der Araber ziemlich gesund lebt. Und was hat er davon? Jemand hat ihm einen Killer auf den Hals gehetzt, und er wird in Kuba sterben. Das Leben ist viel zu lasterhaft für die simplen Rezepte der Quacksalber.

Die Bahn 17 ist ein langes Par 3 mit vielen Sandhindernissen. Karim schlägt als Erster ab, weit und gerade, während Gary im Sand landet und flucht. Er entschuldigt sich dafür bei Pilar, die ihm rät, ein Buch über Zen und Golf zu lesen.

»Poppycock«, sagt Gary, greift sich sein Sandwedge und drischt auf den Ball, der mit zu wenig Sand auf der anderen Seite wiederum in einen Bunker fliegt.

Klara findet das komisch, unterdrückt aber ein Lachen. Karim lächelt nach innen. Pilar sagt zu Gary: »Meiner Meinung nach solltest du zurück ins Hotel fahren, Gary. Du siehst nicht gut aus.«

Von einer Frau hat er sich noch nie was sagen lassen, seine Mutter ausgenommen. Gary ignoriert Pilar und schlägt seinen Ball über das Grün ins Gebüsch. Er hasst sich jetzt und lässt den Gedanken zu, dass die argentinische Ärztin recht haben könnte. Andererseits ist nur noch ein Loch zu spielen, das wird er doch wohl noch schaffen.

Gary zündet sich eine Zigarre an, um seinen Zorn in Rauch aufzulösen. Karim sitzt schweigend neben ihm im Wagen. Er weiß, dass tröstende Worte falsch sind, fast so schlimm wie gute Ratschläge, wie man besser spielen könnte. Auf schlechtes Golfspiel gibt es nur eine gute Reaktion: Schweigen.

Als sie zum Abschlag kommen, zeigt sich der Platz von seiner schönsten Seite. Das Tee liegt auf einer Anhöhe direkt neben den Klippen. Meer links, Palmen rechts, ein sattgrünes Fairway dazwischen und weit unten die weiße *Villa Xanadu*. Davor erhebt sich das Grün auf einer kleinen Anhöhe.

»Ein verfluchtes Postkartenmotiv«, sagt Gary. Er trinkt aus seiner Wasserflasche, in der ein paar Tröpfchen Rum schwimmen, und versucht, ein leichtes Schwindelgefühl zu ignorieren. Zurück im Hotel wird er duschen, sich aufs Bett legen und über die Erledigung seines Auftrags nachdenken. War Blödsinn, es auf dem Golfplatz zu tun, er hat sich damit nur sein Spiel versaut.

Klara und Pilar fotografieren mit ihren Handys. Es ist halb zwei Uhr nachmittags, die Sonne steht noch hoch am Himmel. Karim denkt, dass er irgendwann mit Tochter und Enkelin hierherkommen sollte, dann schlägt er ab, zu weit nach rechts, und der Ball landet irgendwo zwischen zwei Palmen.

Danach kommt Gary. Er ist zu erschöpft, um das Panorama zu würdigen. Zu wütend auf sein schlechtes Spiel. Zumindest will er noch einmal zeigen, was an Spielkunst in ihm steckt. Er holt gewaltig aus und schlägt seinen Ball energisch ins Universum ... doch der fliegt zu weit rechts, trifft eine Palme, prallt von ihr ab und saust über das Fairway und die Klippen hinweg, um im Meer zu verschwinden.

Alle vier haben den Weg des Golfballs verfolgt. Schreckensstille.

»Hol mich doch der Teufel«, sagt Gary und versucht ein Lachen. Es wird mehr ein Bellen, und die anderen sehen, wie er seinen linken Arm festhält. Nach Luft ringt. Dann greift Gary mit beiden Händen an sein Herz und seufzt abgrundtief. Die anderen stehen ganz still, nur die Brandung ist zu hören. Karim geht einen Schritt auf Gary zu, doch dieser sinkt zu Boden, langsam und dramatisch.

»Mein Gott«, ruft Klara, und Pilar beugt sich über Gary. Karim, der keine Ahnung hat, wie Kubas Notrufnummer lautet, wählt die Nummer des Hotels. Sagt, dass es einen Notfall gebe am Abschlag des 18. Lochs. Sie bräuchten sofort einen Rettungswagen. Ein Ausländer, jawohl.

Garys Augen sind weit offen. Pilar legt ihr Ohr an seinen Mund. Dann richtet sie sich auf. »Er atmet nicht mehr. Ein Herzinfarkt ... ich weiß nicht, ich bin keine Ärztin, nur Psychologin.«

»Was für ein Ort, um zu sterben«, flüstert Karim. Wie viele alte Männer fürchtet er den Tod, doch auf diese Weise abzutreten erscheint ihm nicht ganz reizlos.

»Er hätte gar nicht spielen dürfen, so, wie er drauf war«, sagt Klara. Sie hofft jetzt sehr, dass nicht noch eine Leiche durch ihre Träume geistert.

Pilar fühlt so etwas wie Mitleid mit dem trinkfesten Iren, aber auch eine Spur Irritation, dass er ihnen dieses wunderschöne 18. Loch vermasselt hat. Sie können ja nicht gut weiterspielen unter diesen Umständen. »Es war nicht sein bester Golftag«, sagt sie zu den anderen.

Dann warten sie schweigend, bis die Sirene des Rettungswagens ertönt.

Epilog

Im Paradies

Irgendwo

Der himmlische Platz, von Gott entworfen und höchstpersönlich umgesetzt, ist dem Paradies nachempfunden: breite Fairways mit perfektem Rasen, feinsandige Bunker, glitzernde Wasserhindernisse mit Seerosendeko, blühende Bäume und zwitschernde Vögel, erhabene Grüns. Schlangen sind abgeschafft und Moskitos verbannt. Die Temperatur liegt bei konstanten 24 Grad, göttliches Wohlfühlklima.

Luzi findet es ein wenig kühl. Mag auch daran liegen, dass er die Runde verloren hat und damit eine Seele an Jevi ging (sein Spitzname für Jehova). Gott grinst. Er ist kein begabter Verlierer (siehe Sintflut), und Luzifer tröstet sich damit, dass er auf Gottes Heimplatz selten gewinnt. Das paradiesische Ambiente wirkt sich negativ auf seine Psyche aus. Er mag es lieber heiß und wild und ungepflegt. *Lucifer's Anvil Golf Course* in der Wüste Nevadas ist so ein Platz, auf dem er aufblüht. Dass die Freaks, die dort spielen, den Golfkurs nach ihm benannt haben, findet er äußerst schmeichelhaft.

Luzi und Jevi sitzen auf der Terrasse des Clubhauses am himmlischen Platz – Hole 19. Der Ort, an dem Golfspieler ihren Durst stillen und die eben beendete Runde analysieren, die besten und schlechtesten Schläge noch einmal Revue passieren lassen und eventuelle Zuhörer damit zu Tode langweilen. Luzi und Jevi sind allein.

»Am Fünften hatte ich meinen besten Schlag. Mit dem Zweiten fast ans Loch, das war Maßarbeit.«

»Aber dann hast du den Putt verschoben«, sagt Luzi, um den Tagessieger zu ärgern. Jevi hat in den letzten Jahrhunderten einen leichten Yips entwickelt, ein unkontrolliertes Zittern beim entscheidenden Putt. Es passiert ihm ausschließlich beim Birdie-Putt, und auch nicht bei jedem. Aber es ist lustig, und Luzi könnte jedes Mal frohlocken, wenn Jevi danebenputtet.

Er trinkt Bier und Gott einen Aperol Sprizz. Sie blicken auf das hellgrün funkelnde 18. Loch, das von tiefblauem Wasser umschlossen ist. Eine von Jevis kleinen Eitelkeiten, dass er übers Wasser wandelt nach seinem Chip aufs Grün. Luzi beherrscht den Trick nicht und muss sich von Charon übersetzen lassen. Es ärgert ihn immer wieder, und er hat diese Runde tatsächlich erst am 18. Loch verloren. Eine Seele für Jevi, das ist kein Weltuntergang. Die letzte hat schließlich er gewonnen.

Er bestellt bei der Engelsgestalt noch ein Bier und überlegt, welchen Ort er für die nächste Runde vorschlagen soll. Er könnte *Furnace Creek* in Death Valley wählen, einen Platz mit höllischen Temperaturen, oder den *Dubai Country Club*, den graslosen Golfplatz in der arabischen Wüste. Jevi spielt nicht gerne in islamischen Ländern, das verschafft Luzi einen psychologischen Vorsprung.

»Eines würde ich doch gerne wissen«, sagt Gott. »Warum hast du dir Gary geholt?«

»Welchen Gary?« Der Teufel hat ein schlechtes Gedächtnis, während Gott mit seiner Allwissenheit nervt.

»Den irischen Auftragskiller. In Kuba, am 18. Loch. Ich dachte, dass du dir Karims Seele nimmst, die des libanesischen Waffenhändlers.«

Der Teufel leert sein Glas und leckt sich den Schaum von den Lippen. »Ich hab es mir überlegt. Aber dann dachte ich, dass der Waffenhändler noch viel Böses anrichten kann auf der Welt. Warum ihn also abberufen? Und damit er am Leben bleibt, musste der Killer dran glauben.«

»Faszinierende Logik«, sagt Gott. »Ich dachte, dass du ihn für sein mieses Spiel bestraft hast.«

Luzi lächelt amüsiert. »Da müsste ich ja Millionen Golfer zur Hölle schicken. Nein, nein, die sind gestraft genug mit ihrem Spiel. Manchmal denke ich ohnehin, dass Golf die Hölle auf Erden ist.«

»Oder der Himmel«, sagt Gott. »Kommt ganz darauf an.«

Glossar für Nichtgolfer

Abschlag
Der Abschlag (englisch *Tee*) ist der markierte Ort des Spielbeginns bei jedem Loch. Üblich sind zwei unterschiedlich markierte Abschläge für Herren und Damen (für hohes und niedriges Handicap).

Ball
Das kleine runde Ding, das mittels Schläger in kleine Löcher befördert wird. Anfang des 17. Jahrhunderts hießen Golfbälle »Featheries«, die mit Federn gefüllten Ledersäckchen waren teurer als Schläger. 1908 kam der erste Golfball auf den Markt, der dem heutigen ähnelt. Golfbälle kosten zwischen 0,50 und 6 Euro pro Stück. Der durchschnittliche Verlust des Amateurgolfers pro Runde: zwei Bälle.

Bag
Die Golftasche, die getragen, geschoben oder auf dem Golfwagen befördert wird. Bei Turnieren dürfen maximal 14 Schläger mitgeführt werden.

Bogey
Ein Schlag über Par wird Bogey genannt. Dann gibt es noch den Doppelbogey (2 Schläge über Par) und den Triplebogey (3 Schläge über Par). Der Rest ist besser Schweigen.

Bunker
Eine künstlich angelegte Sandgrube, vorzugsweise rund um das Grün, um das Anspielen zu erschweren. Der Schlag wird mit dem Sandwedge ausgeführt, anschließend muss der Bunker mit dem Rechen geglättet werden.

Caddie
Laufbursche und Gepäckträger beim Golfen. In Thailand sind Caddies ausschließlich weiblich. Gute Caddies beraten die Spieler bei der Wahl der Schläger oder beim »Lesen« des Grüns. Die Caddies der Professionals sind am Preisgeld beteiligt, und viele Golfstars (z. B. Bernhard Langer) haben ihre Karriere als Caddie begonnen.

Chicago
Nur eine der vielen Zockervarianten auf dem Golfplatz. Es treten zwei Zweierteams gegeneinander an. Spielt einer ein Par oder besser, kommt die niedrigere Zahl auf die Zehnerstelle (z. B. 4 + 6 = 46 Punkte). Spielt das Team über Par, kommt das schlechtere Ergebnis auf die Zehnerstelle (z. B. 5 + 7 = 75). Pro Punkt wird zwischen 1 und 100 Euro vereinbart. Es kann ein sehr teures Spiel werden.

Chip
Annäherungsschlag auf das Grün, relativ flach gehalten. Mit viel Können und Glück rollt der Ball ins Loch (geschieht aber selten).

Cut
Das Wort trennt bei großen Turnieren die Spreu vom Weizen. Wenn Spieler nach der ersten Runde über einer bestimmten Anzahl von Schlägen liegen, dann bedeutet der Cut, dass für sie das Turnier zu Ende ist.

Divot
Ein herausgeschlagenes Rasenstück auf dem Fairway, das nach guter Sitte eingesammelt, an die kahle Stelle zurückgelegt und festgetreten werden sollte.

Draw
Ein Golfschlag, bei dem der Ball nicht in gerader Linie Richtung Ziel fliegt, sondern erst mit Rechts- und dann mit Linkskurve.

Driver
Er wird auch als Holz 1 bezeichnet, obwohl die Hölzer längst aus Metall gefertigt werden. Driver haben den geringsten Loft und den längsten Schaft und werden vor allem für den Abschlag verwendet. Die Durchschnittslänge der Abschläge bei Profigolfern liegt bei 262,7 Metern.

Driving Range
Übungsbahn für Golfer, sowohl für lange Schläge wie auch für das kurze Spiel, das Bunkerspiel und Putten. Tummelplatz für Anfänger und Golfpros.

Droppen
Wird ein Ball verloren, ist er im Aus oder im Wasser und unspielbar, wird der Ball (oder Ersatzball) im Umkreis von zwei Schlägerlängen gedroppt – aber nicht näher zum Grün. Droppen ist immer mit einem Strafschlag verbunden, außer bei zeitweiligem Wasser (Regenpfützen) oder Boden in Ausbesserung, das nennt sich dann »Free Drop«.

Eisen
Die Grundausstattung der Golfer. Eisen gibt es in den Größen von 1 bis 9, wobei Einser- und Zweier-Eisen kaum noch Verwendung finden. Das Neuner-Eisen ist der Schläger für die kürzere Distanz.

Etikette
Sie ist Teil der gültigen Golfregeln und beinhaltet unter anderem Ehrlichkeit, Rücksichtnahme auf

andere, angemessene Bekleidung, zügiges Spielen und die Schonung des Platzes (siehe Divots, Bunkerrechen). Als angemessen gelten Hosen, nicht zu kurze Röcke oder Shorts und Shirts mit Kragen. Einige Golfclubs legen die Kleiderregel großzügig aus, dann sind auch Jeans oder Tops erlaubt.

Fade
Wie der »Draw«, aber von links nach rechts, meist höher und kürzer.

Fairway
Bezeichnung der 18 Spielbahnen eines Golfplatzes mit kurz geschnittenem Rasen (rund 16 mm). Fairways führen zu den Grüns und können Knicks oder Kurven (sogenannte »Doglegs«) nach rechts oder links haben. Sie weisen Bunker, Bäume oder Wasserhindernisse auf. Am Rande der Fairways ist »Rough«, mehr oder weniger hohes Gras. Das 19. Loch ist das Clubhaus, in dem Golfer nach der Runde ihr Spiel Revue passieren lassen.

Flight
Die Bezeichnung von zwei bis vier Golfspielern in einer gemeinsamen Runde. Flights starten in Abständen von zehn Minuten.

Fore
Der globale Golfschrei. Er wird ausgestoßen, wenn ein Ball in die falsche Richtung fliegt und andere Spieler treffen und verletzen könnte, was erstaunlich selten geschieht. Zur guten Sitte gehört, sich anschließend für ein »Fore« zu entschuldigen.

Girlie
oder auch »Lady« genannt, ist der misslungene Abschlag männlicher Spieler, der vor dem Damen-

abschlag landet. Er wird mit einer »Flight-Runde« im Clubhaus bestraft.

Golf
Eine Ballsportart mit jahrhundertealter Tradition. Von allen Frühformen hat sich die schottische Variante durchgesetzt, das erste schriftliche Zeugnis soll aus dem Jahr 1457 stammen.

Beim Golfspiel geht es darum, einen Ball vom Abschlag mit möglichst wenig Schlägen über das Fairway auf das Grün und ins dortige Loch zu befördern. Eine Golfrunde besteht aus 18 Spielbahnen unterschiedlicher Länge. Die modernen Golfregeln stammen vom *Ancient Golf Club of St. Andrews* (1754), sie umfassen 34 Grundregeln.

Weltweit soll es rund 50 Millionen Golfer geben. In England, Schottland und Irland ist Golf Massensport, in Deutschland immer noch teuer und im Schnitt überaltert.

Doch die Zunahme preiswerter Clubs und Plätze sowie Freegolf, Crossgolf und Swingolf holen den Sport aus der elitären Ecke. Swingolf wird auf Wiesen mit einem Universalschläger und Hartschaumball gespielt, es gibt mittlerweile 38 Anlagen in Deutschland. Freegolf und Crossgolf können überall gespielt werden, wo Raum ist: an einsamen Sandstränden, auf industriellen Brachflächen oder verlassenen Tagebaugruben. Das Ziel wird von den Spielern selbst gewählt und auf Regeln oder Etikette komplett verzichtet.

Golfwitze
gibt es viele. Der kürzeste: Ich kann's.

Greenfee
Jeder Spieler muss einem Club angehören, um weltweit auf Golfplätzen spielen zu dürfen (mit Aus-

nahme von »freien Plätzen«). Außerhalb seines Heimatclubs bezahlt er für eine Runde das »Greenfee«, es variiert zwischen 30 und 500 Euro pro Runde, der Durchschnitt liegt bei 60 bis 80 Euro.

Greenkeeper
Obergärtner des Golfplatzes, der im Grunde alle Golfspieler hasst, weil sie sein Werk mit ihren Schlägern malträtieren.

Grün
Der Zielbereich mit extrem kurzem und gleichmäßigem Grasschnitt, sehr empfindlich und pflegeintensiv. Beschädigungen durch Golfbälle müssen mit einer »Pitchgabel« ausgebessert werden. Die Größe des Grüns variiert, und sogenannte »Breaks« (Mulden und Erhebungen) erschweren das Einlochen, weshalb das Lesen des Grüns wichtig ist. Die Fahne, die im Loch steckt, muss entfernt oder von einem Mitspieler »bedient« werden. Wer auf dem Grün ist und die Fahne (stehend oder liegend) mit dem Ball trifft, bekommt zwei Strafschläge.

Handicap
Bezeichnet die Spielstärke und wird an der Anzahl der Schläge in Relation zur Platzvorgabe und zum Handicap in Turnieren ermittelt. Jeder Golfer beginnt mit Handicap 54 und kann sich – theoretisch – bis auf Handicap 0 (oder ein Minushandicap) herunterspielen. Bei schlechten Turnierleistungen kann das Handicap aber auch wieder ansteigen.

Hölzer
Für den Abschlag und die weiten Fairway-Schläge werden von den meisten Golfern »Hölzer« benutzt, Metallschläger mit größerem Schlägerkopf. Hybrid-

oder Rescueschläger sind eine Mischung aus Eisen- und Holzschlägern.

Hole-in-one
Mit nur einem Schlag den Ball ins Loch zu bringen, gelingt fast nur auf kurzen Löchern (Par 3). Üblich ist, danach alle Spieler auf dem Platz zu einem Drink einzuladen.

Hook
Ein Golfschlag, der gerade startet und dann eine Linkskurve macht.

Loft
Der Neigungswinkel der Schlagfläche des Schlägers, der Höhe und Weite der Flugbahn beeinflusst.

Lob
Ein kurzer Schlag mit steiler Flugkurve.

Marshall
Er ist der Ordnungshüter des Golfplatzes, wird manchmal auch »Sheriff« genannt. Bei groben Regelverstößen kann er Spieler vom Platz verweisen.

Mulligan
Der Namensgeber ist umstritten, doch ein »Mulligan« ist die zweite Chance nach einem verpatzten ersten Abschlag. In Turnieren sind »Mullis« nicht erlaubt, bei Freundschaftsspielen aber sehr beliebt.

Out
Out ist ein Ball, der außerhalb der Spielbahn landet. Wird mit einem Strafschlag geahndet.

Par
Die Anzahl der Schläge, die für die Löcher bzw. Spielbahnen des Golfplatzes festgelegt wurden, ausgehend von einem sehr guten Spieler: Par 3 für ein kurzes Loch (140 bis 230 Meter), Par 4 für Weiten zwischen 230 und 430 Metern, und Par 5 für 370 bis 600 Meter. Wer beispielsweise ein Par 3 mit 5 Schlägen spielt, liegt 2 über Par.

Pitch
Ein Annäherungsschlag auf das Grün, hoch und relativ kurz, der in der Regel mit dem Pitchingwedge ausgeführt wird. Das ist ein Eisen mit starkem Loft.

Platzreife
Der »Führerschein« des Golfers, den er nach einer praktischen und theoretischen Prüfung (Golfregeln, Etikette) vom Golfpro erhält.

Pro
Die Kurzform für Professionals, die Lehrer und Gurus des Golfsports. Die Bezeichnung gilt auch für professionelle Golfspieler. In der weiblichen Version: Proetten.

Putt
Der Schlag auf dem Grün, er wird mit dem Putter ausgeführt. Vorher sollte das Grün gelesen werden, um die richtige Puttlinie und Geschwindigkeit zu finden. Die Fahne darf nur von außerhalb des Grüns straffrei getroffen werden.

Scorekarte
Dient zum Notieren der Ergebnisse.

Slice
Der Slice entsteht durch die offene Schlagfläche im Treffmoment. Der Ball fliegt erst nach links und dreht dann scharf nach rechts ab, um dort zu landen, wo er nicht hinsollte.

Tee
Ein Stift aus Holz oder Kunststoff, der in den Boden gesteckt wird, um den Abschlag mit Driver, Holz oder niedrigen Eisen zu erleichtern. Der Teeshot ist nur beim jeweils ersten Schlag des Lochs erlaubt.

Toppen
Der Albtraum jedes Golfers, wenn der Schlägerkopf den Ball zu weit oben trifft. Mit Glück ergibt es eine flache Flugbahn, oder aber der Ball hoppelt nur ein paar Meter.

Vögel
Birdie ist ein Lochergebnis von einem Schlag unter Par. *Eagle* bedeutet, zwei Schläge unter Par zu sein, *Albatross* heißt drei Schläge unter Par. *Condor* ist ein Hole-in-one.

Wedge
Wedges sind Schläger mit extrem geneigter Schlagfläche für sowohl hohe wie auch kurze Flugbahnen. Es gibt das Sandwedge und das Pitchingwedge.

Yips
Yips ist eine gefürchtete Golferkrankheit. Wie alles beim Golf beginnt sie im Kopf und setzt sich fort in unkontrolliert zitternden Händen, besonders bei Kurzschlägen und beim Putten. Ein berühmtes Yips-Opfer war Bernhard Langer. Die Krankheit kann ebenso plötzlich auftreten wie wieder verschwinden.